묵향 25
묵향의 귀환
속고 속이고

묵향 25
묵향의 귀환

초판 1쇄 발행일 · 2009년 07월 03일
초판 5쇄 발행일 · 2021년 12월 30일

지은이 · 전동조
펴낸이 · 유용열
기　획 · 김병준
편　집 · 김은희, 유지원
펴낸곳 · 도서출판 스카이미디어

주소 · 서울시 동대문구 용두동 234-35번지 대명빌딩 201호
전화 · (02)922-7466
팩스 · (02)924-4633
E-mail · skymedia62@hanmail.net
출판등록 · 제6-711호

Copyright ⓒ 전동조 2021

값 9,000원

ISBN · 978-89-92133-05-0　04810
ISBN · 978-89-92133-00-5　(세트)

※ 온라인상의 불법 복제물의 유포나 공유는 저작자의 재산권을 침해하는
　중대한 범죄 행위로 관련법에 의거해 처벌 대상이 됩니다.
※ 작가와의 협의에 의하여 인지는 생략합니다.
※ 잘못된 책은 본사나 구입하신 서점에서 교환해 드립니다.

DARK STORY SERIES Ⅲ

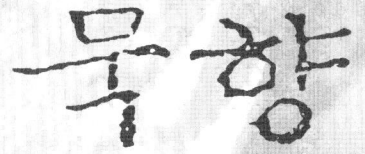
묵향의 귀환

전동조 장편 판타지 소설

25
속고 속이고

차례
속고 속이고

황제가 될 수 없는 3가지 이유·················· 7

교주의 숨겨진 혈육 ··················31

핑 먹고 알 먹고 ··················47

교주보다 더 악독한 놈! ··················67

어긋난 여인의 사랑 ··················83

아랫도리가 부실한 도사들··················99

편견과 진실의 간극 ··················119

차례
속고 속이고

여우의 꼬리를 잡아라 ·············· 139

밝혀지는 진실들·············· 153

속고 속이고 ·············· 173

뭔가 수상쩍은 패력검제 ·············· 189

죽음을 각오한 탈출 작전·············· 217

이게 다 너 때문이야! ·············· 241

꼬인다, 꼬여 ·············· 261

황제가 될 수 없는 3가지 이유

DARK STORY SERIES Ⅲ

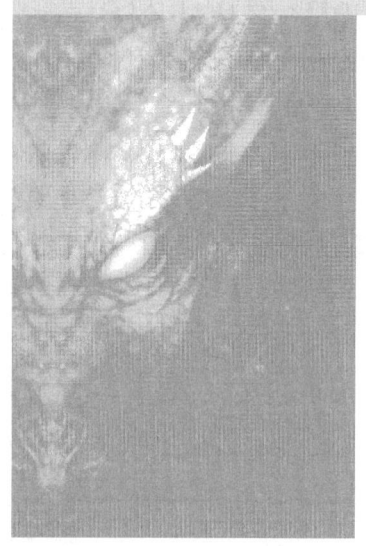

25

속고 속이고

묵향에 의해 황도가 기습 공격당한 후유증은 예상외로 컸다. 그 중에서도 가장 뼈아팠던 것은 황제의 서거였다. 장인걸은 혼란에 빠진 정국을 추스르면서도 가장 먼저 시행해야 할 일이 차기 황제를 옹립하는 일이라고 생각했다.

하지만 생각 외로 자신의 마음대로 잘 진행되지 않고 있었다. 주인 없는 밥상이라고 생각했는지 여기저기에서 숟가락을 걸쳐 놓으려는 노골적인 움직임 때문이었다.

현재 황위 계승권을 인정받고 있는 황자는 3명이다. 모두 다 든든한 배경을 지니고 있었기에, 그들 중 쓸만한 재목이 단 한 명이라도 있었다면 장인걸은 두말 않고 그를 황제로 추대해 줬을 것이다.

하지만 현실은 그렇지 않았다. 모두들 욕심만 목구멍까지 찼을 뿐, 황제가 될 만한 소양과 능력을 지니고 있는 이가 없었다.

그렇기에 장인걸은 자신이 내심 점찍은 차기 황제감에게 비밀리에 접근하지 않을 수 없었다. 황자들이라면 몰라도 그라면 미래를 함께 할 만한 충분한 역량을 지니고 있었으니까.

늦은 밤에 갑자기 자신의 집에 찾아온 장인걸의 행보에 완옌 우퀴마이는 적잖이 당황했지만, 애써 감정을 추스르며 아무렇지도 않은 듯 손님을 맞이했다. 상대는 낮에 다시 찾아오라고 돌려보낼 만큼 만만한 손님이 아니었던 것이다.

"이런 늦은 시간에 찾아와 폐를 끼치는 건 아닌지 모르겠소이다, 안판 발극렬(諳版 勃極烈 : 제1부족장)."

"대원수께서 별말씀을 다하십니다. 자, 이쪽으로……."

장인걸을 자리로 안내한 우퀴마이는 자신을 보호하기 위해서 있는 호위병들에게 밖으로 물러가라고 지시했다. 이런 늦은 밤에 사전 연락도 없이 갑자기 자신을 찾아왔다면 뭔가 비밀스러운 용건이 있음을 짐작했기 때문이다.

호위병들이 밖으로 모두 나가자 장인걸은 단도직입적으로 자신이 이곳에 찾아온 용건을 말했다. 우퀴마이가 차기 황제가 되어줬으면 좋겠다는.

뜻밖의 제의에 선황제였던 아구다의 동생, 우퀴마이는 치솟아 오르는 분노를 참으며 으르렁거렸다.

"대원수께서는 형님의 아들들이 있는데, 저에게 황위를 찬탈하는 패륜을 저지르라는 말씀입니까?"

그러자 장인걸은 침중한 안색으로 답변했다.

"만약 황권이 안정되어 있고, 제국의 앞날이 반석 위에 놓인 것처럼 튼튼하다면 자네에게 이런 부탁은 하지도 않았을 걸세."

"그 말씀은 인정하기 어렵군요. 물론 적들이 쳐들어와 황도를 불사르고, 형님을 시해한 건 맞습니다. 하지만 전쟁은 승리를 목전에 둔 상황이 아닙니까. 송나라 최고의 장수라던 악비도 죽었고, 이제 적들의 최후 방어선만 돌파하면……."

우퀴마이의 반론에 장인걸은 천천히 고개를 가로 저었다.

"자네가 아직 모르고 있는 게 있다네. 아니, 자네뿐만이 아니라 다른 대신(大臣)들도 모르고 있는 사실이지."

그러면서 장인걸은 지금 적이 망하기 일보직전이 아니라는 걸 차분하게 설명하기 시작했다. 송나라 하나만 두고 생각한다면 별것도 아니지만, 무술에 능한 집단들이 이 전쟁에 끼어들어 송나라를 적극적으로 돕고 있다는 것을 말이다.

송을 돕는 무림인들이 얼마나 위협적인지에 대한 장인걸의 설명에 우퀴마이는 믿을 수 없다는 듯 반론을 했다.

"그 말을 저보고 믿으라는 겁니까?"

"뭐, 믿을 수 없다면 어쩔 수 없지."

장인걸은 탁자 위에 놓여 있던 찻잔을 집어 들고 힘을 가했다.

퍽!

단단하기 이를 데 없는 벽옥으로 깎아 만든 찻잔이 완전히 가루가 되어 손가락 사이로 흘러내리자, 보고 있던 우퀴마이의 얼굴은 경악감으로 가득 찼다. 힘이 쎈 사람이라면 손아귀 힘만으로도 찻잔을 깰 수 있다. 하지만 이렇게 완전히 가루로 만든다는 건 아예 불가능한 일이었다. 그것도 가볍게 손을 쥔 것만으로 말이다.

하지만 이게 전부가 아니라는 듯 장인걸은 다시 입을 열었다.

"보다시피 나는 검을 가지고 다니지 않는다네. 하지만 이 손으로 장정 수백 명이라도 때려죽일 수 있지. 이게 바로 무공의 힘이라네."

우쿼마이는 그럼에도 수긍할 수 없다는 듯 반론을 꺼냈다.

"압니다. 대장군께서 하늘도 놀라게 할 정도의 용력(勇力)을 지니고 계시다는 것을요. 하지만 우리 금나라에는 수십만의 정예 병사들이 있지 않습니까. 설마하니 그 무림인이라는 자들이 우리의 병사들을 모두 쳐부술 만큼 강하다는 말씀은 아니시겠지요?"

당연히 아니라는 대답이 나올 줄 알았던 우쿼마이의 예상과는 달리, 장인걸은 침중한 표정으로 고개를 끄덕였다.

"그럴 수 있을지는 붙어 봐야 아는 것이겠지만, 나는 무림인들이 충분히 그럴 수 있는 능력을 가졌다고 생각한다네. 자네 혹시 이번에 연경으로 습격해 들어온 자들이 몇 명이나 되는지 알고 있는가?"

"그, 그건 잘……."

그러고 보니 소문만 무성할 뿐 적들의 자세한 규모는 밝혀진 것이 없었다. 들리는 말로는 몇만 명이 한꺼번에 기습 공격을 했기에 어쩔 수 없었다는 것이 일반적인 중론이었다. 하지만 그건 혼란을 염려한 장인걸이 사전에 철저하게 정보를 차단했기 때문이었다. 안판 발극렬인 우쿼마이조차도 모를 정도로 말이다.

"이번에 황도로 쳐들어온 적의 수는 겨우 백여 명뿐이었다네."

"헐! 그, 그런 말도 안 되는……."

 황도에서 전사한 근위병의 숫자만 만 단위가 넘는다. 더군다나 그들은 모두 금나라 내에서도 최정예 병사들이었다. 그뿐만 아니라 그 와중에 채 피신을 못 한 황제까지 서거했다. 그런데 그런 참사를 저지른 적의 수가 겨우 백 명 남짓밖에 안 된다는 말에 우퀴마이는 충격을 받지 않을 수 없었다.

"무공을 익힌 자들을 우리는 무림인이라고 부른다네. 그리고 이번에 황도에 쳐들어온 자들은 그런 무림인들 중 일부에 불과하지. 이렇게 강력한 힘을 지닌 무림인들이 지금 송 황실의 편을 들고 있는 게야. 이제 내 말을 이해할 수 있겠나?"

 장인걸은 묵향과 그 부하들이 무림에서도 정상급의 실력자들이라는 말은 아예 하지 않았다. 오히려 우퀴마이가 무림인들이 모두 이번에 습격해 들어온 자들과 비슷한 능력을 가지고 있다고 오해를 하는 게 자신의 말을 풀어 가는 데 있어 수월했기 때문이다.

 장인걸의 예상대로 놀라움을 감추지 못하던 우퀴마이는 잠시 후, 힘없는 어조로 입을 열었다.

"그런 자들을 상대로 과연 우리가 승리할 수는 있는 겁니까?"

 그러자 장인걸은 어깨를 으쓱하며 대꾸했다.

"그건 나도 잘 모르겠군. 하지만, 한 가지는 확실해. 우리가 전력으로 상대한다면 기회가 있을 것이라고 말일세. 하지만 지금처럼 황권이나 차지하겠다고 집안싸움을 해서는 절대 승리할 수가 없어. 그래서 자네가 필요한 것일세. 무슨 말인지 이해하겠나?"

"……."

우퀴마이는 한동안 아무런 말도 하지 않았다. 생각지도 못했던 급작스런 제의를 받았으니 아무래도 고민할 시간이 필요할 것이라 생각하며 장인걸은 가만히 기다렸다.

이윽고 고민을 끝냈는지 우퀴마이가 입을 열었다. 하지만 그건 장인걸이 원하는 대답이 아니었다.

"그릇이 모자라는 저에게 그런 청을 하실 게 아니라, 차라리 대원수께서 황위를 이으시는 게 어떻겠습니까? 오야속 형님께서 예전에 대장군을 후계자로 지목한 전례가 있으니, 다른 발극렬들도 감히 반대하지는 못할 겁니다."

사실 이런 식으로 일을 번거롭게 할 필요 없이 군부의 힘을 휘어잡고 있는 장인걸이 마음만 먹는다면 그 자신이 황제가 되는 것은 너무나도 쉬웠다. 문제는 장인걸이 황제가 되고 싶은 마음이 전혀 없다는 것이다. 그가 바라는 것은 황제와 같은 권력이 아닌 무(武)의 극(極)이었고, 묵향에 대한 복수였다. 하지만 무림에 대해서 쥐뿔도 모르는 우퀴마이를 상대로 그런 걸 설명해 봤자 이해하지 못할 게 뻔했다.

"자네의 말은 고맙지만, 3가지 이유 때문에 나는 제국의 황위를 이어받을 수 없다네. 첫째, 내가 완옌의 성씨를 가지고 있다지만, 내 몸속에는 성스러운 완옌의 피가 단 한 방울도 흐르고 있지 않기 때문이야. 그리고 둘째로는, 내가 황위를 차지할 마음을 먹기에는 선황제를 너무 좋아했었지. 그리고 그 이유는 아직도 유효하다네. 나는 선황제 못지않게 자네도 좋아하거든."

말을 듣던 우퀴마이의 얼굴에 희미하긴 하지만 감동의 물결이 흘러갔다. 자신을 그토록 높게 평가해 주고, 또 신뢰하고 있다는 걸 새삼 깨달았기 때문이다. 사실, 과거에는 함께 모여 술잔을 기울이며 부족의 미래에 대해 꿈을 나눴던 적이 많았다. 하지만 요즘은 저마다 워낙 바빴기에 한 자리에 앉아 차 한 잔 나누기도 힘들었다.

"그리고 마지막으로 세 번째, 내가 황제 노릇까지 하면서 상대하기에는 적들이 너무 강하기 때문일세. 나는 선황제 때처럼 뒤를 걱정하지 않고 전쟁에만 전념할 수 있기를 바란다네. 알겠는가? 황자들 중에는 그런 능력을 지닌 놈이 단 한 명도 없지만, 자네에게는 나의 바램을 이뤄 줄 수 있는 능력이 있어."

"저를 생각해 주시는 그 말씀은 감사하지만, 아무리 그래도 황자들을 제쳐 두고 제가 황위를 잇는다는 것은……."

장인걸은 답답하다는 듯 입을 열었다.

"그런 바보 같은 생각에 사로잡혀 원통하게 죽은 선황제의 복수는 하지 않을 생각인가?"

복수라는 말에 우퀴마이의 안색이 확 바뀌었다. 형을 잃은 슬픔만 생각했지 그 복수까지는 생각하지 못한 것이다. 잠시 침울한 표정으로 생각에 잠겨 있던 우쿼마이는 한참이 지난 후에야 겨우 입을 열었다.

"저에게 생각할 시간을 조금만 주십시오."

"그러지, 현명한 판단을 기대하겠네."

며칠 뒤, 우쿼마이가 밀정을 보내 장인걸의 의사에 따르겠다는 전갈을 보내왔다. 그 즉시 장인걸은 천마혈검대에 우쿼마이의 호위를 명령했다. 우쿼마이가 제위에 오를 것을 승낙한 이상, 언제 정적(政敵)들이 보낸 살수가 그의 목숨을 노릴지 알 수 없기 때문이다. 만약 그가 죽는다면, 지금껏 생각해 낸 장인걸의 계획은 처음부터 다시 시작해야만 했다. 시간 여유가 없는 그에게 그건 최악의 상황이 되는 것이다.

잠시 앞으로 해야 할 일에 대해 머리를 굴리던 장인걸은 자리에서 벌떡 일어나 연경에 와 있는 다른 발극렬들을 차례로 찾아갔다. 제국의 근간을 이루는 6명의 대족장. 즉, 발극렬들의 지지를 얻어내는 것이야말로 우쿼마이를 황위에 올리는 데 있어 가장 우선해서 처리해야만 하는 중대한 일이었다.

중립을 취하고 있던 발극렬 2명의 지지를 얻어 내는 건 쉬운 일이었다. 장인걸이 지지한다는 말은 곧 제국의 군부가 지지하는 인물이라는 말이 된다. 거기에 장인걸은 선황제가 가장 신임했었던 인물. 황권에 대한 야망만 있었다면 이미 황제가 되어있다고 해도 전혀 이상할 게 없는 인물이었다. 그런 장인걸이 지지하는 사람인만큼 다른 이견이 있을 수 없었다. 더군다나 장인걸이 지지하는 우퀴마이는 제국 최대, 최강의 부족인 완옌부의 발극렬이 아니던가.

하지만 다른 3명의 발극렬들은 황실과 이권이 걸려 있었기에 상황이 앞의 둘과는 전혀 달랐다. 즉, 그들은 황자들의 장인들이었던 것이다. 훗날 3명의 황자들 중 누군가는 아구다의 뒤를 이어 황제가 될 게 뻔한 만큼, 권력욕이 강한 발극렬들은 저마다 황실과의 결혼을 추진했었다.

그렇게 권력욕이 강한 자들이었지만, 그들은 장인걸에게 우퀴마이를 차기 황제로 지지하겠다는 대답을 하지 않을 수 없었다. 그렇게 대답하지 않으면 그 자리에서 상대방에게 참살당할 것 같다는 생명의 위협을 느꼈기에 어쩔 수 없었다. 사실, 무공도 익히지 않은 범인들이 공포스런 마기를 흘리는 장인걸 앞에서 제정신을 유지한다는 것 자체가 불가능한 일이었으니까.

5명의 발극렬들을 찾아다니며 우퀴마이를 지지하겠다는 확약을 받았지만 장인걸은 편복대를 시켜 그들을 철저하게 감시했다. 강한 야망은 죽음의 공포조차 이겨낼 수 있는 법이다. 비록 자신의 마기(魔氣)에 짓눌려 대답을 하긴 했지만, 야망이 강한 발극렬들은 기회만 있으면 뒤통수를 치려고 들 게 뻔했기 때문이다.

장인걸이 내심 피의 숙청을 단행하는 편이 오히려 편하지 않을까 고민을 하고 있을 때, 발극렬들의 동태를 감시하던 편복대주가 보고를 하기 위해 들어왔다.

"국론홀로가 황성을 떠나셨습니다."

"뭐야! 언제?"

"교주님과 독대를 하고난 다음 날 새벽이옵니다."

"쯧, 멍청한 놈."

결국 자신의 사위에게 황위를 주기 위해 장인걸에게 반기를 들겠다는 뜻이었다. 만약 사위가 황제만 될 수 있다면, 그는 일인지하(一人之下) 만인지상(萬人之上)의 자리를 꿰찰 수 있을 테니까.

"그로서도 선택의 여지가 없었을 것이옵니다. 정상적인 방법으로는 자신의 사위가 황제가 될 가능성이 전혀 없다는 걸 잘 알고 있을 테니까요."

말을 듣던 장인걸은 짜증스런 표정으로 버럭 소리를 질렀다.

"지금 당장 고수들을 보내 놈을 없애 버려!"

단호한 장인걸의 명령에 편복대주가 급하게 입을 열었다.

"그건 아니되옵니다, 교주님."

"뭐가 안 된단 말이냐?"

"그가 갑자기 죽는다면, 그의 일족 전체를 적으로 돌리게 되옵니다. 그렇다면 셋째 황자가 살아 있는 한, 그들은 절대 포기하지 않을 것이 분명하옵니다. 그렇다고 지금 셋째 황자를 죽여 버릴 수도 없는 노릇이 아니옵니까?"

맞는 말이었다. 그렇기에 장인걸은 아무 소리도 못하고 침음성만 터트릴 수밖에 없었다.

"흐음……."

"아무리 작은 규모라 해도 내전을 벌인다는 건 국력 낭비이옵니다. 일단 분쟁이 시작되면 서로 간에 없었던 원한도 생길 테고, 그렇다면 화합에 치명적인 영향을 끼치게 되옵니다. 또, 내전이 시작되면 다른 두 발극렬들이 가만히 있을 리 없지 않사옵니까."

장인걸이 그런 걸 모를 리가 없다. 마교에서도 그 웬수같은 놈과 내전을 벌이다가 몽땅 다 말아먹었던 전례가 있었지 않은가. 치솟는 화를 억지로 억누른 장인걸은 편복대주를 향해 다시 명령을 내렸다.

"국론홀로에게 사람을 보내, 쓸데없는 짓 하지 말고 황도로 돌아오라고 전해라. 본좌와 겨뤄 봐야 얻을 수 있는 건 죽음뿐일 테니까."

"존명! 그렇게 전하도록 하겠습니다."

"그건 그렇고…, 몽고쪽 정세는 어떤가?"

최근 황위 계승 문제로 골머리가 아팠던 장인걸이었다. 더 이상 그놈의 황위 계승 따위의 대화는 나누고 싶지 않았기에 기분 전환삼아 꺼낸 질문이었다. 하지만 그 역시 장인걸의 머리를 더욱 아프게 만들었다.

"수하들의 추측으로는 아마 날이 풀리기만 하면 서남부 최대의 부족장인 옹칸과 테무진이라는 신흥 부족장이 전쟁을 시작할 가능성이 다분하다고 하옵니다."

"그렇게 추측하는 이유는 뭔가?"

"작년 가을에 그 둘이 연합하여 타타르라는 대부족을 멸망시켰사옵니다. 이제 몽고 초원에는 그 두 세력을 당할 자가 없게 되었으니, 누가 몽고의 맹주가 될 것인지 결판을 내야 할 게 아니겠사옵니까."

"흠, 맹호 두 마리가 같은 산에 살 수는 없는 노릇이지."

이렇게 중얼거리던 장인걸은 문득 생각났다는 듯 질문을 던졌다.

"그러고 보니 우리쪽 국경을 건드리고 있는 게 테무진이라는 놈이 아니었나?"

"맞습니다, 교주님."

편복대주의 대답에 장인걸은 환히 웃으며 무릎을 쳤다.

"잘됐군! 그렇다면 북방의 병력을 좀 빼도 상관없겠어. 놈은 지금 옹칸을 상대하느라 정신이 없을 테니 말이야."

"그건 어려울 것 같사옵니다."

그러면서 편복대주는 현재 몽고가 금나라 국경을 침입해 들어오는 건 단순한 약탈을 위한 것이지, 대대적인 침입이 아님을 강조했다. 척박한 몽고의 대지에서 혹독한 겨울을 무사히 넘기기 위해서는 부족한 식량을 어떤 방식으로든 보충해야만 했다. 그리고 그때 가장 많이 사용되는 방법이 바로 약탈이었다.

"식량 보충을 위해 놈들이 활발한 움직임을 보이는 계절은 봄이옵니다. 일 년 중 가장 식량이 모자라는 계절이니까요. 그런 만큼 지금 국경에서 병력을 빼낸다는 건 수비를 하는 데 있어서 아주 곤란하옵니다."

편복대주의 설명에 장인걸은 분노 어린 어조로 외쳤다.

"대대적인 침입도 아니고, 몇 십, 몇 백 기 정도가 기습해 들어온다고 거기에 휘둘리고 있다니……. 참으로 무능한 놈들 같으니라구!"

장인걸의 분노에 편복대주는 잽싸게 고개를 숙이며 변명을 늘어놓았다.

"정면으로 붙는 것도 아니고 틈만 나면 이곳저곳에서 쑤시고 들어오기 때문에, 장대한 국경선 전체를 철통같이 막는다는 건 사실상 불가능한 일이옵니다."

몽고와의 국경 일대는 지금 완전히 피폐해진 상태였다. 시도 때도 없이 들이닥쳐 약탈과 살인, 방화를 일삼으니 도저히 사람이 살 수가 없었던 것이다. 기동력이 좋은 몽고 도적 떼는 식량을 확보하기 위해 더욱 깊숙이까지 밀고 들어와 분탕질을 일삼고 있었기에 문제가 매우 심각했다.

편복대주의 보고를 듣던 장인걸의 가슴은 그저 답답하기만 했다. 단 한 명의 병사도 아쉬운 판에, 하찮은 몽고놈들까지 딴죽을 걸고 있다니…….

"뭔가 방법이 없을까?"

"방법이 아예 없는 것은 아니옵니다."

답답해서 해 본 말에 편복대주가 이렇게 대답을 하니, 장인걸은 오히려 의외라는 듯 급히 되물었다.

"방법이 있다고? 그런데 왜 지금까지 말하지 않고 있었느냐!"

장인걸의 질책에 편복대주는 잠시 망설이다 조심스럽게 입을 열었다.

"그게 너무나도 어이가 없는 것이라서…….'

"당장 말해 보거라! 네 계책을 쓸지 안 쓸지는 본좌의 몫이니."

"선황제께서 몽고에 파견한 사신 일행이 며칠 전 황성에 도착했사옵니다."

"몽고에 사신을 보냈었다고? 왜?"

고개를 갸웃하고 있는 장인걸의 눈치를 살피며 편복대주는 조심스럽게 말했다.

"선황제께서는 남쪽이 완전히 정리될 때까지 북쪽의 안정을 도모하는 가장 손쉬운 방법은, 본국과 국경을 접하고 있는 대족장 테무진과 동맹을 맺는 거라고 생각하신 모양입니다."

말을 듣던 장인걸은 고개를 주억거려 자신의 생각도 같음을 표시했다. 사실, 지금 몽고 국경에 배치된 병력의 수는 엄청난 것이다. 놈들과 동맹만 맺을 수 있다면 그 병사들 중 일부를 남쪽으로 빼돌릴 수 있다. 건곤일척(乾坤一擲)의 승부처는 송나라가 있는 남쪽이었다. 송과의 전쟁에서 승리하기 위해서는 어지간한 것은 양보해도 상관이 없다. 나중에 다시 뺏어오면 그만이니까.

여기까지 생각한 장인걸은 흡족한 미소를 지으며 기대가 섞인 어조로 물었다.

"선황제는 여진족치고는 머리가 잘 돌아가는 사람이었지. 그래, 놈의 대답은?"

"저…, 그게…….."

편복대주가 대답을 하지 못하고 곤혹스러운 표정을 짓자, 장인걸은 약간 표정을 굳히며 다시 한 번 물었다.

"그 촌놈이 원하는 게 뭐라던가? 가감없이 정확히 말해 보라!"

"노여워하지 마시고 들으시옵소서."

편복대주가 서두를 이렇게 꺼냈을 정도로 테무진이 요구한 건 엄청난 것이었다. 그중 가장 말도 안되는 것 4가지를 꼽으라면 다음과 같았다.

첫째, 과거 송에서 요에 바쳤던 세폐와 동일한 액수의 세폐를 매년 보내 줄 것.
둘째, 매년 20만 관(750톤)의 철을 보내 줄 것.
셋째, 도검(刀劍)을 제작할 수 있는 우수한 장인 천 명을 보내 줄 것.
넷째, 황녀를 시집보내 올 것.

과거 송에서 요에 바쳤던 세폐는 정말이지 엄청난 액수였다. 변방 오랑캐 주제에 이렇게 막대한 양을 매년 달라고 하면, 이쪽에서 얌전히 줄 거라고 기대를 했다는 말인가? 편복대주의 보고를 채 다 듣기도 전에 장인걸은 화가 머리끝까지 뻗쳐올랐다. 정말이지 놈의 대가리를 잘라 그 속에 뭐가 들어 있는지 열어 보고 싶은 마음뿐이었다.

장인걸은 앉아 있던 의자의 팔걸이를 거칠게 내리치며 소리쳤다.

"내 이 망할 놈을 당장!"

"고정하시옵소서, 교주님."

"구태여 그런 놈과 동맹을 추구할 필요가 없다. 당장 옹칸에게 사람을 보내도록 해!"

의외의 명령에 편복대주는 깜짝 놀라 고개를 번쩍 들며 입을 열었다.

"옹칸에게 말이옵니까?"

"그래, 옹칸을 밀어준다면 테무진을 박살 내 버릴 게 아니냐? 아니, 박살 내지 못해도 상관은 없지. 송과의 전쟁이 끝날 때까지 만이라도 발목을 잡아 주면 되니까. 그렇게 되면 테무진이 자연 이쪽에 신경 쓸 여유가 없지 않겠나?"

장인걸의 말에 편복대주는 조심스럽게 반론을 말했다.

"아뢰옵기 송구스럽지만, 그 방법으로는 본국이 얻을 수 있는 게 별로 없을 것 같사옵니다. 옹칸에게 지원 물자를 보내기 위해서는 먼저 테무진의 영토를 거쳐야만 하옵니다. 마차 한두 대 분량도 아닌, 대규모의 지원 물자를 테무진이 가만히 놔둘 리 없지 않사옵니까? 설혹, 운 좋게 옹칸을 지원하는데 성공하여 테무진이 밀린다고 하더라도 약탈 행위는 중지되지 않을 것이옵니다. 전투에서 살아남은 패잔병들이 국경으로 밀려들어 약탈 행위를 해 댈 게 뻔하니 말이옵니다."

금나라가 세워진 지 얼마 되지 않았기에 아직 그 기반이 약했다. 그런 상황에서 약탈 행위를 방치하여 민심이 흉흉해진다면 국가의 존립 자체가 위험해질 수도 있다.

하지만 편복대주나 장인걸이 걱정하는 것은 민심 따위가 아니었다. 국경의 방어선이 헐거워지면, 지금은 자신들보다 대국이기에 금을 건드리지 않고 있던 수많은 몽고 부족들이 대놓고 침공해 올 우려가 있었다.

그렇게 되면 상황은 최악으로 치달을 수도 있다. 송과의 전쟁에 전념을 다하고 있는 장인걸로서는 더 이상의 병력을 북쪽으로 돌릴 여력이 없었으니까.

"젠장! 그렇다면 다른 방법이 없단 말이냐?"

분노를 참을 수 없었던지 거친 숨을 몰아쉬던 장인걸의 입에 갑자기 음흉스런 미소가 걸렸다. 기가 막힌 계책이 떠올랐기 때문이다.

"참! 생각해 보니 그리 대단한 요구 사항도 아니었구먼. 놈에게 원하는 대로 해 주겠다고 답신을 보내도록 해라."

장인걸의 갑작스런 명령에 편복대주는 어리둥절한 표정으로 반문했다.

"예? 이건 그렇게 간단하게 처리할 수 있는 사안이 아니옵니다."

장인걸은 별것 아니라는 듯 말했다.

"복잡하게 생각할 건 또 뭐가 있느냐. 재물이야 나중에 차차 보내 준다고 하면서 시간을 끌면 그만이요, 어디서 반반한 계집 하나 구해다 황녀라고 해서 보내 버리면 되는 게 아닌가. 그 야만족놈들이 황녀의 얼굴을 알고 있을 턱이 없으니까 말이다. 오호, 그래! 아예 101조 아이를 하나 보내서, 그 촌놈의 뼈까지 흐물흐물하게 녹여 버리는 것도 좋겠군."

101조라는 말이 떨어지자 편복대주는 내심 깜짝 놀라지 않을 수 없었다. 101조는 편복대 소속이면서도 그녀들을 움직이려면 반드시 장인걸의 허락을 받아야 할 정도로 장인걸의 각별한 관심을 받고 있는 첩보조다.

그녀들은 미모도 뛰어났지만, 고관대작들의 관심을 끌만한 지성과 교양을 익힐 수 있도록 막대한 돈과 시간을 들여 키운 조직이었다. 그런 그녀들을 한낱 변방 부족장 따위의 성노리개로 헌납한다는 건 너무 아까운 일이었다. 치마만 둘러도 환장을 하고 달려들 야만스런 놈들한테 말이다. 편복대주는 장인걸이 분노한 나머지 너무 급하게 결정을 내린 건 아닌가 하는 생각마저 들었다.

"미인계를 쓰는 것은 좋습니다만, 황녀를 보내야 한다는 건 정치적으로 아주 민감한 사안이옵니다. 황녀가 진짜냐 가짜냐를 떠나서, 황녀를 몽고의 부족장에게로 시집보냈다는 그 사실 하나만으로도 본국으로서는 크나큰 치욕이 될 테니 말이옵니다. 그 대신 테무진의 명성은 하늘을 찌르게 되겠지요. 그런 정치적 기류를 뻔히 알고 있을 대신들이 이러한 협상을 절대로 용납할 리 없사옵니다."

"흥, 제까짓 것들이 용납하지 않는다면 어쩌려고?"

강하게 밀어붙이려는 장인걸의 모습에 편복대주는 내심 한숨을 쉬면서도 급하게 입을 놀렸다.

"그리고 무엇보다 문제가 되는 것은 타국과의 동맹은 황제의 윤허가 있어야만 가능하옵니다. 하지만 지금은······."

자신의 생각과는 달리 계속해서 편복대주가 반론을 펼치자, 장인걸은 짜증스럽다는 표정으로 말했다.

"우쿼마이에게 말해서 허락을 받으면 될 거 아닌가!"

"정식으로 즉위식을 치루지 않은 그는, 아직 황제가 아니지 않사옵니까? 더군다나 이건 정치적으로 매우 민감한 사안이옵니다. 선황제께서 살아 계시다면 혹 모르겠사오나, 아직 정치적 기반이 취약한 우쿼마이로서는 절대로 들끓는 대신들을 무마할 수 없사옵니다. 잘못되면 교주님께서 모든 대신들의 탄핵을 받아······."

장인걸은 손을 내저으며 별것 아니라는 듯 대꾸했다.

"아아, 너무 복잡하게 생각할 필요가 없을 게야. 이번에 묵향 놈이 황도를 기습한 덕에 상당수의 대신들이 죽어 버렸지 않았나. 그 자리를 우리 쪽 사람들로 채워 넣기만 해도 큰 힘이 되지 않겠나?"

"하지만 대신들을 임명하려면 신황제의 즉위식이 끝난 후에야 가능하옵니다."

그러자 치밀어 오르는 짜증을 못 참겠다는 듯 갑자기 장인걸이 의자의 팔걸이를 강하게 내리쳤다.

"그렇다면 쓸데없는 소리 하지 말고, 하루라도 빨리 즉위식을 올릴 수 있는 방법이나 생각해 봐!"

장인걸의 분노에 편복대주는 잽싸게 고개를 조아리며 소리쳤다.

"존명!"

보고를 마치고 편복대주가 밖으로 나가려 할 때 장인걸이 슬쩍 물었다.

"참, 우리들의 황녀는 잘 지내고 있느냐?"

갑작스런 질문에 잠시 편복대주는 어리둥절한 표정이었다. 지금 황녀의 칭호를 받고 있는 사람이 8명이나 됐으니까. 하지만 그는 곧 장인걸이 '우리들의 황녀'라고 부를 만한 사람이 누군지 생각해 낼 수 있었다.

"예, 기대 이상으로 쏠쏠한 정보를 저희에게 보내 주시고 계시옵니다."

"아구다가 아꼈던 아이다. 그 아이의 신변에 위험이 생기지 않도록 각별히 주의하도록."

"존명!"

편복대주가 돌아간 후, 장인걸은 차를 마시며 음흉스런 미소를 지었다.

"흠, 놈이 원하는 게 황녀라면, 줘야지. 누구를 보낼까?"

편복대주는 101조 소속 첩자를 보내는 것에 회의적이었지만, 그가 아직 모르는 것이 있었다. 왜냐하면 장인걸이 편복대주에게까지 비밀로 하고 가르친 아이들이 바로 101조였기 때문이다.

편복대에 소속된 여자 대원들 중 가장 뛰어난 자질과 미모를 지닌 아이들만 모아 놓은 게 101조였다. 게다가 장인걸이 신경 써서 가르쳤기에 무공도 비교적 우수한 편이었다. 여기까지는 편복대주도 알고 있는 사실이었다. 장인걸은 그녀들에게 마교의 가장 사악한 마공 중 하나인 마령섭혼심법(魔靈攝魂沁法)을 비밀리에 전수해 줬다.

장인걸이 그 사실을 자신의 심복인 편복대주에게까지 숨길 필요성을 느꼈을 정도로 그 무공은 너무나도 위험한 양날의 검이었다. 사람의 심지를 제압하여 마음대로 조종할 수 있다는 사실. 장인걸의 뒤통수를 치기에 이보다 더 좋은 무공은 존재하기 힘들었다. 특히 지금 장인걸은 황실이나 군부 등 무공을 제대로 익히지 않은 자들과 함께 움직여야 하지 않는가. 따라서 101조 조원들만 제대로 이용한다면 지금 장인걸이 차지하고 있는 기반을 통째로 뒤흔들 수 있는 것이다. 그 때문에 101조 대원을 투입할 때는 자신의 허가를 받도록 해 놓은 것이고.

지금껏 수많은 배신을 경험하며 성장해 온 장인걸이다. 물론 그 대부분은 자신이 상대에게 행한 것이었지만. 그 때문에 그는 그 누구도 완전히 신뢰하지 못하게 되어 버렸다. 배신이라는 게 너무나도 쉽게 일어날 수 있다는 것과 그 결과가 당하는 사람의 입장에서는 너무나도 치명적이라는 것을 잘 알기 때문이다.

잠시 생각에 잠겨 있던 장인걸은 경호무사에게 명령했다.

"우쿼마이를 만나러 갈 것이다. 준비하도록!"

"존명!"

"어서 오십시오, 대원수."

환대하는 우쿼마이 앞에 장인걸은 갑자기 무릎을 꿇었다.

"신(臣) 장인걸, 대금제국 황제 폐하를 뵈옵니다. 선제 폐하께 그러했듯, 폐하를 위해서도 목숨이 다하는 그날까지 분골쇄신(粉骨碎身)할 것을 맹세하겠사옵니다."

우쿼마이는 다급히 장인걸의 상체를 들어올리며 난처한 표정으로 말했다.

"어허, 이거 왜 이러십니까? 대원수. 저는 아직 제위에 오르지도 않았습니다."

"신이 결정한 이상, 폐하께서는 황제가 되신 거나 다름없사옵니다."

그야말로 광오한 표현이었지만, 그의 표현이 사실이기도 했다. 그만큼 장인걸이 금나라에서 차지하고 있는 비중은 막대한 것이었으니까.

"다른 발극렬들은 만나 보셨습니까?"

"국론홀로를 제외하고는 모두 폐하께서 황위를 이으시는 것에 대해 찬성했사옵니다. 마침 이달 보름이 길하다고 하니, 그날 즉위식을 올리시는 게 어떻겠사옵니까?"

갑작스런 제안에 우퀴마이는 당혹스런 표정으로 급히 되물었다.

"너무 날짜가 급하지 않겠습니까?"

"송과의 전쟁을 하고 있는 이런 비상시국에 제국의 황위를 오랜 시간 비워 둘 수는 없는 일이오니, 대신들도 이해할 것이옵니다."

이때, 시커먼 인영(人影) 하나가 날아와서 저택 지붕 위로 떨어져 내렸다. 저택 주변에는 천마혈검대원들이 물샐틈없는 경계를 하고 있었지만, 그 누구도 그 인영을 막아서는 사람은 없었다.

잠시 후, 장인걸의 귓속으로 가느다란 전음이 들려왔다.

〈대주님의 전갈이옵니다.〉

《무슨 일이냐?》

〈일황자께서 그 추종 세력들과 함께 황도를 탈출했다 하옵니다. 그런데 그 탈출 방향이 국론홀로와 완전히 다른 방향이라 하옵니다.〉

'이런 빌어먹을! 안 그래도 할 일이 많은데, 별게 다 속을 썩이는군.'

장인걸은 내심 아차 싶었다. 국론홀로가 황도를 떠났다는 보고를 들었을 때만 해도 일황자가 이렇듯 발 빠르게 움직일 줄은 생각지도 못했다. 그래서 수하들을 시켜 국론홀로를 다시 돌아오게 한 후, 적당히 윽박질러 우퀴마이를 지지하게 하려고 했다.

하지만 황위를 이어받을 수 있는 정통 후계자인 일황자까지 그 대열에 동참했다면 문제가 전혀 달라지는 것이다.

장인걸 앞에서는 허허거리며 사람 좋은 웃음을 흘리던 국론홀로가 이런 식으로 뒤통수를 칠 줄이야. 황도에 남아 있어 봐야 장인걸의 뜻대로 흘러갈 게 뻔하니, 황위를 도모하기 위해서는 지금 외에는 기회가 없을 거라고 판단한 모양이었다.

대화를 나누던 중에 갑자기 장인걸의 안색이 딱딱하게 굳어 버리자, 우퀴마이는 괴이쩍게 생각하지 않을 수 없었다. 지금까지 나누던 대화 내용 어디에도 장인걸이 저런 표정을 지을 만한 것이 없었기 때문이다.

"무슨 언짢은 일이라도 있으십니까? 대원수."

"아, 아니옵니다, 폐하."

장인걸은 별거 아니라는 듯 둘러대면서도 지붕 위에 자리 잡은 인영에게 어기전성을 보냈다.

《누구를 보냈느냐?》

〈사안이 사안인지라, 대주께서는 왕걸(王傑) 대장께 청하시어 급히 추격하도록 하셨사옵니다.〉

편복대주가 곧바로 천마혈검대 제6대를 투입했다는 말에 장인걸은 마음이 놓였다. 하지만 그렇다고 안심을 할 수는 없었다. 삼황자와도 연결되어 있는 교활하기 짝이 없는 국론홀로인 만큼, 무슨 함정을 파 놨는지 알 수가 없었기 때문이다.

《일황자가 황도를 떠난 시각은?》

〈정확히는 알 수 없사오나, 2시진을 넘기지는 않았을 거라고 들었사옵니다.〉

《다른 황자들과 발극렬들에 대한 감시를 강화하라고 전하라. 두 번 다시 이런 일이 생겨서는 안 될 것이야.》

〈존명!〉

이때 딱딱하게 굳어 있는 장인걸을 향해 우쿼마이가 은근한 어조로 물었다.

"대원수의 안색이 어두운 걸 보니, 혹 국론홀로가 내가 황위에 오르는 것에 대해 반대하고 있는 것은 아니오?"

"아아, 폐하께서 그런 걱정은 하실 필요가 없사옵니다."

장인걸은 다른 쪽으로 화제를 바꾸는 게 좋겠다고 생각했다. 그리고 그때 그의 머릿속에 떠오른 것이 바로 몽고에 대한 것이었다. 사실 그 문제를 의논하기 위해 우쿼마이를 찾아온 것이기도 했지만.

"참, 그리고 보니 몽고에 파견했던 사신이 돌아왔사온데, 그 보고는 들으셨사옵니까?"

"아직 듣지 못했습니다."

장인걸은 테무진이 요구하는 것들에 대해서 자세히 보고했다. 보고를 듣던 우쿼마이는 터무니없는 테무진의 요구에 기분이 상했는지 안색이 썩 좋지 못했다. 보고를 마치고 잠시 뜸을 들인 장인걸은 천천히 본론으로 들어갔다.

"말도 안 되는 요구라고 거부하기에는 현재 제국이 처해 있는 상황이 너무 급박하옵니다. 차라리 적당히 그들의 요구를 들어주는 척하며, 송과의 전쟁에 전력을 기울이는 것이 좋을 듯합니다."

우쿠마이는 잠시 고민을 하는 듯하다 고개를 가로저었다.

"다른 건 그렇다 치고, 황녀를 보내라는 건 어떻게 할 생각입니까?"

"가짜 황녀를 보내 미인계를 쓴다면, 놈을 자멸의 길로 밀어넣을 수 있사옵니다. 소장이 이럴 때 써먹으려고 키워 둔 아이가 하나 있사온데……."

가짜라면 상관이 없을 거라 생각한 장인걸의 예상과는 달리 우쿠마이는 단호하게 거부했다.

"대원수, 아무리 가짜라고 하지만 대금제국 황녀를 몽고의 부족장 따위에게 시집을 보낼 수는 없습니다."

"하지만 비공개로 보낸다면……."

"국가 간의 일이 그렇게 되겠습니까? 당장 테무진 쪽에서 온 사방에 소문을 퍼뜨릴 게 뻔한데 말입니다. 사향을 수십 겹으로 감싼다고 해도, 결국에는 향기가 새 나오게 되어 있는 법입니다."

그건 당연한 추측이었다. 나쁜 일도 아니고, 대제국의 황녀를 자신의 첩, 혹은 며느리로 받게 되었는데 그걸 숨길 이유가 없었다. 아니, 오히려 주변 부족장들이 그 사실을 알면 자신의 입지는 더욱 높아질 게 분명한 이상 수단과 방법을 가리지 않고 사방에 그 소문을 퍼뜨려 댈 것이다. 그리고 그 소문은 무역상들을 통해 다시금 금나라로 돌아오게 된다. 이쪽에서만 숨긴다고 해서 될 일이 아닌 것이다.

우퀴마이의 단호한 거부에 곤혹스런 표정을 감추지 못하던 장인걸은 더 이상 강하게 밀어붙이는 것은 오히려 반감을 살 수 있다는 생각에, 일단 한발 물러서기로 했다.

"아직 즉위식까지는 시간 여유가 있사오니 다른 방도를 모색해 보도록 하겠사옵니다."

침중한 장인걸의 표정에 마음이 편치 않았던지 우퀴마이가 조심스럽게 입을 열었다.

"그렇게 해서라도 꼭 몽고를 끌어들여야만 합니까?"

"북쪽 국경선에 발목이 잡혀 있는 병력만 30만에 달하옵니다. 몽고의 원병을 끌어들이는 건 고사하고, 주둔군의 일부만이라도 남쪽으로 돌릴 수만 있다면 엄청난 도움이 될 것이옵니다."

장인걸의 말에 잠시 고민을 하는 듯하더니 어쩔 수 없다는 듯 우퀴마이는 긴 한숨을 내쉬며 입을 열었다.

"대원수께서 그렇게까지 말씀하신다면, 나도 방법을 모색해 보도록 하겠습니다."

회담을 마치고 돌아가던 장인걸은 머리가 아픈지 고개를 흔들었다. 뭔가 일이 생길 때마다 정치적 논리에 맞춰 일일이 신경을 쓰는 것이 너무 피곤했기 때문이다. 이럴 때마다 장인걸은 예전 마교 교주로 있었을 때가 너무도 그리웠다. 강력한 힘, 일사불란한 지휘체계, 충성스런 수하들. 하지만 예전 기억을 떠올릴 때마다 장인걸은 묵향에 대한 원한에 치를 떨어야 했다.

이를 으드득 갈던 장인걸은 뭔가 기분 좋은 생각이 떠올랐는지 갑자기 음흉한 웃음을 지었다.
 "흐흐, 약점을 내가 움켜쥐었으니, 네놈의 최후도 그리 멀지 않았다."

교주의 숨겨진 혈육

25

속고 속이고

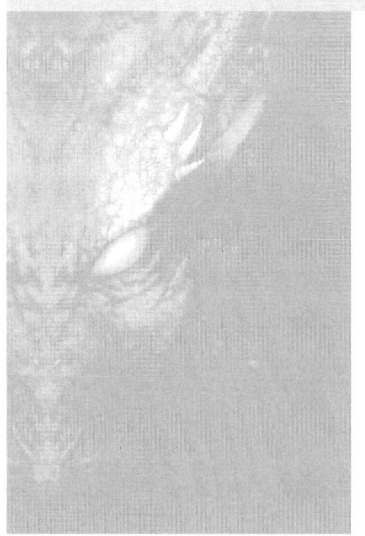

"감찰부주께서 오셨습니다."

"들라고 하게."

맹주의 책상 위에는 두툼한 서류 뭉치들이 수십 개나 쌓여 있었다. 이걸 다 검토하고 처리하려면 꽤 많은 시간이 필요한데도, 맹주는 감찰부주의 방문에 전혀 싫은 기색을 보이지 않았다.

감찰부주가 집무실에 들어왔을 때, 맹주는 문서에서 눈을 떼지도 않으며 물었다.

"그래, 무슨 일이냐?"

"황성사에서 밀사가 왔습니다."

생각지도 못했던 말을 들었기에 맹주는 깜짝 놀라 고개를 들었다.

"황성사에서?"

"예, 천하의 악적인 교주를 없앨 수 있도록 힘을 보태라고 하더군요."

"허허, 그거 참. 오랑캐를 상대하기 위해서는 마교의 힘이 절대적으로 필요하거늘. 갑자기 그게 무슨 말인지……?"

맹주가 어이가 없는지 고개를 절레절레 흔들며 중얼거리자, 감찰부주가 얼른 보충 설명을 했다.

"얼마 전에 황도에서 벌어진 사건 때문에 그런 것 같습니다. 특히 교주에게 납치되어 혹독한 고문을 받은 것으로 알려진 연공공이 이를 갈고 있는 모양입니다. 밀사의 말에 의하면 교주가 속한 마교 자체를 패역무도한 단체로 공표를 한 뒤, 그들의 만행을 천하에 알리겠다고 합니다. 그리고 이를 증명할 인물까지 확보해 두었다고 하더군요."

"그런데 연공공이라면?"

"현 황성사의 실세 중의 실세라고 할 수 있는 인물입니다. 그렇기에 그냥 무시를 하기에는 좀······."

아무리 현 황실을 찬밥처럼 여기고 있는 무림맹이었지만 그렇다고 대놓고 무시할 수는 없는 노릇이었다. 어릴 때부터 받은 교육으로 인해 알게 모르게 송 황실에 대한 충성심이 남아있는 무림맹의 고수들도 꽤 많았기 때문이다. 더군다나 황실에 반한다고 하면 정파를 지양하는 무림맹으로서는 대의명분을 얻기가 힘들어진다. 그런 점을 익히 잘 알고 있었던 맹주는 마교를 버림으로써 얻을 수 있는 명분과 마교 없이 싸웠을 때 맹이 입게 될 피해 등을 생각해 보며 고심에 빠졌다. 잠시 후, 길게 한숨을 내쉰 맹주는 머리가 아픈지 고개를 절레절레 흔들었다.

"아무리 생각해도 현 상황에서 마교를 내친다면 우리들의 힘만으로 오랑캐들을 상대한다는 게 어려울 것 같네."

완곡한 거부의 표시였다. 그러자 감찰부주는 난감한 표정으로 재차 입을 열었다.

"문제는 황성사에서 그렇게 생각하지 않는다는 점이옵니다, 맹주님. 그렇기에 군의 핵심적인 인물이었던 악비 대장군조차 단칼에 날린 것이 아니겠습니까. 더군다나 얼마 전에 맹의 무사들과 함께 왜구들 10여 만을 전멸시키기도 했으니 오판을 할 만도 하지 않겠습니까."

"허, 그까짓 왜구들 십만과 정예화 된 금나라 정병들이 어찌 같을 수 있단 말인가? 게다가 금나라에는 흑살마왕과 그 부하들까지 있는데 말일세."

잠시 미간을 찌푸리며 고심을 하던 맹주는 이윽고 마음을 정했는지 입을 열었다.

"현 상황에서 마교의 힘은 절대적으로 필요하네. 그렇다고 아예 무시를 하기도 그러니 일단 시간을 끌도록 하세. 그러다 보면 뭔가 방법이 나오겠지. 안 그래도 날이 풀리면 곧 대대적인 전투가 재개될 것이 아닌가."

"예, 그렇다면 밀사에게는 제가 적당히 둘러대서 돌려보내도록 하겠습니다."

대답을 한 감찰부주는 밖으로 나가지 않고 다시 맹주를 향해 입을 열었다.

"참, 그리고 근래 이해하기 힘든 움직임을 보여 줬던 교주가 왜 그랬는지를 알 수 있는 결정적인 단서들을 찾아냈습니다, 맹주님."

"그래? 그게 무엇이더냐?"

황성사의 건 때문에 머리가 아픈지 지그시 눈을 감고 있던 맹주는 눈도 뜨지 않고 물었다. 아니, 또 다시 교주에 대한 말이 나오자 아예 미간을 왈칵 일그러트릴 정도였다. 하지만 감찰부주는 전혀 개의치 않으며 입을 열었다.

"개방에서 입수한 정보에 따르면 만통음제 대협이 흑살마왕에게 납치되셨다고 합니다."

그 말에 맹주는 깜짝 놀라서 감찰부주를 바라봤다. 하지만 곧 이어 그는 고개를 갸웃하며 중얼거렸다.

"설마…, 화경급 고수를 납치할 수 있을 리가……?"

"만통음제 대협께서는 그 전에 흑살마왕과의 전투에서 입은 심각한 부상에서 채 회복하지 못하고 계셨다고 합니다. 그 때문에 제대로 힘도 못 쓰고 납치당하신 거라고……."

"확실한 증거나 증인은 확보했나?"

감찰부주는 어색한 미소를 지으며 고개를 가로저었다.

"아쉽게도 그런 건 없습니다. 개방에서 그 사실을 알게 된 건, 만현 인근에 마교의 정예가 갑자기 나타나 대규모 수색 작전을 감행했기 때문이라는군요."

"허…, 그것 참."

"맹주님께 일전에 보고 드렸다시피 교주는 만통음제 대협과 의형제를 맺었다고 했지 않습니까. 저는 그게 교주의 술수라고 생각했었는데, 그게 아니었던 모양입니다. 이번에 교주가 연경을 친 것도, 그분의 실종과 절묘하게 시기가 맞아떨어지고 있습니다. 어쩌면 그렇게 무리한 짓거리를 한 것이, 그분을 납치한 것에 대한 교주의 보복일 수도 있다고 추정이 됩니다."

맹주는 지금까지 자신이 알고 있었던 교주의 또 다른 모습에 내심 당혹감을 감추지 못했다. 무엇보다 언제나 신중하던 감찰부주가 저렇게까지 확신에 찬 목소리로 말하지 않는가.

"흐음……. 네 말이 꽤나 일리가 있긴 하지만, 솔직히 믿어지지는 않는구나. 그는 지금껏 강철과도 같은 냉혹함을 자랑하던 살인마가 아니었더냐?"

"어쩌면 그것도 다 자신의 약점을 감추기 위한 연막 작전일 수도 있습니다."

잠시 생각을 해 보던 맹주는 그럴 수 있겠다는 생각에 고개를 끄덕였다.

"허긴…, 아무리 냉정한 인간일지라도 그런 틈 정도는 가지고 있는 게 당연하겠지."

"제가 드리고 싶은 말은…, 만약 그의 약점이 그것이 맞다고 한다면 본맹은 유래 없는 위험에 봉착하게 될지도 모른다는 사실입니다."

그 말에 맹주의 얼굴에는 의문이 떠올랐다. 교주의 약점을 찾아냈으면 좋은 일인데, 왜 감찰부주가 이렇게 말하는지 이해할 수가 없었기 때문이다.

"왜 그의 약점이 드러났는데, 본맹이 위험하다는 말인고?"

"일전에 말씀드렸었던…, 천지문에 얽힌 그 가설 말입니다."

비밀을 요하는 사안이었기에 감찰부주는 두리뭉실 돌려서 표현했다. 그리고 맹주 또한 그걸 재빨리 알아들었다.

"아, 그 진팔이라는 젊은이에 관한?"

"예, 맹주님. 바로 그가 이번에 흑살마왕에게 납치당했기 때문입니다."

맹주는 고개를 번쩍 들었다. 그의 표정은 놀라움에 가득 차 있었다.

"뭣이? 그게 사실이냐?"

"예. 그 외에도 패력검제의 아들, 서량(徐梁)도 함께 납치되었답니다."

맹주는 자리에서 벌떡 일어나 감찰부주의 앞자리로 자리를 옮겼다. 그러고는 턱수염을 쓰다듬으며 중얼거렸다. 그의 어조에는 강한 불신이 어려 있었다.

"허, 정말이지 놀라운 일이로고……."

"의형인 만통음제 대협이 납치당하자 그 보복으로 연경을 기습 공격하는 무릿수를 감행한 교주입니다. 그런데 혈족인 진팔까지 흑살마왕에게 납치된 이상, 그가 무슨 짓을 할지는 아무도 모르는 게 아닙니까?"

"네 말은, 그가 흑살마왕의 위협에 굴복할 수도 있다는 말이냐?"

감찰부주는 침중한 표정으로 고개를 끄덕였다. 현재 상황을 종합해 본다면 충분히 그런 추측이 가능했기 때문이다.

"최악의 경우 본맹의 뒤통수를 칠 가능성도 배제하기 힘들다는 말이지요. 며칠 전 금나라에서 파견한 사신 일행이 양양성에 도착하여 교주를 만나고 갔다는 서문세가의 보고서를 맹주님께서도 보셨지 않습니까. 흑살마왕이 교주에게 사신을 보낸 이유가 무엇이었겠습니까? 바로 교주를 협박하기 위해서였겠지요."

맹주의 눈썹이 일순 역팔자로 일그러졌다.

"교주의 동태는 어떠하더냐?"

"다행히 아직 아무런 움직임도 없습니다."

맹주는 할 말을 잊은 듯 잠시 멍하니 앉아 있었다. 감찰부주의 가설은 그에게 너무나도 의외였던 것이다. 교주 같은 고수가 아직까지도 인연의 사슬에 얽매여 있다니……. 그렇다면 지금껏 내려오던 말과 달리, 무공의 높은 벽을 돌파하는 데 오욕칠정(五慾七情)을 끊는 것은 별 도움이 안 된다는 말과도 같지 않은가.

자신이 지금껏 하고 있었던 수련법에 대한 회의감에 맹주는 허탈감을 느끼지 않을 수 없었다. 그러던 맹주는 문득 생각난 듯 입을 열었다. 그의 목소리에는 힘이 전혀 느껴지지 않았다.

"제대로 된 증거가 있다면 결정을 내리기가 쉬울 텐데……."

"증거만 없다 뿐이지, 전체적인 정황들이 진실을 말해 주고 있지 않습니까?"

뭔가 결단을 내릴 듯하던 맹주는 갑자기 고개를 가로저으며 중얼거렸다.

"아니야, 좀 더 조사해 보기로 하지. 성급한 판단은 너무 위험해. 확실한 것도 아니고……."

그런 맹주의 마음을 이해한다는 듯 감찰부주는 동감의 뜻을 표했다.

"그렇긴 하죠. 일단 뭔가 확실한 증거를 찾을 때까지 정보를 최대한 모아보도록 하겠습니다."

"대신, 마교쪽에 대한 감시는 좀 더 강화하도록. 그쪽에서 언제 무슨 짓을 벌일지도 모르니까 말일세."

"그렇게 하도록 하겠습니다."

꿩 먹고 알 먹고

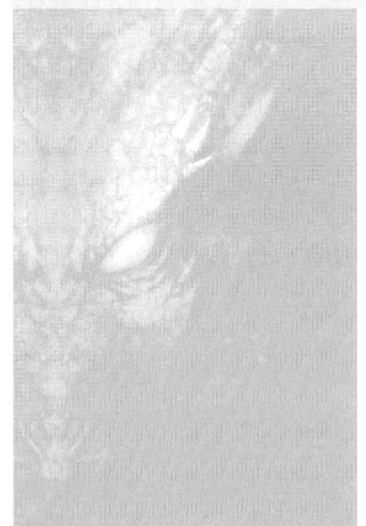

25

속고 속이고

옥화무제는 무림맹을 향해 쏜살같이 달려가고 있었다. 묵향과 맹주 간의 비밀 협약이 맺어지도록 다리를 놔야 했기 때문이다. 옥화무제는 언제나 그렇듯 달리는 마차 안에 혼자 앉아 있었다. 비록 호위무사들을 거느리고 있긴 했지만, 모두들 마차 위에 있거나, 아니면 말을 타고 뒤를 따랐다. 감히 그녀와 함께 동석할 만한 위치에 있는 사람은 단 한 명도 없었던 것이다.

마차 안에 놓인 작은 다탁에 턱을 괴고 생각에 잠겨 있던 옥화무제는 터져 나오는 웃음을 참기 위해 무던히도 애를 써야만 했다.

"이런 절호의 기회가 제 발로 찾아올 줄이야."

묵향의 속마음을 그 누구보다도 잘 알고 있다고 자부하고 있는 옥화무제였다. 그런 그녀였기에 이번 기회를 잘만 이용한다면, 무영문이 무림 최강의 방파로 우뚝 설 수 있을 거라는 확신을 하고 있었다.

그녀의 얼굴 가득 짙은 탐욕과 열망의 빛이 교차되며 떠올랐다. 오랜 세월 무림에서 잔뼈가 굵은 그녀로서는 이토록 자신의 감정이 밖으로 드러나는 경우가 극히 드물었지만, 지금만큼은 도저히 표정 관리가 되지 않았다.

묵향은 그녀에게 맹주와의 협상에 있어서 전권(全權)을 맡겼다. 마지막 협상은 어차피 묵향과 맹주가 직접 만나서 하게 되겠지만, 그 도중에 자신이 농간을 부릴 만한 충분한 여지가 있는 것이다.

물론 금은보화나 신병이기 따위를 대가로 지급하게 된다면, 그녀가 도중에 끼어들 여지는 없다. 왜냐하면 목록에 써진 대로 고스란히 맹에 전달해야만 할 테니까. 하지만 대가가 무공비급이라면 얘기가 완전히 달라진다. 도중에 빼돌릴 수는 없다 하더라도, 최소한 사본을 만든 다음 전달하는 정도는 충분히 가능하지 않겠는가.

"크흐흐……."

냉철하기 그지없는 그녀가 이성을 잃을 정도로 광분하고 있는 이유는 바로 그것이었다. 무림맹과 마교와의 거래다. 그런 만큼 무공비급 1~2권이 대가로 건네질 리 만무했다. 최소 수십 아니, 어쩌면 수백 권이 오갈지도 모른다. 그것도 각 문파들마다 문외불출(門外不出)로 꽁꽁 숨겨 두고 있는 최고의 비급들이 말이다.

만약 이번 협상이 잘 이뤄지기만 한다면 무영문으로서는 엄청난 무공비급을 챙길 수 있을 뿐만 아니라, 덤으로 얻는 것 역시 무시할 수 없을 것이다. 마교로부터는 중계를 성사시켜 준

대가를 받을 수 있을 것이고, 무림맹에서 역시 각 파의 절전비급들을 되찾아 준 은인으로서의 위치를 점하게 되지 않겠는가. 이건 그녀가 겨우 봉공따위의 직책을 얻는 것과는 천지 차이가 날 정도의 명성을 그녀와 무영문에게 안겨 줄 게 분명했다.

"객잔이 있는데 잠시 쉬어가시겠습니까?"

그때 마차 밖에서 경호 무사가 외치는 소리가 들려왔다. 혼자 앉아 있었기에 속마음이 그대로 드러나 탐욕으로 번들거리던 그녀의 얼굴이 순식간에 무표정하게 바뀌었다. 옥화무제는 창문을 가리고 있던 휘장을 살짝 걷으며 활기찬 어조로 말했다.

"갈 길이 급하니 다음 마을에서 쉬도록 하자꾸나."

"존명!"

황성사의 요청에 맹주가 골머리를 앓고 있을 때, 옥화무제가 무림맹을 방문했다. 옥화무제가 직접 찾아와서 자신과의 독대를 청한다는 말에 맹주는 고개를 갸웃하지 않을 수 없었다. 그녀가 직접 무림맹까지 찾아오는 경우는 극히 드물었기 때문이다. 그렇기에 맹주는 그녀와 혼자서 만나는 대신 감찰부주를 동석시키기로 했다. 그러는 편이 노회하기 그지없는 옥화무제를 상대하기 훨씬 수월했기 때문이다.

"노부와 독대를 원했다고 들었는데…, 무슨 일인지 얘기해 보시구려, 옥화 봉공."

옥화무제는 곧바로 답하지 않고 잠시 감찰부주를 지긋이 쳐다봤다. 그걸 본 맹주는 입가에 옅은 미소를 지으며 말했다.
"신경 쓰지 마시고 말씀하셔도 상관없소이다."
그래도 신경 쓰인다는 듯 감찰부주를 다시 한 번 쳐다봤지만, 결국엔 어쩔 수 없다고 생각했는지 그녀는 본론을 꺼내지 않을 수 없었다. 묵향이 자신에게 제안한 비밀 작전에 대해서 말이다.
이미 감찰부주를 통해 가설에 따른 추론들을 검토해 본 후였기에, 맹주는 교주가 뭔가 행동을 취할 거라고는 짐작하고 있었다. 하지만 이렇게 극단적인 방법을 생각해 낼 거라고는 전혀 예상치 못했기에 그들의 놀라움은 더욱 컸다. 하지만 노회한 맹주는 그런 내색은 하지 않고, 느긋함을 가장한 어조로 침착하게 입을 열었다.
"그러니까 교주는 우리가 흑살마왕과 결탁하는 척해 달라는 것이오?"
"예, 맹주님."
곧바로 감찰부주가 언성을 높이며 외쳤다. 그는 이 제안을 한 교주의 마음을 잘 알 수 있었다. 혈족을 구하고자 하는, 혹은 복수하고자 하는 그 마음을 말이다. 상대가 이렇게 다급한 상황이라면 뭔가 이쪽에서 혹할 수 있는 제안을 했을 텐데 아직 그런 내용은 아무것도 없었다. 그렇기에 그는 옥화무제의 말이 떨어지자마자 기를 쓰고 반대하기 시작했다.
"그건 불가합니다, 맹주님. 겉으로 봤을 때는 꽤나 그럴듯한 제안이기는 합니다만, 위험 부담이 너무 큽니다. 만약 이 사실이 밖에 노출되어 보십시오. 매국노, 변절자 따위의 오명을 뒤집어쓰는 정도로 끝날 일이 아닙니다. 혹, 흑살마왕의 세력이 너무 강해서 이런 추잡스런 계책이라도 쓰지 않을 수 없는 상황이라면 변명의 여지가 있을지 모르겠습니다만, 현 상황으로 봤을 때는 전혀 변명의 여지조차도 없습니다."

맹주가 듣기에 교주의 제안은 무림맹에 아주 유리한 것이었다. 그런데도 불구하고 감찰부주가 핏대를 세우며 반대하자, 일순 맹주는 그를 어이없다는 눈길로 바라보지 않을 수 없었다. 하지만 맹주는 재빨리 자신의 표정을 관리했다. 사질이 그렇게 행동하는 데는 뭔가 타당한 이유가 있을 게 분명하다고 판단한 것이다.

감찰부주의 반대에 옥화무제는 부드러운 어조로 항변했다.

"물론 감찰부주의 말도 옳아요. 하지만 결국 역사는 승자만을 기억한다는 점도 생각하셔야 할 겁니다, 맹주님. 승리를 거둔다면, 그 과정에서 벌어진 사소한 잘못 따위는 아주 쉽게 감춰 버릴 수 있지요. 안 그런가요?"

"그건 봉공님의 말씀이 옳습니다. 하지만 이 계책을 받아들임으로 인해 만들어진 치부(恥部)를 다른 사람도 아니고, 바로 그 교활하기 짝이 없는 교주가 알게 된다는 게 문제지요."

"그런 걱정은 하실 필요가 없다고 사료됩니다, 맹주님. 지금까지 교주는 단 한 번도 남의 약점을 쥐고, 그걸 이용해서 계략을 꾸민 적이 없어요. 제 말을 믿기 힘드시다면, 개방 쪽에 물어

보면 아실 수 있을 겁니다. 더군다나 그는 단 한 번도 배신을 한 적도 없었지요."

"흐음……."

감찰부주가 왜 반대를 했는지 알 수 없었던 맹주는 선뜻 결정을 내리지 못하고 팔짱을 꼈다. 그러자 옥화무제는 답답하다는 듯 말했다.

"이 상태로 나가다가는 전쟁이 언제 끝날지 알 수가 없어요. 마교의 경우 교주의 권세가 막강한 만큼, 그 권력이 아주 쉽게 무너질 수도 있다는 양면성을 지니고 있지요. 전쟁이 시작된 시점부터 시작해서 교주는 거의 대부분의 시간을 양양성에서 보냈죠. 그러다가 요 근래 그의 모습이 양양성에서 사라진 것은 무슨 이유에서일까요?"

묵향은 지금 대별산맥에서 부하들과 함께 있었지만, 무림맹에서는 그걸 전혀 모르고 있었다. 그렇기에 감찰부주나 맹주가 아무런 대답도 하지 못하자, 옥화무제는 생긋 미소 지으며 말을 이었다.

"이번에 교주가 남양과 연경을 동시에 타격한 건 잘 알고 계시겠지요?"

맹주가 고개를 끄덕이는 걸 보고, 그녀는 계속 말을 이었다.

"금나라 황제를 살해했을 정도로 적들에게 큰 타격을 주기는 했지만, 그에 못지않게 커다란 피해를 입기도 했어요. 우리 쪽에 확인된 것만 해도, 고루혈마(枯僂血魔)라고 불리는 옥관패

(玉冠覇) 장로가 사망했고…….”

옥화무제는 마교가 입은 피해에 대해 자신이 아는 바를 상세히 설명해 나갔다. 그 말을 듣는 맹주와 감찰부주의 표정은 경악으로 물들었다.

"그렇게 큰 희생을 치렀을 줄이야…….”

마교가 지닌 전력이 워낙에 엄청나서 그렇지, 웬만한 문파가 그 정도 고수의 손실을 입었다면 곧바로 멸문의 길로 들어섰을 것이다.

분위기가 자신이 의도한 대로 흘러가자, 옥화무제는 내심 음흉스런 미소를 지으며 입을 열었다.

"지금 교주는 십만대산에 가 있어요.”

그녀가 이렇게 말도 안 되는 헛소리를 할 수 있었던 것은, 교주가 지금 어디에 있는지 무림맹에서는 절대로 모르고 있을 거라는 확신이 있었기 때문이다. 왜냐하면, 대별산맥에 마교도들이 진을 치고 있다는 걸 아무도 모르도록 연막을 치고 있는 게 바로 자신의 수하들이었으니까.

"십만대산에는 왜?”

"너무나도 큰 피해에 그의 수하들을 다독거리기 위해서죠. 아무리 마교의 반도인 흑살마왕 일파를 척살하기 위해서라고는 하지만, 마교 입장에서는 별 이익도 없는 이 전쟁이 너무 오래 지속되고 있어요. 이건 교주의 개인적인 복수일 뿐, 권력 쟁탈에서 밀려나간 흑살마왕 일파를 반드시 척살해야만 할 이유는 없다는 거죠. 그래서 교주는 이번에 장인걸을 끝장내기 위해 3개 전투단을 투입했지만, 결과는 방금 전에 설명드린 대로 너무나도 참담한 것이었지요."

그때 뭔가를 떠올린 감찰부주가 황급히 물었다.

"그렇다면 봉공님의 말씀은, 교주가 이번에 획책하고 있는 전쟁이 마교의 마지막 혈전일 거라는 겁니까?"

"그래요, 장인걸에 대한 마지막 복수전이 되겠죠."

"제가 이해를 하기 힘든 것은 그렇게 많은 피해를 입었음에도, 왜 마교 단독으로 싸우려고 한다는 말입니까? 그건 뭔가 앞뒤가 안 맞는군요."

마치 예상했던 질문이 나왔다는 듯 옥화무제는 여유로운 표정으로 답변을 했다.

"그렇지가 않아요. 이번 전투에서 장인걸은 신무기를 몇 개 꺼내 놨어요. 엄청난 폭발을 일으키며 수많은 철질려를 사방으로 비산시키는 암기 같은 것이죠. 그 때문에 마교가 예상외로 피해가 컸던 거예요. 그래서 교주는 대비가 완전히 갖춰져 있는 적의 본진을 치는 걸 포기하는 대신 밖으로 끌어내려는 거죠. 하지만 장인걸이 밖으로 기어 나올 리 없으니, 무림맹에 협조를 구하는 것이구요."

맹주는 이해할 수 있겠다는 듯 고개를 끄덕였다.

"흠, 봉공의 말은 잘 알겠소이다."

그러자 옥화무제는 쐐기를 박듯 말했다.

"참, 교주가 본녀에게 이번 협상을 맡기면서 제시한 시간제한이 있어요."

"시간제한이요?"

"교주는 원로원과 장로들과의 회의를 통해 올해 안에 전쟁을 끝내겠다고 선언했답니다."

"만약 그게 이뤄지지 않는다면 어떻게 하겠다는 겁니까?"

옥화무제는 비릿한 미소를 지으며 대답했다.

"아마도 짐 싸 들고, 십만대산으로 철수할 수밖에 없게 되겠죠."

그 말에 맹주의 안색이 일순 침중하게 바뀌었다. 만약 현 상황에서 마교가 전력에서 이탈한다면, 금나라와의 전쟁을 치루는 건 거의 불가능할 테니까.

감찰부주는 말도 안 된다는 듯 또다시 끼어들었다.

"절대로 그럴 리 없습니다, 맹주님. 겉으로 드러난 건 봉공님의 말씀대로지만, 교활하기 짝이 없는 교주는 뭔가 교묘한 함정을 파놨을 게 뻔합니다. 이쪽의 출혈을 강요할 그런 함정을 말입니다."

감찰부주의 반론이 계속되자, 옥화무제는 상대가 왜 이렇게 나오는지 감을 잡을 수 있었다. 그렇기에 그녀는 살포시 미소 지으며 말했다.

"그러고 보니 감찰부주는 이 기회를 통해 마교 쪽에서 뭔가를 얻어 내려 한다 생각하고 계신 모양이군요."

"허, 그게 대체 무슨 말씀이십니까? 그럼 봉공님께서 한번 대답해 주시겠습니까? 뭣 때문에 마교가 이렇게까지 무리수를 둬 가며 흑살마왕을 잡으려 하는지 말입니다. 미흡한 제 머리로는 아무리 생각해도 떠오르는 답이 없어서 말이죠."

감찰부주 역시 이런 쪽으로는 굴러먹을 만큼 구른 능구렁이였다. 자신의 내심을 상대방이 눈치 채자 재빨리 역공을 가한 것이다.

"그, 그건……."

옥화무제가 일순 대답을 못 하자 감찰부주는 기가 산 듯 더욱 큰 소리로 다그치기 시작했다.

"전 도무지 이해할 수가 없습니다. 모든 피는 자신들이 흘릴 테니, 우리는 그저 뒷짐만 쥐고 있다가 그 과실만 챙겨 먹으라니요? 다섯살 먹은 코흘리개도 아니고, 그따위 조건을 내걸면, 이쪽에서 '그렇게 좋은 조건이?' 하면서 덥썩 물 줄 알았다니. 참내, 어이가 없어서……. 지금은 손을 잡고 있다고 하지만, 얼마 전까지만 해도 본맹과 치열하게 싸웠던 마교의 말을 우리보고 곧이곧대로 믿으라는 말씀이십니까?"

맹주가 노회하다고는 하지만 충분히 구워삶을 수 있다고 생각했던 옥화무제는 생각지도 못했던 감찰부주의 반론에 입술을 질끈 깨물었다. 한참을 고민하던 옥화무제는 어쩔 수 없다고 생각하며 입을 열었다.

"믿으실지 모르겠지만 교주에게는 숨겨진 혈육이 있지요. 그런데 이번에 장인걸 쪽 무사들에게 납치를 당했습니다. 만약 그렇지 않았다면 교주가 이런 식의 제안을 하지도 않았을 테고 말입니다."

"천지문의 그······."

자신도 모르게 무의식 중에 말을 꺼냈던 맹주는 아차 하는 표정으로 재빨리 입을 다물었다. 하지만 옥화무제가 그 말을 듣지 못했을 리 없다.

옥화무제는 상대가 이미 그 사실을 알고 있다는 것에 심장이 떨어질 정도로 놀랬다. 하찮다고 깔아뭉개고 있던 감찰부였기에 그 놀라움은 더욱 컸다. 하지만 노회하기 그지없는 옥화무제의 표정은 전혀 변하지 않았다. 속으로는 너구리 같은 놈들이라고 욕설을 퍼붓고 있었지만, 겉으로는 화사한 미소를 내뿜고 있었던 것이다.

"잘 알고 계시는 것 같으니 더 이상 말씀드릴 필요는 없을 것 같네요. 맹주님이 말씀하시는 그 아이 때문에 교주가 이런 무리한 제안을 하게 된 거지요. 혈육을 살리려니 어쩔 수 없는 선택이 아니겠어요?"

맹주는 옥화무제에게 짐짓 화가 난 표정을 지어 보이며 다그쳤다.

"봉공께서 그런 정보를 알고 계셨다면 어째서 지금까지 맹에 알리지 않았소?"

"그, 그건······. 교주와 약속을 했기에 어쩔 수 없었습니다. 아시다시피 의뢰인의 비밀을 지켜 줘야 할 의무가 저희에게는 있으니까요."

옥화무제가 내심 당혹스러워하며 급히 변명을 했지만 그다지 설득력은 없었다. 하지만 맹주는 더 이상 그것을 문제 삼아 따지고 들지 않았다. 그로서는 지금까지 그토록 찾기를 원했던 진팔에 대한 확실한 증거를 옥화무제를 통해 얻게 된 사실에 크게 기뻐하고 있는 중이었으니까.

하지만 그런 맹주의 속마음을 알 리 없는 옥화무제는 속이 타지 않을 수 없었다. 교주의 비밀까지 말해 줬음에도 불구하고, 맹주의 반응이 기대 이하가 아닌가. 그렇기에 그녀는 조금 이르다고 생각하면서도, 자신의 마지막 패를 꺼내 들지 않을 수 없었다.

"교주는 만약 자신의 제안을 받아 준다면, 그에 상응하는 보답을 충분히 하겠다고 했어요."

자신이 기다리던 말이 나왔다고 판단한 감찰부주가 재빨리 입을 열었다.

"재물이야 맹에도 충분한데 대체 우리에게 뭘 주겠다는 말씀이신지요?"

미끼를 물었다고 생각한 옥화무제가 회심의 미소를 지으며 말했다.

"저는 교주에게 분명히 말했어요. 무림맹에 이런 부탁을 하려면, 이쪽이 그만큼 진지하다는 증거를 보여야 할 거라고 말이에요."

잠시 뜸을 들이며 상대로 하여금 기대감을 갖게 만든 후, 계속 말을 이었다.

"교주는 맹주님께서 이번 일을 도와준다면, 지금껏 약탈해 간 무림맹에 속한 문파들의 무공비급을 돌려 주겠다는 제안을 했어요. 물론 원본은 안 되고, 사본을 말이에요."

그 말에 맹주와 감찰부주의 목젖이 심하게 요동쳤다. 오랜 수련을 쌓은 도인들이었지만, 그들도 교주의 그 커다란 배포에 갈증을 느끼지 않을 수 없었던 것이다.

무인(武人)에게 있어 재물(財物)은 있어도 그만, 없어도 그만인 물건이다. 강대한 무력을 보유하고 있는 한, 재물 따위는 언제든지 끌어모을 수 있는 것이었으니까. 하지만 무공비급이라면 완전히 얘기가 달라진다.

"그, 그 말이 사실이오?"

깜짝 놀라 되묻는 맹주의 어투에서 옥화무제는 이번 회담이 자신의 생각대로 진행될 수 있겠다는 확신을 얻을 수 있었다.

"예, 맹주님. 이런 일을 제가 어찌 거짓으로 말할 수 있겠습니까."

하지만 아쉽게도 그녀의 말은 거짓이었다. 실상, 비급을 원하는 것은 옥화무제였다. 그렇기에 상대 또한 그걸 원해야만 했다. 그래야 교주에게 가서 상대가 비급을 원하더라고 말할 수 있을 테니까 말이다.

"맹주님, 그건 믿을 수가 없습니다. 지금이야 자신들이 다급하니 뭔들 못 주겠다고 하겠습니까. 이러다 일이 끝난 후, 만약 안면을 싹 바꿔 버리면 이쪽만 우습게 될…….”

감찰부주의 반론에 옥화무제는 정색을 하고 자신있게 말했다.

“그건 제가 책임지고 마교에서 받아 내어 맹에 전달하겠어요. 그것도 회담이 끝난 직후에 말이에요. 그렇게 한다면 문제가 없겠죠?”

“허, 봉공께서 그렇게까지 말한다면…….”

만약 옥화무제의 말 대로만 된다면 무림맹으로서는 전혀 손해 볼 것이 없다. 그렇기에 맹주는 짐짓 인심 쓰는 척 허락하려 했다. 하지만 갑자기 옆에서 감찰부주가 끼어들었다.

“맹주님, 말씀을 가로막아 송구스럽습니다만, 이 정도 사안이라면 장로들의 동의를 얻어야만 하지 않겠습니까?”

그 말에 고개를 끄덕인 맹주는 미소를 지으며 옥화무제에게 말했다.

“그렇구먼. 봉공, 노부에게 며칠 말미를 주시겠소? 이런 중요한 사안을 노부 혼자 결정할 수는 없을 듯하구료. 아무래도 장로들과 의논을 좀 해 봐야 할 듯싶으니 말이오.”

“그럼 그렇게 하시지요.”

옥화무제 역시 방긋이 웃으며 고개를 끄덕였다. 뭐든 급하게 재촉을 하면 탈이 나는 법이다. 어차피 상대는 절대 이 제안을 받아들이지 않을 수 없다고 확신하고 있는 옥화무제였기에 여유로운 마음으로 고개를 끄덕일 수 있었던 것이다.

옥화무제가 집무실 밖으로 나가자 감찰부주는 맹주를 향해 갑자기 고개를 숙이며 말했다.

"정말 절묘한 시점에 이런 제안이 들어오다니, 이것도 다 맹주님께서 평소에 쌓으신 은덕 때문이 아닌가 싶습니다."

"허허, 사질은 무슨 소리를."

맹주는 기분이 좋은지 연신 고개를 끄덕이며 수염을 쓰다듬었다. 그러다 고개를 갸웃하며 물었다.

"교주의 조건은 우리로서는 상당히 괜찮은 것 같았는데, 자네는 왜 시간을 달라고 한 게지?"

"교주의 숨겨진 혈육이 있다는 사실이 봉공의 입을 통해 확인된 이상, 이 제안은 충분히 매력이 있습니다. 그렇다면 지금까지 우리가 파악한 교주의 약점이 확연히 드러난 것이니 말입니다. 더군다나 이 계책을 받아들임으로써 우리는 황성사의 압력으로부터도 벗어날 수 있다는 이점이 있습니다."

"그렇지. 그렇기 때문에 노부는 이 제안을 흔쾌히 받아들일 생각이네만."

맹주의 말에 감찰부주는 고개를 갸웃하며 질문을 던졌다.

"저도 그렇게 생각을 합니다만, 봉공의 태도가 왠지 마음에 걸려서 그렇습니다."

"옥화 봉공이? 왜 그런 생각을 갑자기 하게 된 게지?"

"맹주님, 봉공께서 맹의 일에 너무 협조적이라는 것이 이상하지 않으십니까?"

의심하는 이유가 너무나도 황당한 것이라 맹주는 기가 막힐 수밖에 없었다.

"허어, 그건 또 무슨 말인고? 이러니저러니 해도 맹의 봉공이야. 이 정도 일은 당연히 해 줘야지."

하지만 감찰부주는 고개를 흔들며 다시 입을 열었다.

"생각을 한번 해 보십시오, 맹주님. 봉공께서는 교주의 의뢰를 받아, 교주 대신 협상을 하기 위해 이곳에 오신 겁니다. 그런데 교주가 이쪽에 보여 줄 수 있는 패를 처음부터 전부 다 보여 줬습니다. 저는 이걸 도대체 어떻게 받아들여야 할지 모르겠습니다."

맹주는 생각할 것도 없다는 듯 곧장 대답했다.

"지금껏 이익을 쫓는 행동을 많이 하기는 했지만, 그래도 봉공 역시 정파의 일원이 아니겠는가?"

"문제는 정파의 일원으로 받아들이기에는 지금까지 보아 왔던 봉공의 행동을 생각해 보면 상당히 무리가 있다는 점입니다. 쉽게 말씀드리면 철저하게 이익을 위해서만 움직인다고나 할까요? 그런데 이번에는 너무 쉽게 마지막 패를 꺼내 보였습니다. 제가 알기로는 지금까지 봉공께서 협상을 하실 때, 자신의 패를 결코 다른 사람이 알도록 하지 않으셨습니다. 그게 바로 자신의 이익과 직결되니까요."

그 말에 맹주는 고개를 갸웃하더니 중얼거렸다.

"그렇다면 이번에는 마지막 패를 먼저 꺼내는 게 자신의 이익에 부합(符合)된다는 말이겠구먼. 그게 과연 뭘꼬?"

"저는 그게 바로 우리가 받기로 한 무공비급이 아닐까 하고 추론해 봤습니다."

맹주는 고개를 가로저으며 반론을 말했다.

"허, 그건 너무 심한 억측이로구먼. 어떤 비급이 오갈 것인지 명세서가 따라붙을 건데, 봉공이 빼돌린다는 게 과연 가능하겠는가?"

맹주의 질문에 감찰부주는 생각할 필요도 없다는 듯 고개를 끄덕였다.

"가능합니다. 비급을 복사만 해도 충분할 텐데, 구태여 빼돌릴 필요가 없죠. 그렇기 때문에 봉공께서는 자신들이 책임을 지고, 비급을 받아 주겠다고 약속을 하신 게 아닌가 생각됩니다."

그 말에 맹주는 고개를 주억거리지 않을 수 없었다. 충분히 말이 되었기 때문이다. 몰래 복사만 하는 거라면 전혀 표시가 날 리 없으니까 말이다.

"흠, 그렇다면 어떻게 대처를 하는 게 좋을지 생각해 둔 것이라도 있나?"

"저도 갑작스럽게 이런 상황을 맞이하게 되서 아직 떠오르는 것이 없지만, 일단은 상황의 추이를 지켜보며 대처를 하는 게 좋을 듯싶습니다. 정 안 되면 비급을 회수하는 자리에 맹의 고수들을 파견해 직접 수령하는 것도 한 가지 방법이 될 수 있겠지요."

"그렇군. 일단은 교주의 제안을 받아들이는 것으로 하고, 만약 뚜렷한 대처 방안이 나오지 않는다면 차라리 노부가 교주에게 요청을 하겠네. 비급을 받을 때 우리측에게 직접 넘겨 달라고 말이야."

"그렇게 하는 것이 좋을 듯합니다. 하지만 아직까지는 봉공이 이 사실을 모르는 게 좋을 것 같습니다. 지금으로써는 교주와의 유일한 통로 역할을 해 주는 분이시니까요."

두 사람의 밀담이 끝났음에도 맹주는 일부러 옥화무제에게 연락을 보내지 않았다. 칼자루를 손에 쥔 쪽은 이쪽이었기에, 교주의 제안에 혹했다는 느낌이 들게끔 서두를 필요가 없었기 때문이다.

며칠 뒤, 옥화무제와 다시 자리를 같이 한 맹주는 그다지 탐탁지 않은 표정으로 교주의 제안을 받아들일 것을 승낙했다. 물론 무림맹에 속한 문파들이 지금까지 마교에 약탈당한 비급을 돌려받는 것을 전제 조건으로 하고 말이다.

교주보다 더 악독한 놈!

25

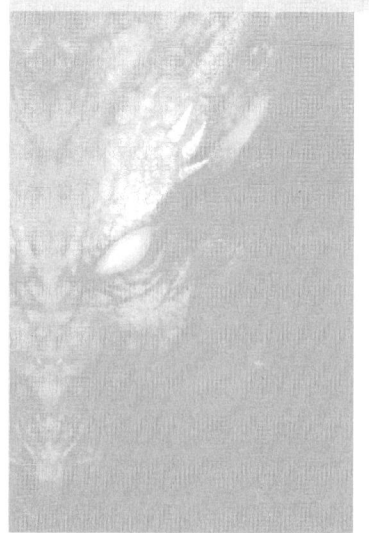

속고 속이고

개방의 남경분타가 연루된 고위 관료 납치·고문 사건의 경우, 황제를 향한 모반적 성격이 아니었기에 그 조사의 공식적인 주체는 형부(刑部)였다.

그렇기에 남경분타에서 사로잡혀 온 거지들은 형부의 감옥에 갇혀, 험악한 인상의 고문 기술자들에게 매일 시달려야만 했다. 그런데 아는 것이 있어야 불 게 아닌가. 모든 걸 다 불어 버리고 고통에서 해방되고 싶어도, 뭘 알아야 실토하고 자시고 할 게 있을 거 아닌가.

하지만 형부 쪽의 입장은 얘기가 달랐다. 이놈들의 입이 얼마나 질긴지, 아무리 고문을 해도 속 시원하게 부는 놈이 없는 것이다. 꽤 오랜 시간이 흘렀는데도 불구하고 만족할 만한 성과를 얻지 못하고 있다 보니 상부에서는 연일 질책성 문책이 쏟아져 내려오고 있었다. 결국 똥줄이 탄 형부의 관리들은 그저 개방도들만 죽어라 고문을 하고 있는 중이었다.

자기 때문에 아무런 죄도 없는 방도들이 고문을 당하는 모습을 보며 독두개의 가슴은 찢어지는 듯했다. 옆에 돌덩어리라도

교주보다 더 악독한 놈! 69

하나 있다면 콱 머리를 처박고 죽고 싶은 심정이었다. 하지만 그는 손가락 하나 까딱하기 힘들 정도로 지독한 중상을 당한 상태인데다가, 혈도마저 제압당해 있었기에 자결도 하지 못하고 내심 피눈물만 뚝뚝 흘리며 누워 있어야만 했다.

형부의 고문 기술자들은 독두개의 내상이 워낙 심각해 어떻게 손을 쓰지도 못하고 그냥 지켜보고만 있는 형편이었다. 그들도 알고 있었다. 독두개야 말로 이 사건의 전말을 알고 있는 핵심적인 인물이라는 것을.

하지만 손가락이라도 하나 까딱했다가는 그날이 바로 독두개의 제삿날이 될 가능성이 컸기에, 형틀에 매달고 싶은 마음은 굴뚝같았지만 그저 지켜만 보며 발만 동동 구르고 있었던 것이다.

그러던 차에 황성사에서 파견한 인물들이 형부에 도착하면서 독두개의 처우가 일변했다. 하루빨리 죄를 밝혀 내라며 형부를 채근하다 지친 황성사에서 직접 전문가들을 보낸 것이다. 아무리 그 권력이 하늘을 찌른다는 황성사라지만 이런 식으로 파격적인 행보를 보이지는 않는다. 묵향에 대한 원한이 골수에 맺힌 연공공의 입김이 작용한 것이다.

"이런, 이런···, 몸이 아주 엉망진창이로구먼."

독두개의 몸을 이리저리 살펴보던 중년 사내는 형부의 간수를 향해 물었다.

"지금까지의 치료는 어떻게 했었나?"

부드러운 목소리로 물었음에도, 간수는 화들짝 놀라 황급히 대답했다.

"저는 잘 모르겠고……. 조금만 기다리십쇼. 지금 당장 황 선생을 모시고 오겠습니다."

간수가 의생을 부르러 급히 달려 나가는 걸 힐끗 보며 독두개는 사내의 신분을 짐작하려 애썼다. 간수가 저토록 긴장하는 걸 보면 꽤 높은 신분임에 분명했다.

누굴까? 독두개의 눈동자에 희미한 의문이 깔렸다.

사내는 독두개가 자신을 빤히 올려다보고 있다는 걸 그제야 눈치 챘는지 빙그레 미소 지으며 입을 열었다.

"지금까지 제대로 된 대접을 해 주지 못해 미안하군. 나는 견정(見正)이라고 한다네. 이제부터 새로운 자네의 담당이지. 잘 부탁하네."

견정은 이런 험한 장소에서 만났다는 게 믿어지지 않을 정도로 선한 인상을 지닌 중년 사내였다. 그런 그가 부드러운 미소까지 지으니, 마치 이곳이 형부의 감옥이 아닌 다른 곳처럼 느껴지기까지 했다.

하지만 독두개는 내심 소름이 온몸에 돋는 것을 느꼈다. 정보 단체인 개방에 있다 보니, 개방도 필요할 경우 고문을 통해 정보를 획득하기도 했다. 그렇기 때문에 그는 아는 것이다. 눈 앞의 상대가 겉모습과 달리 얼마나 위험한 인물인지를.

'빌어먹을, 차라리 혀라도 깨물고 죽을 수 있다면 좋겠구먼.'

앞으로 닥쳐올 끔찍한 고문에 대한 두려움에 독두개가 자살을 생각할 만큼 말이다.

견정은 꽤 높은 신분을 지닌 자인 듯했다. 그의 한 마디에 지금까지의 허접한 의생이 아닌, 꽤 실력 있는 의생이 달려온 것을 보면 말이다. 새로 온 의생은 어쩌면 황실에 소속된 의생일지도 모른다고 독두개가 생각할 정도로 형부에 소속된 의생들과 차원을 달리했다. 생사를 오갈 정도로 중태였던 독두개의 내상을 빠른 시일 안에 안정화시켜 놨으니 말이다.

어느 정도 대화가 가능해지자 견정은 독두개에게 다시금 자기 소개를 했다.

"이런, 그러고 보니 아직까지 내 신분을 밝히지 않았군. 내가 그렇게 예의가 없는 사람은 아닌데 가끔 깜박하곤 한다네. 나는 황성사 내의 감찰부 소속이지. 맡고 있는 일은 주로 죄를 지은 자들이 제대로 자신의 죄를 말할 수 있도록 도와주는 일이라네."

'역시……'

자신의 예상이 맞았음을 확인한 독두개는 더 이상 상대를 쳐다보고 싶지도 않다는 듯 고개를 슬며시 옆으로 돌렸다. 견정은 그런 독두개를 바라보며 부드러운 목소리로 말했다.

"내 얘기를 듣고 싶지 않아 하는 그 마음은 십분 이해한다네. 하지만 어쩌겠는가? 일단은 나도 상부로부터 부여받은 임무가 있는데……"

독두개는 메마른 목소리로 중얼거렸다.

"내게 뭘 원하는 게요?"

"그리 어려운 일은 아니라네. 공공께서는 마교 교주가 황도에서 벌인 짓거리에 대해 자네가 잘 알 거라고 하셨지."

독두개가 아무런 대답도 하지 않자 견정은 다시 말했다.

"그걸 자세히 기록할 수 있도록 나한테 말해 주면 자네가 할 일은 끝나는 거야. 자네의 치부를 밝히라는 것도 아니고, 교주가 하지 않은 짓을 지어 내라는 것도 아닐세. 그가 이곳에서 했던 일만 말해 주면 돼. 그러면 자네의 자유를 보장하겠네. 원한다면 아무도 알 수 없는 곳에서 새로운 삶을 살 수 있도록 지원도 아끼지 않을 것이야. 자, 어떤가? 꽤 괜찮은 제안이 아닌가?"

"……."

독두개가 입을 꾹 다문 채 아무런 말도 하지 않고 가만히 있자, 견정은 답답하다는 듯 말을 이었다.

"자네는 아직 모르는 모양인데, 개방에서는 자네가 교주에게 포섭되어 이번 불미스런 일을 벌인 거라고 발표했다네. 쉽게 말해, 자네는 버려진 게야."

말을 듣던 독두개의 눈동자가 일순 흔들렸다. 그도 일개 분타를 이끌던 고위급 인물이다. 개방이 왜 그런 선택을 했는지 충분히 이해하면서도 한편으로는 절망감이 밀려옴을 어쩔 수가 없었다. 왜냐하면 개방은 자신을 버림으로써 이번 일을 마무리 지으려는 속셈인 게 틀림없으니까.

"이렇게 되면 이 일과 개방은 아무런 관련이 없고, 모든 죄를 자네가 뒤집어써야 한다네. 따라서 자네가 진술서를 쓴다고 해도 개방에 해가 될 건 아무것도 없다는 말이야."

진술서로 인해 화를 당하는 건 개방이 아니라 마교다. 그런 만큼 부담 없는 마음으로 진술서를 써 줄 수도 있다. 더군다나 진술서만 써 준다면 자유를 보장하겠다는 달콤한 제의까지 받고 있는 상황이 아니던가.

만약 황궁에서 마교를 완전히 뿌리 뽑아 버릴 수 있는 막강한 힘을 보유하고 있었다면, 독두개는 이번 사건뿐만 아니라 그동안 교주가 저지른 온갖 극악무도한 일들을 모두 써 줄 용의가 있었다. 아니, 아예 마귀와 같이 써 달라고 해도 기꺼운 마음으로 진술서를 여러 수백 장이라도 써 줬을 거다.

하지만 현실은 그게 아니지 않은가. 황성사에서 어떻게 판단하고 있을지는 몰라도, 현재 송나라 황실의 힘으로는 죽었다 깨어나도 마교를 어떻게 할 능력이 없다고 독두개는 확신하고 있었다.

독두개는 자신이 진술서를 써 줌으로써 벌어질 묵향의 분노가 두려웠다. 아직 무림의 실상을 잘 모르는 황성사에서 어설프게 교주를 건드린다면 그 후환(後患)을 누가 감당할 것인가. 잠자는 호랑이의 콧털을 뽑은 황궁이 박살 나는 건 불 보듯 뻔한 일일 것이고, 진술서를 써 줘 그에 협조한 개방 또한 교주의 분노를 피하기 힘들 것이다.

잠시 후, 복잡한 심정으로 생각을 거듭하던 독두개가 견정을 바라보며 입을 열었다. 그의 목소리는 까칠하게 메말라 있었다.

"연공공께서는 교주에게 직접 고문까지 당하셨는데, 내 진술서가 무슨 필요가 있단 말이오?"

"이런 경우 진술서는 많으면 많을수록 좋은 거니까. 사실 연공공 나으리 혼자서 주장하는 것보다, 개방처럼 공신력 있는 거대 문파의 남경분타주인 자네의 진술서까지 덧붙여진다면 훨씬 더 무림맹을 설득하기가 용이하지 않겠나?"

그 말에 독두개는 피식 웃음을 흘렸다. 결론은 황실은 뒤로 쏙 빠지고, 자신의 진술서를 이용해 무림맹에 연대 책임을 물어 마교를 상대하겠다는 뜻이 아니겠는가.

"무림맹을 설득해서 뭘 하시려고 그러시오? 함께 마교를 멸망시키자고 하시려오? 그게 아니면 황실에서 마교를 정벌할 테니, 더 이상 악의 집단인 마교와 손을 끊으라고 압력을 가하시려고 그러시오."

"그걸 난들 알겠나? 나는 자네에게 진술서를 받아오라는 명령만 받았을 뿐이라네."

"차라리 그냥 죽여 주시오."

그 말이 끝나기가 무섭게 견정의 눈빛이 바뀌었다. 얼굴로는 부드럽게 웃고 있었지만 눈은 차디차게 가라앉았다.

"대화로 쉽게 해결할 수 있는 문제를 자네가 어렵게 만드는구만."

견정의 말에서 독두개는 직감적으로 곧 잔혹한 고문이 시작

될 것임을 깨달았다. 독두개는 흔들리는 마음을 들키지 않으려 두 눈을 질끈 감았다.

"나는 고문 따위는 별로 좋아하지 않지만 내 수하들은 그렇지 않다네. 그들은 내가 임무를 완수하지 못하는 것을 아주 싫어하지. 수하들은 죄수의 몸을 갈기갈기 찢어서라도 결국 내가 원하는 바를 말하게 한다네. 난 자네가 그런 모진 고문을 받게 된다면 무척이나 가슴이 아플 것 같군."

어찌 들으면 자신을 생각해 주는 듯한 말투였지만, 독두개는 전신으로 싸늘한 한기가 치솟았다. 자신이 처음 견정을 봤을 때 느낀 것처럼 이 사내는 피도 눈물도 없는 잔인한 사내다. 그게 본능적으로 느껴졌다.

독두개는 자신의 죽음을 예감하자 발악적으로 소리쳤다.

"젠장! 송 황실에서 감히 마교를 멸할 수 있겠소? 만약 그렇다고 한다면 내 지금이라도 기꺼이 진술서를 써 드리다. 하지만 그렇지 않다면 말장난 그만하고 빨리 죽여 주시오."

그 말에 부드러운 미소를 짓고 있던 견정의 안색이 일순 딱딱하게 굳었다. 사실 관부에서 일하는 그에게 있어서 황실이 지닌 힘은 절대적이었으니까.

"감히 네놈이 지금 황실을 능멸하는 게냐? 황실에 맞서고 살아남은 자가 누가 있단 말인가. 일세를 풍미했던 악비 대장군 같은 사람도 한순간에 목이 날아갔는데, 제아무리 마교가 기고만장하고 있다지만 부처님 손바닥 위의 손오공일 뿐이야!"

"젠장, 자라 좆 까는 소리 하고 있군."

상대를 자극해 자신에게 해코지하게 하려 했으나 견정은 느물거리며 웃을 뿐이었다.

"크크, 기대해도 좋다. 네놈에게 죽는 것보다 더 고통스러운 것이 뭔지를 알게 해 주마."

잠시 후, 견정을 따라 한 사내가 감옥 안으로 들어섰다. 사내의 두 눈은 지금부터 시작할 고문에 대한 기대감 때문인지 광기로 번들거렸다. 사내는 들고 온 연장들을 탁자 위에 쭉 늘어놓은 뒤 독두개의 전신을 훑어보며 이죽거렸다.

"제법 **뼈**대가 굵은 것 같은데 내가 즐거움을 듬뿍 맛볼 수 있도록 제발 오래만 버텨다오."

어느새 부드러운 미소를 회복한 견정이 조용하게 말했다.

"입만 살아 있으면 된다. 나머지는 너에게 맡기마."

"예, 대인!"

달랐다. 견정이 데려온 수하는 말 그대로 고문에 있어서는 나름 일가를 이룬 자였다. 무림에도 분근착골과 같은 고문 수법이 존재한다. 하지만 이처럼 몸과 정신을 피폐하게 만들지는 못할 것이다. 사내는 어떻게 하면 사람이 고통스러운지를 완벽하게 알고 있는 것만 같았다.

피부를 벗기고 소금을 뿌리는 것은 애교였다. 손톱과 발톱이 뽑힌 것은 이미 오래전이고, 이빨 역시 마찬가지였다. 사내의 손길이 전신을 스칠 때마다 독두개는 말로 표현할 수 없는 고통에 차라리 혀라도 깨물고 죽고 싶은 마음뿐이었다. 고통이 너무 심하면 졸도라도 할 텐데, 사내는 사람이 버틸 수 있는 한계점까지만 고통을 주며 즐겼다.

어느새 감옥 안은 짙은 혈향으로 가득 찼고, 그 한가운데에는 피부가 모두 벗겨져 벌건 고깃덩이처럼 보이는 독두개가 꿈틀거리고 있었다. 시간이 흐를수록 독두개의 두 눈이 흐리멍텅하게 변해 갔다. 참을 수 없는 고통에 차츰 미쳐 가는 것이다.

"크으으, 날 죽여. 제발 죽여 달란 말이야."

"이제 시작인데 벌써 그런 말을 하면 안 되지. 허접한 놈들이야 고문을 하다 죽이기도 하지만, 난 그런 놈들과는 달라. 그러니 걱정하지 말고 내가 주는 즐거움을 듬뿍 느껴 보라고. 좀 더 발악을 하란 말이다, 크크크."

죽지도 못하고, 참을 수 없는 이런 고통이 계속될 것이라는 사내의 말에 독두개는 정신이 아득해짐을 느꼈다. 절망감에 미친 듯이 발작을 일으키던 독두개의 몸이 일순 빳빳하게 굳는가 싶더니 축 늘어졌다. 기절을 한 것이다.

사내는 재빨리 독두개의 코 밑으로 손가락을 대 보았다. 미약하지만 숨결이 느껴지자 사내는 안도의 한숨을 내쉬며 독두개의 전신 기혈을 만져 주었다. 자술서를 아직 받지도 못했는데 죽으면 곤란했기 때문이다.

그때 감옥 안으로 언제 들어왔는지 견정이 사내를 향해 질문을 던졌다.

"어찌 된 게냐?"

"고통에 기절을 했사옵니다, 대인. 조금만 시간을 더 주시면 충분히 입을 열게 할 자신이 있사옵니다."

하지만 견정은 고개를 가로저었다.

"흠, 나도 그러고 싶지만 상부에서는 멀쩡한 모습의 죄수를 원하신다. 자술서를 쓰라는 건 그렇게 회유를 해서 황실을 위해 여기저기에 마교 교주의 악독함을 알리려는 게야."

"그, 그렇다면……?"

견정은 손을 가볍게 흔들며 말했다.

"일단 물러가 있거라. 나중에 필요하면 다시 부를 테니 말이다."

"예, 대인."

사내가 연장을 챙겨 감옥 밖으로 나가자 견정은 수염을 쓰다듬으며 생각에 잠겼다. 독두개와 같이 의지가 굳건한 사람들을 한두 명 상대한 것이 아니다. 아무리 고문을 해도 이런 사람들은 쉽게 굴복하지 않는다. 하지만 의외의 자극에 그들은 쉽게 무너지곤 했다. 문제는 그게 무엇이냐는 것이다.

잠시 이런저런 생각을 하던 견정의 입가에 어느새 가느다란 미소가 걸렸다. 독두개를 무너트릴 좋은 방법이 생각났기 때문이다.

독두개는 정신을 차리자마자 전신을 엄습하는 고통에 치를 떨어야 했다. 어느새 그의 온몸에는 진한 연고가 발라져 있었는데 꽤 좋은 약인지 빠르게 상처가 아물고 있었다. 독두개는 두려움에 찬 눈으로 주위를 둘러보았다. 자신을 고문하던 사내가 있는지 확인하기 위해서였다. 사내는 보이지 않았지만 의자에 앉아 여유롭게 술잔을 들이키는 견정의 모습은 보였다.

"오, 이제 깨어났는가? 기다리기 지루해서 한잔하고 있었던 참일세."

마치 친구에게 건네는 듯한 그 여유로운 말투에 독두개는 새삼 묵향보다 더 악독하고 잔인한 놈이 이 세상에 존재한다는 사실에 몸서리를 쳤다.

"쯧쯧, 아무리 내 수하들이라고는 하지만 이래서 난 무식한 놈들이 싫어. 충분히 대화로 풀 수 있는 문제를 그놈들은 무식하게 고문으로만 해결하려 하거든. 그렇지 않은가?"

독두개는 대답을 하지 않고 아예 두 눈을 질끈 감았다. 그런 그의 귓가로 견정의 부드러운 말소리가 계속 들려왔다.

"자네가 만약 나보다 내 수하들을 더 좋아한다면 어쩔 수 없지. 안 그래도 오랜만에 보는 강골이라고 서로 이 감옥 안으로 들어오겠다고 난리거든."

또다시 그런 끔찍한 고문을 받아야 한다고 생각하자 진저리를 치며 독두개는 두 눈을 번쩍 뜬 뒤 욕설을 퍼부었다.

"이런 빌어먹을 자라 좆같은 새끼야! 죽여! 날 죽이란 말이야!"

"허허, 애써 약까지 발랐는데 흥분하면 몸에 좋지 않아. 진정하게나."

견정은 술잔을 들어 한 모금 마신 뒤 천천히 입을 열었다.
 "이제 그만 하지. 누구를 위해 그토록 버티는가? 자네가 이러는 걸 알아주는 사람이 있을 것 같은가? 그러지 말고 내 말대로 하게. 자술서만 쓰면 평생 배부르게 먹고살 만큼 재물도 주고, 아무도 모르는 곳에 정착까지 시켜 주겠네."
 독두개가 더 이상 상대를 하지 않겠다는 듯 두 눈을 질끈 감자 견정은 빙글빙글 웃으며 입을 열었다.
 "자네의 마음이 정 그렇다면 어쩔 수 없구만. 혹시 아는가? 지금 이곳에 갇힌 거지들의 숫자가 얼마나 되는지 말이야."
 그게 무슨 말인가 싶어 독두개는 슬그머니 눈을 뜨고 견정을 바라보았다.
 "자네가 계속 내 의견을 받아들이지 않겠다면 난 한 시진마다 한 명씩 그들을 이 방으로 데려와 죽일 게야. 그리고는 이렇게 말할 생각일세. 가슴 아픈 일이지만 자네가 그들을 살려 주는 것을 원치 않는다고 말이지."
 순간 독두개는 정신이 아득해지는 것을 느꼈다. 너무 심한 정신적 충격에 또 다시 정신을 잃은 것이다. 점차 사라져 가는 의식 속에서 독두개는 확실하게 알 수 있었다. 자신이 왜 자술서를 쓰는 것을 극구 거부했는지를.
 묵향의 무자비한 보복도 두려웠지만, 썩을 대로 썩은 송 황실에 대한 반감이 더 컸다는 것을.

어긋난 여인의 사랑

DARK STORY SERIES Ⅲ

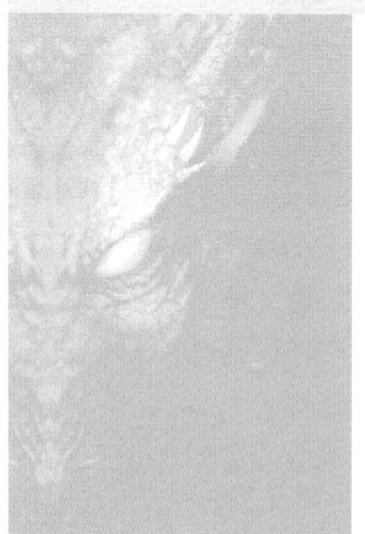

25

속고 속이고

조령은 양양성에 도착한 그날부터 마교와 제령문을 들락거리며 납치된 동료들의 안위를 묻고 다녔다. 심지어는 작은 규모의 무사들의 이동만 있어도 혹시 구출 작전이 시작된 것이냐며 집요하게 물었다. 처음에는 귀찮아하며 잘 대꾸도 해 주지 않던 무사들도 차츰 그녀의 정성에 감복하여 어지간한 것은 대꾸를 해 주기에 이르렀다. 납치된 동료의 안위를 걱정하는 조령의 마음이 와 닿았기 때문이다.

조령은 오늘도 아침을 먹자마자 마교와 제령문을 들락거리다 늦은 밤이 되어서야 객잔으로 돌아왔다. 그동안의 마음 고생이 얼마나 심했는지 오동통하던 조령의 얼굴이 반쪽이 되어 있었다.

방 안에 앉아 쉬려할 때 쟈타르가 다가와 입을 열었다.

"박쥐 한 마리가 처마 밑에 날아들었습니다, 황녀님."

"들라 하세요."

두 사람의 뜻 모를 대화가 채 끝나기도 전에 검은 야행복으로 전신을 감싼 한 사내가 방 안으로 조심스럽게 들어섰다.

"정말 고생이 많으십니다, 황녀 마마."

"어서 오세요."

가벼운 인사가 끝나자마자 조령은 오늘 자신이 마교와 제령문에서 보고 들은 것을 자세히 이야기해 주었다. 현재 양양성에 파견된 편복대를 총괄하는 이철륜은 조령의 얘기를 다 듣고 난 뒤 조심스럽게 질문을 던졌다.

"그렇다면 교주를 최근 보지 못했다는 말씀이시옵니까, 황녀 마마?"

"본녀도 이상하게 생각하고 있던 참이었어요. 이렇듯 중요한 시기에 모습이 보이지 않다니……. 하지만 아무리 캐물어도 아무도 대답을 해 주지 않아요."

"흠, 사실 저희가 가장 원하는 것은 바로 그자의 행방이옵니다. 황녀 마마."

"최대한 알아낼 수 있도록 힘을 써 볼게요."

현재 편복대가 수집하기를 원하는 최우선 정보는 묵향과 황도를 습격한 무사 집단의 행방이었다. 편복대가 양양성 인근을 샅샅이 뒤졌지만, 마교와 관련된 흔적은 그 어디서도 찾을 수 없었다.

이곳 양양성에 와 있는 흑풍대는 정상적인 마교 세력이 아니다. 마교의 주력은 마공을 고도로 익혀, 무시무시한 마기를 뿜어대는 극강의 고수들이다. 그리고 그런 만큼 그들의 기척을 찾아내기는 아주 쉬워야만 했다. 하지만 어찌 된 노릇인지, 양양성 인근을 아무리 뒤져도 그들의 행방을 찾을 수가 없는 것이다.

잠시 고개를 숙여 생각을 정리하던 이철륜은 조령을 향해 다시금 입을 열었다.

"그 외에 다른 특별한 사항은 없었습니까?"

조령은 잠시 고개를 갸우뚱거리며 생각을 하다 뭔가 떠오른 듯 입을 열었다.

"아, 오늘 흑풍대원들과 곤륜파 도사들이 싸우는 걸 봤어요."

"예? 싸우다니요? 자세히 말씀해 주시지 않으시겠습니까."

정식으로 첩보 교육을 받지 못한 조령이기에 정보의 가치를 제대로 알지 못했다. 그랬기에 아무리 사소한 것이라도 보고 들은 것을 최대한 이철륜에게 말해 주는 것이다. 그런데 이철륜으로서는 조령의 말에서 뭔가 쓸만한 정보가 될 것 같다는 냄새를 맡은 것이다.

"오늘 점심을 먹으러 가던 길에 금룡각이라는 객잔 뒷골목에서 사람들이 싸우고 있는 걸 봤어요. 그런데 그중에서 몇 사람이 안면이 있더라구요. 바로 흑풍대 무사들 말이에요."

"상대는 곤륜파 도사들이 맞습니까?"

"모두들 도복을 입고 있었는데, 소매에 태극 문양이 그려진 건 곤륜파 도사들이 맞잖아요. 그런데 하두 흑풍대, 흑풍대 하길래 굉장히 싸움을 잘하는 줄 알았더니 곤륜파 도사들에게 쥐터지고 있더라구요."

흑풍대의 저력을 익히 알고 있는 이철륜이었기에 조령의 말에 긍정을 표시하지는 않았지만 한 가지만은 확실했다. 현재 동맹이라는 명분하에 손을 잡고는 있지만, 언제 뒤집어질지 모르는 관계라는 점을 말이다.

어긋난 여인의 사랑

어찌 보면 당연했다. 오랜 세월동안 피 터지는 전투를 계속해 왔던 두 단체가 어느 날 갑자기 사이가 좋아질 수야 없지 않겠는가.

"그래서 그 후에는 어떻게 됐습니까?"

"곤륜파 쪽은 모르겠지만 마교에 가 보니 다들 쉬쉬하는 분위기였어요. 얻어터지고 왔으니 위에 보고는 못 하고, 나중에 두고 보자며 단단히 벼르고 있던데요."

그 말을 들은 이철륜의 눈이 번쩍였다. 곤륜파와 마교간의 뿌리 깊은 원한을 익히 알고 있는 그였기에 만약 여기에 조금만 더 기름을 부어 준다면 아예 사생결단을 내자고 덤벼들지도 모른다는 것을. 수하들을 풀어 좀 더 자세히 알아봐야 하겠다고 생각하며 이철륜은 조령을 향해 고개를 조아렸다.

"소중한 정보 감사드립니다. 황녀 마마께 이런 궂은 일을 부탁드리게 되어 너무나도 송구스럽사옵니다."

"귀관이 그런 말을 할 이유가 없어요. 이건 본녀가 원해서 하고 있는 거니까요."

말을 하던 조령은 갑자기 뭔가 떠오른 듯 아미를 찡그리며 언성을 높였다.

"참! 얼마 전에 마교로 진 공자의 손이 잘려서 왔다던데 그게 대체 무슨 말이죠? 본녀가 신신당부하지 않았나요? 진 공자의 털끝 하나 다치지 않도록 융숭하게 잘 대접하라고 말이에요!"

묵향이 당시 진팔의 손을 상자에 담아 가져온 금나라 장수의 왼손과 귀를 잘라 쫓아 버린 뒤 마교에서는 입단속을 철저히 했다.

괜히 이런 일이 주위에 알려져 봐야 좋을 것이 없기 때문이다.

그래서 처음에는 조령도 전혀 알지 못했다. 그러다 우연히 하급 무사들과 이야기를 하다 그 사실을 알게 된 조령은 까무러칠 뻔했다. 자신이 얼마나 좋아하는 사람이던가. 그런데 그런 사람의 손이 잘려 소금에 절여 보내져 왔다니. 보지 않아도 진팔 공자가 겪었을 고통과 좌절감이 느껴져 조령은 한동안 정신을 차릴 수 없었다.

매섭게 이철륜을 추궁하는 조령의 눈가에는 벌써 눈물이 고여 그렁그렁했다.

"그, 그게 무슨 말씀이신지?"

어리둥절한 표정이던 이철륜은 뭔가 떠올랐는지 탄성을 지르며 되물었다.

"아! 진팔 공자의 손 말씀이시옵니까?"

꽝!

이철륜이 별거 아니라는 투로 말을 하자 화가 솟구친 조령이 탁자를 거칠게 내리쳤다.

"네놈이 감히! 본 황녀를 능멸하겠다는 게냐!"

의외의 큰소리에 쟈타르는 급하게 방 밖으로 나가 주위를 훑어보았다. 혹시 근처에 누군가가 있을까 걱정이 되었기 때문이다.

이철륜은 얼른 고개를 조아리며 빠르게 입을 열었다.

"그건 황녀 마마의 오해이시옵니다. 교주를 경동시키기 위해 진팔 공자와 비슷한 체형의 죄수의 손을 잘라 보낸 것일 뿐, 진팔 공자께서는 편히 지내고 계시옵니다."

"그, 그게 정말이더냐?"

"제가 어찌 감히 황녀 마마께 거짓을 고하겠사옵니까. 진팔 공자의 손이라는 표식을 내기 위해, 그분의 반지를 뽑아서 함께 붙여 보내기는 했습니다. 하지만 그걸 가지고 황녀 마마께서 착각하실 거라고는 속하도 예상치 못했사옵니다. 미리 말씀드려 마마를 안심시켜 드리지 못한 점 송구하옵니다."

그제야 흥분이 가라앉았는지 조령은 차분히 자리에 앉아 이철륜을 향해 손을 내저었다. 나가 보라는 뜻이었다.

"그럼 소인은 이만."

이철륜은 말이 끝남과 동시에 연기처럼 사라져 버렸다. 하지만 조령의 눈은 창밖을 향해 있었다. 진팔 공자에 대한 자신의 마음을 들켜 버린 것 같아 부끄러웠기 때문이다.

조령의 마음 같아서는 하루라도 빨리 황도로 돌아가 진팔 공자의 안위를 직접 확인하고 싶었지만, 그러지 못하는 자신의 신세가 너무 답답하기만 했다. 사실 이 자리에서 도망치고 싶을 만큼 지치기도 했다. 귀하게만 자랐던 조령이었기에 단순한 탐문 정도라고는 하지만, 심적으로 느끼는 불안감은 상상을 초월했다.

그러다 보니 자신에게 이러한 부탁을 해 온 편복대주가 원망스럽기만 했다. 만약 악적 묵향과 진팔 공자에 대한 연심이 없었다면 절대 이런 일을 맡지는 않았을 것이다. 자신의 운명이 뒤바뀐 그때의 일이, 마치 어제 일어난 일인 것처럼 그녀의 눈앞에 떠올랐다.

격렬한 수련을 끝마친 조령은 콧노래를 흥얼거리며 객잔으로 돌아왔다. 땀에 흠뻑 젖어 온 몸이 끈적거렸지만, 이제 곧 시원한 물로 목욕할 걸 생각하면 기분만은 상쾌했다. 그리고 지금껏 나약하게만 살아왔던 자신이 이런 고행을 참고 견디고 있다는 것에 내심 뿌듯하기도 했다.

방문을 열자마자, 조령은 낯선 인물이 와 있음을 발견할 수 있었다. 탁자를 사이에 두고 쟈타르가 앉아 있는 걸 보면 아마도 쟈타르를 찾아온 손님인 모양이었다.

문득 조령은 짜증이 치솟았다. 매일 이맘때쯤 돌아왔고, 또 오자마자 자신이 목욕부터 한다는 걸 잘 알 텐데, 왜 손님을 아직까지 돌려보내지 않고 그대로 뒀느냐 하는 생각이 들었기 때문이다.

조령이 쟈타르에게 뭐라고 톡 쏴 주려고 했을 때, 상대편에서 먼저 반응을 보였다. 그는 의자에서 벌떡 일어서더니 깊숙이 고개를 조아리며 공손하게 말했다. 놀랍게도 그 말은 그녀가 너무나도 오랜만에 들어 보는 언어, 즉, 여진어였다.

"처음 뵈옵니다, 황녀 마마."

조령은 너무 놀라 아무 말도 하지 못하고 쟈타르와 그를 번갈아 바라봤다.

"소신(小臣)은 대원수부 휘하 편복대에 소속되어 있는 이철륜이라 하옵니다."

쟈타르는 얼이 빠져 있는 조령을 이끌어 자리에 앉혔다. 의자에 앉자마자 조령은 두 사내를 둘러보며 두려운 표정으로 말했다.

"누가 여진 말을 들으면 이상하게 여길 텐데……."

조령의 걱정에도 이철진은 전혀 흔들림이 없었다.

"황녀 마마, 오히려 이게 더욱 안전하옵니다. 하녀가 지나가다가 우연히 엿들었다고 해도, 그 내용을 모르는 이상 발뺌할 수 있는 방법이야 여러 가지가 있을 테니까요."

그제야 마음의 안정을 되찾은 조령은 이철륜을 향해 미소 지으며 입을 열었다.

"어떤 일 때문에 왔는지는 모르겠지만, 아바마마께서는 일향(一向) 만강(滿康)하신지요?"

조령의 물음에 두 사내의 안색이 급격히 어두워졌다. 안 그래도 이철륜은 이곳에 오자마자 그 일로 대화를 나눴기에 쟈타르도 내용을 알고 있었던 것이다.

"그 때문에 속하가 온 것이옵니다."

"혹, 아바마마의 신상에 무슨 변고라도?"

"폐하께서 승하(昇遐)하셨나이다."

말을 듣던 조령은 기절초풍하지 않을 수 없었다. 자신의 아버지가 누구던가. 바로 천하를 호령하는 금나라의 황제가 아니었던가. 그런데 승하하셨다니, 도저히 믿기지 않았다.

궁에서 몰래 도망치기 전날, 우연을 가장해서 아버지를 찾아가 시치미를 떼고 담소를 나눴었다. 설마, 그게 아버지와의 마지막 만남이 될 줄 조령은 상상도 하지 못했었다. 이럴 줄 알았다면 궁에 그냥 남아 있는 건데…….

한동안 무거운 침묵이 흘렀다. 누구도 감히 짙은 슬픔에 빠진 그녀에게 말을 건네지 못했기에 침묵은 더욱 길어졌다. 한참 후에야 조령의 눈에서 눈물이 주르륵 흘러내리기 시작했다. 그제야 자신을 그토록 사랑해 줬던 아버지가 죽었다는 걸 인식했다는 듯.

"건강하신 분이셨는데, 어쩌다가……?"

"악적 묵향이 황도를 습격하여 폐하를 시해했사옵니다."

묵향이 그랬다는 말에 조령의 표정이 아연하게 바뀌었다. 진팔을 통해서 알게 된 희대의 고수. 조령에게 있어 묵향에 대한 평가는 그 이상도, 그 이하도 아니었다. 그런데 그가 자신의 아버지를 죽인 원수가 되어 버렸다니…….

"원래는 마마를 즉시 황도로 모시는 게 옳겠지만, 그 전에 이걸 한번 읽어 보시옵소서."

이철륜은 품속에서 봉서를 꺼내 조심스럽게 건넸다. 봉서를 받기 위해 손을 뻗던 조령은 봉서를 받기 전에 움찔했다. 이게 뭘까? 혹, 아바마마께서 남긴 유서일까? 왠지 불길한 느낌이 들었기 때문이다.

"이게…, 뭐죠?"

"그건 편복대주께서 마마께 올리는 서신이옵니다."

"편복대주가……?"

조령은 고개를 갸웃하지 않을 수 없었다. 편복대주를 만나 본 적도 없는데, 그가 왜 자신에게 서신을 보낸 것인지 짐작하기 어려웠기 때문이다.

서신의 내용은 황제를 잃은 마마가 얼마나 상심할지 걱정이 된다는 따위의 말로 가득 차 있었지만, 쓸데없는 잡소리들을 다 뺀다면 단 한 가지로 요약할 수 있었다. 바로 선황제 폐하의 복수를 하는 셈 치고 첩자 노릇을 해 달라는 것이다. 워낙 경계가 치밀해서 편복대에서는 마교 쪽에 첩자를 끼워 넣을 여지를 찾지 못하고 있었다. 그런데 조령은 그걸 너무나도 쉽게 해 버렸다. 아무런 연고도 없이 진팔과 만나, 우연한 기회에 묵향 주변에 머물게 된 조령이야말로 편복대로서는 최적의 첩자였던 것이다.

서찰을 다 읽은 조령은 탁자 위에 내려놓으며 고개를 흔들었다.

"첩자라니…, 내가 그런 걸 할 수 있을 리 없잖아요."

이철륜은 탁자 위에 놓인 서찰을 집어 촛불 위에 올려놓았다. 화르륵 타오른 서찰은 순식간에 하얀 재만 남기고 사라져 버렸다. 침통한 표정의 이철륜의 입에서 비장한 목소리가 흘러나왔다.

"마마께옵서는 폐하의 죽음이 원통하지도 않으시옵니까? 그자를 파멸시키는 일에 작은 힘이나마 보태고 싶은 생각이 들지도 않느냐는 말씀이옵니다."

"무, 물론 복수를 하고 싶어요. 하지만 아무리 그래도 이건……."

"그리 어려운 일은 아니옵니다. 마마께서는 마교 쪽 사람들과 친하다고 들었습니다. 특히 미화라고 하는 흑풍대 부대주하고 말입니다."

조령은 힐끗 쟈타르를 쳐다봤다. 지금까지 그녀의 행적을 쟈타르는 낱낱이 위쪽에 보고했던 모양이다. 하기야 그걸 그녀도 탓할 수는 없었다. 그의 임무가 바로 그것이었으니까.

"그리고 쟈타르의 보고에 의하면, 천지문에 있는 소연이라는 여고수와 친분을 쌓고 계시다지요?"

조령이 고개를 살짝 끄덕이자, 이철륜은 환히 웃으며 말을 이었다.

"그녀와 좀 더 가까워지도록 노력하십시오."

얘기를 듣던 조령은 의아한 마음을 금하지 못했다. 미화와 친하게 지내라는 건 이해할 수 있겠는데, 왜 갑자기 여기에 소연의 이름이 등장한다는 말인가? 하지만 그녀가 이해하건 말건, 이철륜의 말은 계속되었다.

"아무리 사소한 일이라도 그녀들과 나눈 대화를 저희들에게 모두 알려 주시기만 하면 되옵니다. 원래 중요한 정보는 소소한 것들이 집약되어 얻어지는 것이니까요. 선황제 폐하의 복수를 하신다 생각하시고, 제발 저희들의 요청을 거절치 말아 주시옵소서, 마마."

일급비밀을 빼내 오라는 것도 아니고, 대화 내용을 알려 주는 정도라면 충분히 할 수 있을 것 같아 조령은 고개를 끄덕였다.

"알겠어요."

이철륜은 자리에서 벌떡 일어나 부복을 하며 말했다.

"어려운 결정을 내려 주신 마마께 편복대주님을 대신하여 진심으로 감사드리옵니다."

편복대가 조령에게 정보 수집을 요구할 수 있었던 것은 황제라는 그녀의 든든한 버팀목이 사라져 버렸기 때문이다. 사실, 황제가 살아 있다면 그가 총애하는 황녀를 첩자로 써먹는다는 게 가당키나 한 일이겠는가. 아무리 들킬 확률이 낮은 안전한 일이라고 해도 말이다. 그 때문에 지금까지는 쟈타르를 통해 찔끔찔끔 정보를 획득하는 것으로 만족했었던 편복대주였지만, 황제가 죽자 조령을 본격적으로 이용하고자 하는 것이다.

이철륜을 처음 만났던 때를 떠올렸던 조령은 마치 기갈이라도 들린 듯 싸늘하게 식은 찻잔을 벌컥벌컥 들이켰다. 자신에게 그토록 잘해 줬던 소연을 팔아넘긴 것 같아 양심의 가책이 느껴졌기 때문이다.
'그래, 지금에 와서 후회해 봐야 뭐 하겠어. 벌써 다 끝난 일인데.'
아무리 아버지의 원한을 갚기 위해서라지만 악적 묵향도 아닌 소연 일행을 편복대가 납치할 수 있도록 조령이 협조를 한 것은 그녀의 마음이 독해서가 아니었다. 처음에 그러한 요청을 받았을 때에는 단호히 거절했다. 자신을 믿고 아껴 주는 소연에게 그런 짓을 할 수는 없었기 때문이다. 더군다나 소연은 자신이 연모의 정을 느끼고 있는 진팔 공자가 가장 귀하게 생각하는 사람이 아니던가.
하지만 소연이 마교에서 돌아왔을 때 보여 준 진팔의 격렬한 반응을 본 조령은 질투에 눈이 뒤집혔다. 그 전에는 진팔 공자가 소연을 따르는 것이 같은 동문이기 때문이라고만 생각했었다. 그러나 그게 아니었다. 진팔이 소연을 향한 속마음을 잘 숨긴 것도 있었지만, 온실 속의 화초와도 같이 주위의 떠받듦 속에서 성장한 그녀였기에 남의 눈치를 살피는 데 있어서 비교적 둔감했다. 그래서 진팔이 소연을 짝사랑하고 있다는 걸 전혀 눈치 채지 못하고 있었던 것이다.

질투심에 눈이 먼 그녀는 편복대의 요청을 받아들여 자신의 연적(戀敵)인 소연을 만현으로 유인하여 납치당하도록 만들었다. 물론 진팔이 털끝 하나 다치지 않도록 이철륜에게 신신당부해 놓았기에 그의 처우에 대한 걱정은 하지 않았다.

불안하기 그지없는 첩자 생활에 지친 조령은 하루라도 빨리 이곳을 떠나 진팔이 감금되어 있는 황도로 가고 싶은 마음뿐이었다.

그리고 진팔에게 자신의 진짜 신분을 밝힌 뒤 매달려 볼 생각이다. 남은 인생 동안 엄청난 부귀영화가 보장되는데 결코 자신을 거절하지는 못할 것이라고 그녀는 확신하고 있었다.

아랫도리가 부실한 도사들

DARK STORY SERIES III

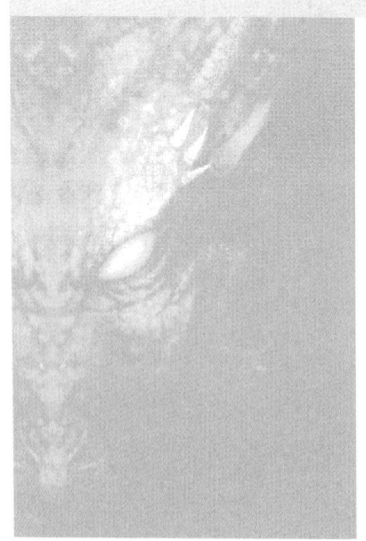

25

속고 속이고

금나라와의 최접경에 위치한 전략적 요충지임에도 불구하고, 양양성의 모습은 꽤나 평화로웠다. 봄이 되어 산천이 온통 푸른 빛 물결로 뒤바뀌었음에도 양쪽 다 약속이나 한 듯 병사들을 움직이지 않고 있었기 때문이다. 봄이 됨과 동시에 대규모 전쟁이 벌어질 거라고 예측했던 것에 비하면 너무나도 조용했다.

하지만 모두들 이 평화로움이 폭풍이 들이닥치기 직전의 고요함과도 같다는 걸 잘 알고 있었다. 양측 다 이쯤에서 휴전할 생각은 전혀 없었기 때문이다.

지휘부가 이 기간 동안 부대를 재정비하거나, 상대의 정보를 하나라도 더 얻기 위해 촉각을 곤두세우고 있을 때, 양양성의 내부는 오랜만의 평화로 와자지껄했다.

전쟁이 벌어지면 최일선에 나가 목숨을 걸고 싸워야 하는 병사들이나 무사들은, 이 소중한 짧은 휴식 시간을 최대한 즐겼다. 만약 계속 팽팽한 긴장감을 유지해 나간다면 몸과 마음이 버티지를 못한다.

군이나 무림맹의 수뇌부는 그들이 너무 흐트러진 모습만 보여 주지 않으면 적당히 눈을 감아 주었다. 쉴 수 있을 때 푹 쉬는 것이 사기 진작을 위해서도 좋다는 것을 경험으로 잘 알기 때문이다.

하지만 혈기가 넘치는 사내들이 술을 마셔 대는데 사고가 터지지 않으면 오히려 이상하다. 그래서인지 술에 취한 병사나 무사들이 가벼운 주먹다짐을 벌이는 것을 여기저기에서 심심치 않게 볼 수 있었다. 그리고 이 대열에 곤륜파의 도사들과 마교의 흑풍대 대원들 또한 적극적으로 동참하고 있었다.

대원들이 곤륜파 도사들과 패싸움을 벌이다 터지고 들어온다는 것을 흑풍대의 수뇌부에서는 아직까지 전혀 눈치 채지 못하고 있었다.

맞고 들어온 대원들 역시 도사들에게 두들겨 맞은 게 무슨 자랑이라고 윗선에 보고하겠는가. 오히려 대원들은 이를 갈며 나중에 곤륜파 도사들을 만난다면 반드시 이 빚을 되갚아 주겠다고 전의를 불태우고 있었다. 만약 사상자가 한 명이라도 나왔다면 얘기가 달라졌겠지만, 아직까지는 가벼운 주먹다짐 정도에 그치고 있었기에 수뇌부에서는 그 문제의 심각성을 전혀 몰랐던 것이다.

대원들이 두들겨 맞고 들어온다는 것을 몇몇 백인장급은 눈치를 챘다. 하지만 지옥과도 같은 전장을 헤쳐 나온 그들에게 있어서 이런 가벼운 주먹다짐 정도야 애교 정도로 생각하고 넘길 수 있는 일이었다.

물론 부하들이 두들겨 터지고 들어온다는 게 조금 자존심 상하는 일이기는 했지만, 그런 걸 가지고 부하들을 족칠 정도로 꽉 막힌 이들도 아니었다. 더군다나 군부처럼 알력이 심한 단체에서 성장한 그들이었기에, 해묵은 원한이 쌓인 상대와 동거하는 데 있어서 이 정도 충돌쯤은 당연하다고까지 생각하고 있었다.
"오랜만에 회식이나 할까?"
소연이 납치되고 난 후, 자신의 탓이라고 자책을 하느라 핼쑥하게 변한 마화의 얼굴을 보기가 안타까웠던 임충이 은근한 목소리로 권했다.
"나는 됐고, 애들이나 데리고 다녀와."
"그러지 말고 같이 가자. 아주 얼굴이 반쪽이 됐잖아. 너가 이럴수록 옆에서 보고 있는 사람은 더 힘든 거 몰라? 애들이 요즘 너 눈치 보느라 아주 설설 기더만."
임충의 말에 마화는 잠시 고민을 하더니 천천히 고개를 끄덕였다. 상관의 심기가 안 좋은데 마음이 편할 수하들이 있을 리가 없다. 이렇게 부대의 분위기가 가라앉으면 사기도 함께 떨어지는 법이다. 전쟁터에서 잔뼈가 굵은 마화가 그걸 모를 리 없다.
마화가 승낙을 하자 행여 마음이 바뀔세라 임충은 잽싸게 천인장들을 소집해 저녁에 회식이 있음을 알렸다.
천인장을 보좌하기 위해 함께 따라왔던 백인장들 중 일부가 '언제 비상이 걸릴지 모르는데, 그냥 장원 안에서 드시는 게 어떻겠습니까?' 하고 제안을 했었지만, 그들이 왜 그런 말을 한 건지 속사정을 전혀 모르는 임충은 그냥 가볍게 듣고 넘겨 버렸다.

그날 저녁 식사도 할 겸, 술도 마실 겸 마화는 흑풍대의 천인장들을 이끌고 객잔으로 갔다. 군부 출신들답게 모두들 하나같이 두주불사(斗酒不辭)를 자랑하는 술고래들이니 반주로 한두 잔 마시고 끝낼 리 없었다.

처음에는 간단하게 몇 병 시켜 놓고 담소를 나누며 마셨지만, 어느 정도 술이 오르기 시작하자 모두들 본색을 드러냈다. 작은 잔으로는 감질나서 못 마시겠다며 사발에 술을 따랐고, 병으로 주문하던 것이 아예 통으로 바뀌었다.

계산대에 앉아 있는 주인의 입이 귓가에 걸린 것과는 달리 술통을 나르는 점소이들은 죽을 지경이었다. 객잔에 비축하고 있던 술이 동이 나 버렸기에, 급히 술을 구해 오느라 여기저기 뛰어다녀야 했기 때문이다.

어느덧 마화 일행이 앉아 있는 탁자 주위로 빈병들과 비워진 통들이 굴러다니고, 모두의 얼굴이 몽롱하게 풀렸을 정도로 취기가 올랐을 때였다. 식사를 하러 왔는지 객잔으로 들어오던 도사들 중 한 명이 마화 일행을 발견하였다. 그는 곁의 도사에게 귓속말로 뭔가를 소곤거렸고, 말을 들은 도사는 빠르게 밖으로 달려나갔다.

도사들은 일단 구석 쪽으로 가서 자리를 잡고 앉아 식사를 시킨 뒤 마화 일행을 예의 주시하기 시작했다. 전포(戰袍)를 입고 있는 것으로 보면 장교급들임에 틀림없어 보였다. 하지만 그들은 여기까지 나와서 술을 마시지 않는다. 이런 복장을 하고 여기서 술을 마시는 자들은 흑풍대원뿐이었던 것이다.

마화 일행을 곁눈질로 훔쳐보던 말상의 도사의 미간이 왈칵 일그러졌다. 빌어먹을 놈들이 좀처럼 보기 힘든 미녀를 옆에 끼고 술을 마시고 있는 게 아닌가. 왠지 모를 울화통에 주먹을 불끈 쥐고 자리를 박차고 일어나려 하자, 옆에 앉아 있던 도사가 재빨리 손을 움켜쥐었다.

"자네 왜 이러나?"

"사형들이 오기를 기다리지 말고 그냥 우리끼리 처리하세. 보아하니 다들 술에 쩔어 고주망태가 된 것 같은데 말이야."

지금까지 곤륜파 도인들이 흑풍대원들을 상대로 연전연승을 거둘 수 있었던 이유는 그들이 익히고 있는 무공의 차이 때문이었다. 말을 타고 검을 휘두르는 기마전을 주로 익힌 흑풍대원들과 대인 격투를 중심으로 수련한 곤륜파 도인들이 맨주먹으로 패싸움을 벌인다면 어느 쪽이 유리하겠는가.

더군다나 곤륜파 도인들은 이른바 '쪽수의 법칙'이란 것에 충실했다. 언제나 두 배 이상의 숫자가 확보되었을 때에만 싸움을 시작했던 것이다. 그래서 처음 객잔에 들어왔을 때 마화 일행의 숫자가 자신들보다 많자, 곧바로 사형들에게 지원을 요청하기 위해 사람을 보냈던 것이다.

"잠시만 참게. 곧 사형들이 당도할 테니 말이야."

자리를 박차고 일어섰던 도인은 주먹을 불끈 쥔 채로 자리에 앉았다. 그리고는 다시 곁눈질로 마화 일행을 훔쳐보았다. 우락부락한 사내들 틈에 앉아 있는 중년 여인은 도인이 보기만 해도 행복할 만큼 예뻤다. 그런데 그런 여인이 사발로 술을 마시고 있지 않은가. 순간 그 주위에 둘러앉아 태연한 모습으로 술을 마시고 있는 흑풍대원들이 가증스럽게만 느껴지는 도인이었다. 여인에게 억지로 술을 마시게 하여 취하게 만들려는 사내들의 속셈이 뻔하지 않은가. 도인은 내심 이를 으드득 갈며 중얼거렸다.
"원시천존이시여, 오늘만큼은 제발 눈을 감아 주시길. 내 저놈의 종자들의 아랫도리를 모조리 박살 내 버릴 테니 말입니다."

한참을 기다리자 기다리던 사형들이 우르르 몰려들어왔다. 일단 자리에 앉자마자 도인들 중 제일 연장자로 보이는 사내가 짐짓 혀를 차며 큰소리로 말했다.
"허, 어느 놈은 검을 쥐고 전장에서 피 터지게 싸우는데, 어느 놈은 팔자가 좋아 계집을 옆에 끼고 술이나 처마시고 있구나."
설마 자신들에게 하는 말인 줄 모르고 마화 일행이 대꾸도 하지 않자, 도인은 탁자를 손으로 내리치며 버럭 소리를 질렀다.
"이보시게, 시주들! 이 객잔에 당신들만 있소? 다른 사람들도 생각해서 조용히 좀 해 주셔야 할 것 아니오."
술자리라는 게 원래 그렇지 않은가. 술에 취하면 목청이 높아지고 소란스러워지기 마련이다. 제아무리 두주불사의 술고래들이라고는 하지만 모두들 반쯤 혀가 돌아갈 정도로 취해 있었다.

게다가 요즘 침울해하고 있는 마화를 위로하기 위해 일부러 왁자지껄하게 떠들고 있었던 것이다.

뭐라고 대꾸를 하면 말꼬리를 잡아 시비를 걸려 했지만 도인들의 예상과는 달리 의외로 상대쪽의 반응이 점잖았다. 한 사내가 자리에서 일어나 포권을 하며 사과를 한 것이다. 혀가 꼬부라진 소리는 여전했지만, 아직 이성을 잃지는 않은 모양이었다.

"폐가 되었다면 죄송하외다. 조용히 하도록 하겠소."

소리를 친 도인이 일순 당혹스런 표정으로 옆에 앉아 있는 사제들에게 눈짓을 보냈다. 그러자 도사들의 이죽거림이 곧바로 이어졌다.

"쯧쯧, 우리가 말하기 전에는 그럼 폐인 줄도 모르고 떠들어 댔단 말인가? 당최 머리에 뭐가 들어 있는 겐지."

"너무 그러지 말게나. 여인에게 잘 보이기 위해 자신의 무용담을 떠들어 대기 바쁜 자들의 머릿속에 뭐가 들어 있겠나?"

그러자 처음에 소리를 친 도인이 주위를 둘러보며 큰 소리로 말했다.

"그러다 저쪽에서 들으면 어쩌려고 그러나? 보아하니 쌈짓돈을 모아 오랜만에 술을 마시러 나온 모양인데, 그렇게 말하면 저들이 부끄러움에 술인들 제대로 목구멍으로 넘어가겠나?"

"하기야……."

키득거리며 자기들끼리 말을 주고받고 있었지만, 도인들의 목소리는 의외로 컸다. 마치 객잔안의 모든 사람들이 들으라는 듯.

아랫도리가 부실한 도사들 107

당연히 천인장들이 그걸 못 알아들었을 리 없다.
"이것들이 정말!"
천인장 중 한 명이 화가 난 표정으로 벌떡 자리에서 일어섰다. 하지만 사발로 연신 술을 마시고 있던 마화가 손을 흔들며 말렸다.
"그냥 앉아. 도사 복장을 하고 있지만 보아하니 시정잡배들 같은데, 손쓸 가치도 없는 놈들이야."
마화의 말에 도인들은 일순 아무 대꾸도 하지 못한 채 분노에 얼굴만 붉게 물들였다. 마교와의 전투를 통해 꽤 거칠게 생활을 해 온 곤륜파의 도인들이었지만 여인을 상대로 말싸움을 하는 데에는 익숙하지 않았기 때문이다. 하지만 연륜이라는 것이 괜히 있는 것이 아니다. 제일 연장자로 보이는 도인이 비릿하게 웃으며 이죽거렸다.
"허, 옷차림을 보아하니 술집 작부인 듯한데 인생이 참으로 불쌍하구나. 무량수불."
안 그래도 요즘 마음이 편치 않아 괴로웠던 마화였다. 술을 마신다고 그런 마음이 편해질 리는 없지만 애써 웃음을 지으려 노력하고 있었다. 그런데 이놈의 도인들이 빤히 보이는 도발을 계속하고 있는 게 아닌가. 울고 싶은데 뺨을 때린다고 마화로써는 그런 도인들이 오히려 고맙게 느껴졌다. 잠시 후면 괴로움에 미칠 것만 같은 자신의 마음을 조금이나마 풀어 줄 도구가 되어 줄 테니 말이다.

"호호, 아직 솜털도 채 가시지 않은 어린 것들이 그런 식으로 말하다 본녀에게 볼기 맞는다. 대가리 숫자가 모자라면 시비 걸 배짱도 없는 것 같은데 주둥이 닥치고들 있어."

사내라면 몰라도 여인에게 그런 말을 듣자 일순 도사들의 얼굴이 붉게 물들었다. 더군다나 정곡을 찔러 대니 더욱 쪽팔릴 수밖에.

"그, 그건 무슨 말씀이시오? 여시주."

"아아, 됐다. 차라리 너희들 사부나 데려와라. 허우대는 모두 멀쩡해 보이지만 아랫도리는 제대로 힘조차 못 쓸 것 같아 상대하려니 짜증이 난다."

마화는 가라는 듯 손을 흔들며 아예 고개조차 돌리고 다시 술을 마시기 시작했다. 그건 주위에 앉아 있던 천인장들도 마찬가지였다.

그 모습에 도인들의 이마에 굵은 핏줄이 꿈틀거리며 튀어 올랐다. 같은 말이라도 남자에게 듣는 것과 여자에게 듣는 것이 받아들이는 데 있어 엄청난 차이를 지닌다. 특히 아랫도리에 힘이 없어 보인다는 말을 여자에게 들으면 그 정신적 충격과 모멸감은 몇 배로 다가오는 법이다. 그 때문에 능글맞은 임충마저도 마화에게 음담패설에 있어서는 아예 상대가 안 되었던 것이다.

그런데 그걸 순진하기 그지없는 도사들에게 사용했으니 그 효과는 절대적이었다.

더군다나 자신들을 아예 무시라도 하는 듯 태연하게 술을 마시는 모습에 곤륜파 도인들의 안색이 분노와 치욕으로 시뻘겋게 달아올랐다. 지금껏 밥으로 생각해 왔던 흑풍대원들 앞에서 술집 작부로 보이는 여인에게 당한 것이었기에 그 모멸감은 수십 배로 다가왔다.

"지, 지금 말 다했소?"

얼마나 분노했는지 마치 쉰 듯한 목소리가 새어 나왔다. 그러자 마화는 고개를 갸웃거리다 곧 배시시 웃으며 이죽거렸다.

"호호, 그러고 보니 곤륜파는 불알을 까야 받아 주는 곳인가? 목소리를 들어 보면 완전 내시네. 어쩐지 아랫도리에 힘이 없어 보인다 했지."

이제 이건 자신들만의 문제가 아니었다. 저 여인은 사문을 욕되게 했다. 곤륜파 도인 중 한 명이 자리를 박차고 일어나 주먹을 불끈 쥐고 마화 일행을 향해 달려가기 시작했다.

여인 주위에 함께 앉아 있는 열 명의 사내들이 있었지만, 도인들은 그들을 전혀 신경조차 쓰지 않았다. 지금까지 여러 번 싸워 본 결과 흑풍대원들은 무기를 사용하는 것에는 능한지 몰라도, 맨손 격투에 있어서는 완전히 젬병이라는 걸 파악했기 때문이다.

지금 객잔에 와 있는 곤륜파 도인들의 수는 21명. 주먹으로만 싸운다면, 마교 놈들 50명이 떼거리로 몰려온다 해도 전혀 겁날 게 없었다.

문제는 이들이 일반 흑풍대원들이 아니라는 점이다. 그리고 주먹질을 몇 번 채 하기도 전에 그 사실을 뼈저리게 몸으로 느낄 수 있었다.

제일 앞장서서 주먹을 휘둘렀던 곤륜파의 도인은 유연한 몸놀림으로 자신의 주먹을 피한 후, 엄청난 속도로 날아오는 상대방의 주먹을 멍하니 바라봐야만 했다. 몸을 피하려고 했지만, 어찌 된 일인지 피할 수가 없었다. 그가 몸을 움직이는 속도보다 상대방의 주먹이 다가오는 속도가 훨씬 더 빨랐기에 벌어진 현상이었다.

제일 연장자로 보이는 도인의 입에서 비명과도 같은 소리가 터져 나왔다.

"저, 저건 풍뢰권(風雷拳)!"

"사형, 풍뢰권이라면 청성파의 절기인데 어찌 저자가……?"

도를 닦는 도인들이라고는 하나 함께 고락을 겪어 왔던 동문 사제가 흑풍대원으로 보이는 사내의 주먹에 맞아 바닥으로 나뒹굴자 모두들 주먹을 쥐고 달려들었다. 치솟는 혈기를 감당하기 어려웠기 때문이다.

그런데 지금까지 겪어 왔던 흑풍대원들과는 달리 사내들은 여유롭게 자신들을 상대하고 있었다. 아니, 가지고 논다는 하는 말이 맞았다. 그리고 가장 열통이 터지는 것은 자신들에게 참을 수 없는 모멸감을 줬던 여인이 마치 나찰과도 같이 날뛰는데, 그녀의 주먹에 맞아 바닥에 나뒹굴고 있는 사제들이 한두 명이 아니라는 점이었다.

이런 상황이면 이들이 자신들이 생각한 것보다 훨씬 고수라는 점을 인지할 만도 했지만, 이미 흥분에 눈이 뒤집힌 도인으로서는 그 점을 전혀 깨닫지 못했다.

"안 되겠다. 사제들과 사형들을 더 불러와!"

그 말이 떨어지자마자 아직 어린 몇 명의 도인들이 메뚜기처럼 밖으로 튀어 나가 사방으로 흩어졌다. 지원군을 부르러 간 것이다.

　　　　＊　　＊　　＊

"대주님께서 급하게 찾으십니다, 부대주님."

갑작스런 관지의 호출에 거울을 들여다보고 있던 마화의 안색이 핼쑥해졌다. 어젯밤에 벌어진 사건을 관지 장로가 알아 버린 게 분명했다. 그게 아니라면 지금 이 시간에 자신을 급히 찾을 이유가 없었다. 어제 좀 심하게 두들겨 맞아 상처를 숨기기 힘든 사람은 꽁꽁 숨어서 관지 장로의 눈에 띄지 말라고 그토록 당부를 했건만, 어떤 눈치 없는 놈이 들켜 버린 것이리라.

"젠장! 어떤 등신이 들킨 거지? 그렇게 조심하라고 일렀었는데……."

처음에 시비를 걸었던 도사 패거리를 가볍게 손봐 준 것까지는 좋았는데, 어떻게 알았는지 여기저기서 도사들이 몰려와 난투극에 끼어들었다. 상호간에 워낙 숫자 차이가 많이 나다 보니 손속에 사정을 두기 힘들어 좀 심하게 두들겨 패 버린 도사도 몇 있었던 것 같다. 하기야 술김에 패 버린 것이라서 기억도 잘

나지 않지만 말이다.

마화는 다시 거울을 보며 얼굴을 세심히 살펴봤다. 평소보다 더욱 두텁게 분을 바른 덕분에 시퍼런 멍 자국이 많이 감춰져 있긴 했지만, 그래도 자세히 보면 표시가 났다. 제발 관지 장로가 몰라봐야 할 텐데…….

"망할 말코 새끼. 감히 내 얼굴에 이런 짓을 하다니!"

때려도, 때려도 벌떡 일어나 반쯤 실성한 놈처럼 '니년이 어떻게 알아! 내가 부실한지 아닌지를!' 라고 부르짖으며 달려들던 말상의 도인이 만들어 놓은 멍 자국이었다. 당연히 반쯤 죽여 놓긴 했지만, 지금도 얼굴 한 켠에 화려하게 꽃핀 멍 자국을 볼 때마다 이빨이 뽀드득 갈리는 마화였다.

마화는 관지 장로의 집무실 문을 빼꼼히 열며 어색한 미소부터 보냈다.

"차, 찾으셨어요? 대주님."

관지는 씁쓸한 표정으로 대꾸했다.

"자네, 도대체 언제 철이 들라고 그러나? 들어와서 앉게."

쭈뼛쭈뼛 걸어 들어와 자리에 앉는 마화에게 관지는 냉정한 어조로 질책했다.

"어제 싸움은 누가 먼저 시작한 건가? 사람을 보내 알아보니 거창하게 한바탕한 모양인데 말이야."

수십 명이 넘는 인원이 난투극을 벌인데다가, 그 절대 다수는 점잖은 복색을 하고 있는 도사들이었으니 소문이 쫙 퍼지지 않을 리 없다. 겨우 어젯밤에 벌어진 일이었는데 지금 양양성에서 그 사건을 모르는 사람이 없을 정도였다. 물론 그 전에도 몇 번 투닥거리기는 했지만, 대부분 인적이 없는 곳에서 아주 짧은 시간에 끝나 버렸기에 사람들이 몰랐던 것이다. 혹, 싸움 장면을 목도한 사람이 있었다고 해도 워낙 적은 인원이 후다닥 싸움을 끝내 버렸고, 무엇보다 수십만의 병사들이 몰려든 양양성이다 보니 이런 일이 비일비재했었기에 얘깃거리가 되지 못했다.

하지만 이번은 경우가 달랐다. 비록 양양성 외곽에 자리하고 있다고는 하나 많은 사람들이 드나드는 객잔 안에서, 수십 명이 넘는 도사들이 피투성이가 되어 길바닥에 나뒹굴었으니 당연히 화제가 된 것이다.

"시비는 저쪽에서 걸었던 것 같은데요······."

기어들어 가는 듯한 마화의 목소리에 관지는 인상을 찡그리며 질책했다.

"같은데요···, 라니. 나는 그런 애매모호한 표현을 아주 싫어한다네. 누가 먼저 시비를 걸었는지 명확하게 말해 보게. 저쪽인가, 아니면 자네들인가?"

마화는 한동안 머리를 쥐어짰지만 모든 기억이 희미했다. 초저녁부터 퍼마신 술 탓이었다. 사실 그들이 그 정도 취했기에 곤륜파의 햇병아리 도사들을 상대로 난투극을 벌인 거지, 안 그랬다면 아예 싸움을 걸 수조차 없었을 것이다. 흑풍대의 하급 무사들에 비한다면 그들은 아예 차원을 달리하는 고수들이었으니까.

마화는 어색한 미소를 지으며 중얼거렸다.

"그게 잘……."

관지는 이미 그런 대답을 예상했다는 듯, 자신의 서탁 위에 놓여 있던 문서 한 통을 들어 마화에게 건네 줬다.

"저쪽에서는 자네들이 시비를 걸었다고 주장하고 있네. 그리고 이건 곤륜파에서 보내온 정식 항의문일세."

"항의문이라구요?"

그제야 마화는 관지가 어제 사건을 어떻게 알게 된 것인지 이해할 수 있었다. 곤륜파에서 보낸 항의문이 도착한 것이다. 맞고 돌아간 곤륜파 도사들이 애써 입단속을 하려 했지만, 수십 명의 문인들이 피투성이가 될 정도의 상처를 입었으니 상층부에서 눈치 채지 못할 리 없다.

당연히 어찌 된 일이냐는 엄중한 질책에, 이번 일에 연루된 도사들은 모든 잘못을 마교 쪽에 뒤집어씌웠다. 맞고 돌아온데다 시비까지 자신들이 먼저 걸었다고 하면, 어떤 문책을 당하게 될지 두려웠으니까.

문도들을 통해 이번 일의 전모를 파악한 곤륜파의 수뇌부는 치솟는 분노에 길길이 날뛰었다. 안 그래도 철천지원수와도 같은 마교와 손을 잡고 전쟁을 한다는 게 내심 께름칙했었는데 이런 일이 벌어진 것이다.

마교에 정식 항의문을 보내는 것으로 만족하지 못하고, 곧바로 무림맹에 마교의 방자함을 성토하는 보고서까지 작성해서 발송했다. 무림맹 차원에서 마교에 징계를 가해 달라는 요청과 함께.

무안함에 고개를 숙이고 있는 마화를 보며 관지가 차분한 목소리로 말했다.

"급히 사람을 현장에 보내 알아봤더니, 아주 거창하게 한판 벌인 모양이더군. 객잔을 완전히 박살 내 놨다고 하니까 말이야. 도대체 이게 무슨 짓인가? 말단 병졸들도 아니고, 군부로 친다면 장군급들이 술 퍼먹고 패싸움질이나 하다니. 귀관은 이게 말이 된다고 생각하나? 가뜩이나 아가씨께서 납치당한 일로 장내의 분위기도 뒤숭숭한데 말이야."

목소리의 높낮이가 일정할 정도로 차분했지만, 오랜 세월 관지와 함께 생활했던 마화는 그가 지금 얼마나 화가 나 있는지 느낄 수 있었다. 관지는 자신의 감정을 밖으로 잘 표출하는 사람이 아니었다.

그녀는 단 한 마디도 변명을 하지 않았다. 되지도 않는 변명을 늘어놓으면, 오히려 그의 분노를 더욱 부채질할 테니까. 사실 너무 취한 탓에 어젯밤에 무슨 짓을 했는지 제대로 기억나지도 않았고 말이다.

"죄송합니다. 사기를 진작시키기 위해 조촐하게 회식을 한다는 것이 그만……. 다시는 이런 일이 벌어지지 않도록 주의하겠습니다."

솔직하게 잘못을 시인하는 마화의 모습에 관지는 한숨을 내쉬며 의자에서 일어섰다.

"본관은 지금 곤륜파로 가 보겠네. 혹, 내가 없는 사이에 무슨 일이 생기면 그쪽으로 사람을 보내 주게."

뜻밖의 말에 마화의 눈이 휘둥그레졌다.

"곤륜파에 직접 가시다니, 그게 무슨 말씀이십니까? 겨우 술집에서 패싸움을 벌인 것 정도로 장로님께서 사과하실 필요까지는 없······."

고개를 흔들며 관지는 마화의 말을 가로막았다.

"자네의 말이 옳아. 하지만 지금은 곤륜파와 쓸데없는 감정싸움이나 하고 있을 때가 아닐세. 서로간의 화합이 중요한 때이지. 그렇기에 본관이 직접 가서 사과 한 마디 하고 돌아오는 게 가장 빠른 해결책이야."

"그럼 저도 같이 가겠어요. 분란을 일으킨 당사자는 저니까요."

관지는 머리가 아프다는 듯 고개를 흔들며 대꾸했다.

"그렇다면 옷이라도 좀 갈아입고 오게나. 늙은 도사들을 만나러 가는 자리에 입기에는 좀 그런 것 같군."

묵향과 마화의 관계를 잘 알고 있는 관지였기에 지금까지 마화의 옷차림에 대해 별 말을 하지는 않았지만, 이번 사안은 마교를 대표하여 곤륜파에 가는 것이다. 그런데 수뇌부라고 하는 인간이 몸매가 드러날 정도로 쫙 끼는 야시시한 옷차림을 하고 있다면 곤륜파에서 마교를 어찌 보겠는가.

 짙은 화장 때문에 드러나지는 않았지만 마화의 얼굴이 새빨갛게 달아올랐다.

 "잠시만 기다려 주십시오. 곧 갈아입고 오겠습니다."

편견과 진실의 간극

DARK STORY SERIES II

25

속고 속이고

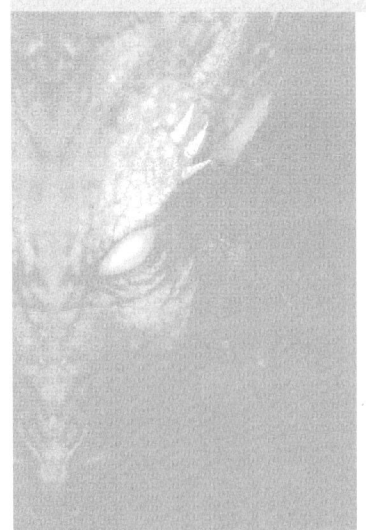

항의 서한을 발송하기는 했지만, 마교의 장로급이 이곳으로 직접 방문하겠다는 회답은 곤륜파 수뇌부의 예상을 훨씬 뛰어넘는 것이었다. 아예 무대응으로 있던지, 아니면 기껏 당주급 인물이 와서 뭘 그딴 일로 이렇게 난리를 치느냐며 뻔뻔스럽게 대응을 할 것이라 생각했던 것이다.

수십 명의 문도들이 다치기는 했지만 대다수가 하급 문도들이고, 무엇보다 사상자가 전혀 없지 않은가. 곧바로 수뇌부가 소집되어 누가 대응을 전담할 것인지에 대한 논의가 진행됐다. 수뇌부의 골머리를 썩인 것은 마교의 장로급에 걸맞은 인물을 선임해야 한다는 점이었다.

한동안의 토론 끝에 이곳 양양성에 와 있는 곤륜 문도들 중 무황 다음의 끗발을 지니고 있는 무량 대장로가 접객을 맡기로 했다.

무량 대장로는 선임이 되자마자 급하게 제자들을 사건이 터진 객잔으로 보내 마교에서 먼저 도발을 했다는 명확한 증거를 모아오라고 지시를 내렸다. 혹시라도 이번 사건이 곤륜파에서 먼저 잘못을 했기에 벌어진 일이라고 적반하장 격으로 나올 가능성이 컸기 때문이다. 문제는 그걸 마교의 장로가 여기 도착하기 전에 끝마쳐야 한다는 점이었는데, 시간이 너무 촉박했다.

"마교 장로가 도착했다고 합니다."

"뭣! 벌써?"

객잔으로 보낸 제자들은 아직 도착도 하지 않은 상태였다. 그렇다면 방법은 하나뿐이다. 제자들이 돌아올 때까지 시간을 끄는 수밖에.

그런데 이런 상황이 무량진인으로서는 마음에 들지 않았다. 확실한 증거를 제자들이 들고 오기 전까지 마교의 장로라는 자에게 궁색한 주장을 펼쳐야 한다는 것이 자존심 상했던 것이다.

잠시 고심하던 무량진인은 대기하고 있던 제자에게 명령을 내렸다.

"다탁을 연못에 마련하고, 손님들을 그리로 모시거라. 풍류를 논하며 시간을 끄는 수밖에 도리가 없겠지."

"그렇게 하겠습니다."

"그리고 자리가 자리인 만큼 다과를 나르는 여제자들의 행색에 각별히 신경을 써야 할 것이야."

"염려 놓으십시오, 대장로님."

명령을 이행하기 위해 밖으로 달려 나가려고 하는 제자를 불러 세운 뒤 무량진인이 침중한 어조로 물었다.

"그래, 얼마나 많은 무사들을 거느리고 왔다고 하더냐?"

마교 무사들이 내뿜는 마기는 워낙에 무시무시해서 무력 시위로는 최고였다. 더군다나 상대는 장로급이다. 만약 자신의 예상대로 많은 무사들을 데리고 왔다고 한다면 수뇌부들을 전부 끌어 모으는 한이 있더라도 기 싸움에서 밀리지 않아야 한다는 게 무량진인의 생각이었다.

하지만 제자의 대답은 예상 밖이었다.

"그, 그게 호위무사 한 명만을 대동하고 왔다고 합니다."

"한 명뿐이라고? 그럴 리가 있나."

비록 지금이야 손을 잡고 있다고 하지만, 얼마 전까지 치열하게 싸우던 문파의 한복판으로 호위무사 한 명만을 달랑 거느리고 들어온다니. 게다가 좋은 일로 찾아오는 것도 아니지 않은가. 얼마나 자신들을 얕잡아 보았으면 이렇게까지 방자하게 구는 것인지 무량진인의 청수하던 얼굴이 왈칵 일그러졌.

잠시 후, 연못 중앙에 만들어진 정자에서 손님을 맞이한 무량진인은 관지 장로의 뒤에 시립해 있는 호위무사에게 힐끗 눈길을 던졌을 뿐 더 이상 관심을 두지 않았다. 비록 호위무사가 상당한 미모의 여인이었지만 곧 마교 장로와 치열한 머릿싸움을 벌여야 하는 그였기에 여인에게 눈길을 보낼 만큼 마음이 한가롭지 않았던 것이다. 하지만 그 때문에 여인의 두터운 화장 밑에 감춰져 있던 푸르둥둥한 멍 자국을 보지 못하고 그냥 지나쳐 버렸다.

관지와 간단한 인사를 주고받은 무량진인은 정자 안에 마련해 놓은 의자를 권했다.

"여기가 이 장원에서 가장 풍광이 좋은 곳인데, 마음에 드실지 모르겠소이다, 무량수불."

주위를 감싸고 있는 연못에는 커다란 비단잉어 몇 마리가 유유히 헤엄치고 있었고, 정자 위로 폭포가 쏟아지듯 흘러내린 연못가의 능수버들 가지들이 바람이 불 때마다 하늘거린다. 과연 풍류를 논하며 시간을 끌기에는 최적의 장소라고 봐야 했다.

관지 장로는 예의상 힐끗 주위를 둘러본 다음 단조로운 음색으로 대꾸했다.

"아름다운 곳이군요."

너무나도 메마른 대답에 무량진인의 눈에 난감함이 어렸다. 단순무식하기 그지없는 마교도를 상대로 풍류를 논할 생각을 했다니, 그런 생각을 했던 자신이 너무나도 한심스럽게 느껴진 무량진인이었다. 저쪽에서 뭐라고 해 줘야 이쪽에서 물고 늘어지면서 대화가 연결될 텐데, 저쪽은 아예 그럴 생각 자체가 없는 듯했다.

"먼저 제가 이곳을 찾은 이유부터 밝히는 게 순서겠군요."

이렇게까지 급격하게 말을 꺼내다니, 회담의 예의도 모르는 놈이라며 속으로 욕설을 퍼부으면서도 무량진인은 침착하게 대꾸를 했다.

"허허, 이곳까지 오시느라 수고하셨는데 우선 차라도 한 잔

드시면서 목을 축이시는 게……."

말을 하던 무량진인은 일순 자신의 두 눈을 의심하지 않을 수 없었다. 천하의 마교의 장로가 자신을 향해 가볍게 목례를 하며 사죄의 말을 하는 것이 아닌가.

"이렇듯 안 좋은 일로 오게 되어 죄송하게 생각합니다."

"아, 안 좋은 일이라니요. 젊은 혈기에 그럴 수도 있는 일이지요. 헛헛헛."

뭔가 묘한 허탈감이 감도는 억지 웃음.

"이미 엎질러진 물인 만큼 다시 주워 담지는 못하겠지만, 그 사후 처리는 이쪽에서 모두 책임지겠습니다. 큰 부상자가 나오지 않은 게 불행 중 다행이지 않습니까? 그리고 다시는 이런 일이 벌어지지 않도록 수하들을 엄히 단속하도록 하겠습니다."

"……."

관지 장로의 솔직한 사과에 무량진인의 머릿속은 하얗게 탈색되어 버렸다. 상대가 이렇듯 잘못을 시인해 올 줄은 전혀 예상조차 못했기 때문이다. 대책 회의에서도 상대가 위협을 해 오면, 이쪽은 어떻게 받아치는 게 좋을지 그런 것들만 논의했을 정도였다.

그런 만큼 아무리 노회한 무량진인이지만 지금 머릿속이 온통 엉켜 버려 아무 대꾸도 하지 못했다.

"귀관도 용서를 청하는 게 좋지 않겠나?"

관지의 말에 뒤에 시립해 있던 미모의 호위무사가 공손히 포권하며 나긋한 어조로 말했다.

"어제 불미스러운 일을 일으킨 점 사과드립니다. 다시는 이런 일이 없도록 하겠습니다."

미모의 여인이 어젯밤의 패싸움을 일으킨 당사자 중 한 명이 라니……. 하기야 무림에는 겉모습과 달리 표독스런 여시주들도 많았기에 그건 충분히 납득할 수 있는 일이다.

비록 마교의 무사이기는 하나, 상당한 미모의 여인이 사과를 청해 오자 무량진인의 마음도 저으기 누그러질 수밖에 없었다.

무량진인은 상당히 만족스러운 웃음을 흘리며 입을 열었다.

"허허, 사과라니 당치도 않습니다. 이쪽 제자들의 잘못도 분명 있었겠지요. 손바닥도 마주쳐야 소리가 난다고 하지 않습니까? 자, 이 일은 이쯤에서 묻어 두고 앞으로 더욱 신뢰할 수 있는 동맹으로 거듭났으면 좋겠습니다."

무량진인의 말에 관지 장로가 고개를 끄덕이며 화답했다.

"그래야겠지요."

이곳에 온 소기의 목적을 충분히 달성했다고 생각한 관지는 곧 자리에서 일어나 마교로 돌아갔다.

손님을 배웅하고 집무실로 돌아가는 무량진인의 마음은 흐뭇하기 그지없었다. 처음에 예상했던 것과는 달리 얘기가 잘 풀렸기 때문이다. 더군다나 장로급 인물로부터 정중한 사과까지 받아 내지 않았는가.

그때였다. 만족스런 미소를 지으며 걸어가던 무량진인을 부르는 청아한 목소리가 뒤에서 들려왔다. 곤륜무황이었다. 무량진인은 급히 뒤돌아 서서 고개를 조아리며 대답했다.

"찾으셨습니까? 사숙."

"방금 찾아왔던 이는 누구였는고?"

원한이 골수에까지 사무쳐 있는 원수인 마교도들에게 문도들이 쥐어 터진 사건이다. 괜히 이런 안 좋은 일을 무황께 아뢰 심려를 끼칠 필요는 없다고 판단한 곤륜의 수뇌부는 아예 이번 일을 무황에게 보고하지도 않았다.

그렇기에 질문을 받은 무량진인은 곤혹스러움에 일순 안색이 창백하게 바뀌었다. 오랜 세월을 함께했지만, 무황은 지금까지도 그에게는 너무나도 어려운 사숙이었다. 인간적인 정을 느끼기에도 황송스러울 정도로, 위대한 분이었던 것이다. 아니, 무량진인에게 있어 어쩌면 사숙은 살아 있는 신선이나 다름없었다.

"그…, 그게……."

"누구였느냐고 묻고 있지 않느냐?"

잠시 고민하던 무량진인은 체념한 듯 고개를 푹 숙이며 대답했다.

"관지라고…, 마교의 장로입니다. 지금 양양성에 주둔하고 있는 흑풍대의 대주이기도 하지요."

"마교의 장로라고? 그러고 보니 뒤에 서 있던 여시주의 얼굴이 조금 낯이 익더라니……."

처음 양양성에 도착해서 교주를 만나러 갔을 때, 무황은 관지를 보지 못했다. 관지가 그 자리에 참석하지 않았었기 때문이다.

"그래, 무슨 일로 찾아온 것이더냐?"

"그, 그게……."

"허허, 왜 대답을 못 하는 게냐? 어서 말해 보거라."

더 이상 시간을 끌어봐야 좋을 게 없다고 판단한 무량진인은 더듬더듬 어젯밤에 있었던 사건을 이실직고했다. 그러면서 은근히 잘못은 저쪽에 있었음을 몇 번이고 강조했다. 그렇기에 마교의 장로급이 급히 달려와 정중하게 사과를 하고 간 것이 아니겠는가. 물론 마교도에게 쥐 터지고 들어왔다는 것만 본다면 무황의 진노를 사기에 충분한 사건이었지만 그래도 저쪽이 먼저 도발을 해 벌어진 일이고, 마교로부터 다시는 이런 일이 벌어지지 않도록 주의하겠다는 정중한 사과까지 받아 낸 것을 감안한다면 곤륜파로서는 충분히 면목이 서기 때문이다.

하지만 설명을 다 들은 무황은 뭔가 석연찮은 듯 고개를 갸웃거리더니 다시 한 번 물었다.

"그게 틀림없는 사실이더냐?"

"어찌 사숙께 거짓을 아뢰겠습니까? 한 치의 가감도 없는 사실입니다, 사숙."

"거~ 참, 이상한 일이로다. 너는 그자의 뒤에 서 있던 여시주의 얼굴을 봤더냐?"

"그, 그게……."

중요한 회담을 앞두고 어찌 여인에게 한눈을 팔 수 있겠는가. 그래서 의도적으로 여인의 얼굴을 제대로 보지 않았던 무량진인은 급작스런 무황의 질문에 당황하지 않을 수 없었다.

'여시주의 얼굴을 살피는 게 그렇게 중요한 일이었던가?'

질문의 진의가 뭔지를 몰라 무량진인이 대답을 못하고 가만히 있자, 무황은 혀를 차며 입을 열었다.

"쯧쯧, 한 문파를 이끌어 나가기 위해서는 세세한 부분까지 눈길이 가야 하는 법이거늘. 도인이라는 틀에 사로잡혀 주위를 제대로 살피지 못한 게로구나."

"예? 그게 무슨 말씀이십니까?"

"여시주의 얼굴에 짙은 분 사이로 푸르스름한 멍 자국이 보이더구나. 아마 어젯밤 난투극에서 입은 상처겠지."

무량진인도 문득 깨달아지는 게 있었는지 기억을 더듬으며 맞장구를 쳤다.

"그러고 보니 관지 장로의 명에 따라 여시주도 제게 사과했었습니다. 그 여시주도 난투극에 참가했다고 하더군요."

"너는 그 여시주의 무위가 어느 정도라고 생각했더냐?"

마화가 정통마공을 익힌 고수였다면 무량진인이라도 그녀의 무위를 한눈에 알아볼 수 있었을 것이다. 그녀의 온 몸에서 피부가 저릿저릿할 정도의 무시무시한 마기를 내뿜고 있었을 게 분명하니까. 하지만 그녀는 마공을 익힌 게 아니었고, 그 때문에 웬만큼 자세히 관찰하지 않고서는 그녀의 무공 수위를 파악하기는 힘들었다.

"그, 그게……."

분위기를 부드럽게 하기 위해 데려온 호위 여고수 정도로만 생각했었던 무량진인이었지만, 그걸 곧이곧대로 사숙께 말할 수는 없었다. 분명히 미숙한 놈이라고 핀잔만 들을 게 뻔했으니까.

"겉보기에는 가녀리게 보였는지 모르겠으나, 제법 높은 경지를 이룩한 여시주였느니라. 본문의 제자 수십 명이 덤빈다 해도 멍 자국 하나 내기 힘들 정도로 말이다."

어쩌면 상대가 이쪽을 봐주며 싸웠는데도 불구하고, 이쪽은 인정사정 보지 않고 여자에게까지 주먹을 날렸다는 말로 연결될 우려가 있다고 무량진인은 판단했다. 그렇기에 그는 재빨리 항변했다.

"하, 하지만 그 여시주는 술에 취했다고 하지 않았습니까? 사숙. 아무리 고수라고 해도 술에 대취한 상태라면 하수들에게도 몰매를 맞을 수 있습니다."

"그건 네 말이 맞다."

무황은 무량진인의 지적을 인정했다.

"하지만 방금 전에 너는 그곳에서 그녀 혼자서만 술을 마시고 있었던 게 아니라고 하지 않았더냐."

"예, 모두 열한 명이라고……."

"그녀의 무위로 봤을 때, 꽤나 고위직에 있음에 분명해. 그런 그녀와 함께 술을 마시던 자들이 일부러 주위에 있는 도사들에게 시비를 걸었겠느냐?"

"그, 그렇다면……."

"내가 알기에는 여시주들은 자신의 얼굴을 생명처럼 아낀다고 들었다. 대취한 상태였다고 해도 자신의 얼굴에 멍 자국을 만든 사람을 그녀가 가만히 놔뒀을 것 같으냐?"

 "……."

 "그녀 정도의 실력자라면 한 순간만 마음을 독하게 먹으면 본문의 웬만한 문도들은 목숨을 내놔야 할 게야."

그녀가 자신이 예상한 것보다 훨씬 더 강하다는 사실에 무량진인은 충격을 받은 모양이었다.

 "그, 그 정도였습니까?"

 "얼굴에 상처를 입혔음에도 불구하고 그녀가 자신의 무위를 드러내지 않고 적당한 수준에서 끝낸 걸 보면, 그녀 쪽에서 먼저 시비를 걸었을 가능성은 아주 적다고 노부는 생각한다. 찬찬히 다시 한 번 조사해 보거라. 내 생각에는 잘못은 아마도 이쪽에 있었을 게다."

곤륜무황의 말에 무량진인은 말도 안 된다는 듯 대꾸했다.

 "마교도들은 절대로 자신들이 잘못하지도 않았는데도 불구하고 용서를 청할 자들이 아니지 않습니까?"

 "저쪽에서 굽히고 들어온 건, 큰일을 앞두고 자중지란(自中之亂)을 일으키고 싶지 않았던데 따른 배려였겠지."

 "……."

 "네게 누누이 일렀듯 선입관을 가지지 않도록 노력하거라. 교주를 만나러 그의 장원에 찾아갔을 때, 흑풍대원들의 모습을 노부와 함께 보지 않았더냐? 그들은 마공이 아니라 정파의 무공을 통해 절정의 경지를 개척하고 있는 자들이었느니라. 피치 못할 사정이 있어 마교에 적을 두고 있지만, 그 전에는 내노라 하는 이름 있는 고수였을 가능성이 크다고 봐야 할 게다. 그런 자들이 그토록 몰염치한 짓을 했겠느냐?"

도저히 사숙의 말을 믿기 힘들다는 표정이 얼굴 가득 드러나 있었지만, 그래도 그는 고개를 숙이며 공손히 대답했다.

"깊이 명심하겠습니다, 사숙."

무황과의 대화를 마치고 집무실로 돌아오자 기다렸다는 듯 객잔으로 조사를 보낸 제자들이 보고를 하기 위해 들어왔다. 심기가 편치 못했던 무량진인의 눈치를 살피는 그들의 얼굴은 회담 전에 조사를 끝마치지 못했다는 죄책감 때문인지 침울해 보였다.

"제자들이 시간을 맞추지 못해 정말 죄송합니다, 대장로님."

"됐다, 그건 그렇고 저쪽에서 먼저 도발을 했다는 증거는 확보해 왔겠지?"

그러자 제자들은 서로 눈치를 살피며 우물쭈물하는 것이었다. 무량진인은 답답한 마음에 짜증스런 목소리로 소리쳤다.

"어허, 뭣들을 하는 게냐? 가서 보고 들은 바를 어서 말하지 않고!"

질책을 듣자 한 제자가 조심스럽게 보고를 시작했는데, 그 내용은 무량진인을 당혹스럽게 만들기에 충분한 것이었다.

"뭣이? 우리 쪽에서 먼저 주먹을 날렸다고?"

계속되는 제자의 보고에 무량진인의 얼굴이 점점 붉게 물들어 가기 시작했다. 화가 머리끝까지 치밀어 오른 것이다.

누가 먼저 도발을 했는지에 대한 증거와 증인은 사건이 벌어졌던 객잔에 도착하자마자 주위에 널려 있었다. 문제는 그게 곤륜파에 안 좋은 것이었다는 데 있었다. 패싸움에 대한 경위를 알아보기 위해 곤륜파에서 사람이 나왔다는 것을 알게 된 객잔 주인이 쏜살같이 달려와 입에 거품을 물며 따지고 들었던 것이다.

객잔 주인으로서는 푸짐하게 술과 음식을 시켜먹고 가는 흑풍대원들에게 틈만 나면 시비를 거는 곤륜파 도인들이 사실 눈엣가시였다. 기껏해야 소면이나 시켜 먹는 주제에 말이다. 더군다나 어제는 한동안 장사를 할 수 없을 정도로 객잔을 박살 내놓기까지 하지 않았는가.

조사관이 나왔다는 소리를 어디서 들었는지 근처 객잔 주인들까지 몰려와 곤륜파를 성토하기 시작했는데 흥분한 그들을 달래려 제자들이 무척 당혹스러웠다는 것이다.

보고를 다 들은 무량진인은 머리가 아픈지 한동안 손가락으로 관자놀이를 지그시 누르다 제자들을 향해 호통을 쳤다.

"지금 당장 이 사건에 연루된 제자들을 불러들여 책임을 추궁해! 아니, 객잔 주인들의 말에 의하면 이런 일이 한두 번이 아니라 했으니, 그에 대한 추가적인 조사도 진행하거라. 그래서 이런 못된

짓을 한 제자들이 누군지 철저히 발본색원(拔本塞源)하란 말이다!"

"예! 알겠습니다, 대장로님."

언제나 인자한 미소를 잃지 않던 대장로의 입에서 격한 호통이 터져 나오자 제자들은 당혹한 표정으로 황급히 복명을 하고 밖으로 뛰쳐나갔다.

"허허, 정말 답답하구나. 도대체 평소 아이들을 어떻게 교육시켰기에 이런 일이 벌어졌다는 말인가?"

하지만 나중에 나온 조사 결과에 무량진인은 완전히 할 말을 잊을 수밖에 없었다. 그만큼 충격적이었던 것이다. 하급 문도들이 지금까지 조직적으로 흑풍대 무사들을 괴롭히고 있었다니……. 그것도 우발적이 아닌 의도적으로 말이다.

이런 줄도 모르고 관지에게 정중한 사과를 받던 자신의 모습이 떠오르자 무량진인은 부끄러움에 얼굴을 들기가 힘들었다. 그리고 그러한 부끄러움은 제자들에 대한 참을 수 없는 분노로 이어졌다.

급하게 수뇌부들을 소집하여 회의를 개최한 무량진인은 말을 꺼내기 전에 치솟는 분노를 가라앉히기 위해 낮은 소리로 마음을 평안하게 해 주는 경문부터 외워야만 했다. 만약 지금 경문이 아니라 다른 말을 꺼내게 된다면, 자신이 어떤 명령을 내리게 될지 그 자신도 두려웠기 때문이다.

평생을 곤륜파의 제자임을 자랑스럽게 생각하며 살아왔던 무량진인이었기에, 문파의 얼굴에 먹칠을 한 제자들을 도저히 용서할 수 없었던 것이다. 그리고 무엇보다 상대가 마교이지 않은가.

무정진인(戊正眞人)은 그런 사형의 눈치를 살피며 조심스럽게 입을 열었다.

"당연히 일벌백계로 다스리는 게 옳겠으나, 이 일에 연루된 아이들이 너무 많습니다. 그들 모두에게 중징계를 내린다면, 오히려 징계로 인해 얻는 것보다 잃는 게 많지 않을까 저어됩니다."

마음을 안정시키기 위해 한동안 경문을 중얼거리고 있던 무량진인이 문득 탄식을 터뜨리며 중얼거렸다.

"허허, 어떻게 일이 이 지경이 될 때까지 아무도 모르고 있었다니……. 도대체 자네들은 그동안 뭘 하고 있었던 겐가?"

"송구스럽습니다, 사형. 이쪽으로 이동해 온 후, 자리를 잡느라 모두들 눈코 뜰 새 없이 바쁘다 보니 아랫것들을 살피는 데 소홀했던 것 같습니다."

허탈한 마음에 연신 탄식을 터뜨리던 무량진인은 잠시 후, 단호한 목소리로 말했다.

"철저하게 조사하여 이 일에 연루된 자들 중, 가장 높은 배분을 지닌 자 10여 명을 골라 징계토록 해라. 단, 다시는 이런 일이 되풀이되지 않도록, 확실한 본보기가 되어야만 할 것이야."

"그렇게 하도록 하겠습니다, 사형."

회의를 끝마친 후, 집무실로 돌아온 무량진인은 허탈한 안색으로 원시천존의 초상화를 바라봤다. 삶에 지친 그에게 언제나 큰 위안을 안겨 줬던 인자한 얼굴이었건만, 오늘만큼은 그렇지 못했다.

"사숙께서는 단번에 핵심을 집어 내셨는데, 나는 어찌하여 아직까지도 이토록 미숙하단 말인가? 원시천존이시여, 제발 제게 세상을 제대로 살필 수 있는 혜안(慧眼)을 내려 주시옵소서."

그가 한탄하고 있을 때, 제자 하나가 달려와 조심스럽게 말했다.

"무황께서 대장로님을 찾으십니다."

곤륜무황이 그를 찾는 이유는 뻔한 것이다. 이번 사건에 대한 원인을 어느 쪽에서 제공한 것인지에 대한 결론을 듣고 싶은 것이다. 무거운 마음으로 곤륜무황을 찾은 무량진인은 먼저 고개를 깊이 숙여 자신의 어리석음을 사죄했다.

"아뢰옵기 송구스럽지만 사숙께서 하신 말씀이 옳았습니다."

그러면서 이번 사건의 전모를 모두 말했다. 말을 들은 곤륜무황은 아무 말도 하지 않고 생각에 잠겨 있다가 불현듯 입을 열었다.

"교주와 만날 수 있도록 주선해 보거라."

뜻밖의 말에 무량진인은 당황한 표정으로 급히 대꾸했다.

"필요하면 제가 마교로 찾아가 사과를 하고 오겠습니다. 이런 일로 문의 제일 어른이신 사숙께서 직접 나서신다는 것은 말도 되지 않습니다."

곤륜무황은 소탈한 미소를 지으며 말했다.

"허허, 너무 걱정하지 말거라. 교주와 만나 담소라도 나누고 싶은 것이니 말이다."

완강한 무황의 말투에 어쩔 수 없다는 듯 무량진인은 입을 열었다.

"사숙의 뜻이 정히 그러하시다면 즉시 사람을 보내 사숙께서 방문하셔도 좋을 날짜를 잡도록 하겠습니다."

무량진인이 나가고 난 후, 곤륜무제는 혓바닥을 찼다.

"원대한 꿈을 안고 중원으로 나왔거늘, 체면과 허례허식에 사로잡혀 큰 것을 자꾸 놓치고 있으니……. 쯧쯧, 못난 놈 같으니라구."

하지만 교주와 곤륜무황의 두 번째 만남은 다음 기회로 미뤄졌다. 왜냐하면 그때 묵향은 양양성을 떠나 대별산맥에 가 있었기 때문이다. 그렇기에 곤륜무황은 자기 이름으로 다시는 이런 불미스런 일이 일어나지 않도록 하겠다는 사과 서신을 보내는 것으로 만족해야 했다. 다음에 양양성에 오신다면 같이 향기로운 차나 한잔 나누자는 말로 끝을 맺으며.

여우의 꼬리를 잡아라

DARK STORY SERIES Ⅲ

25

속고 속이고

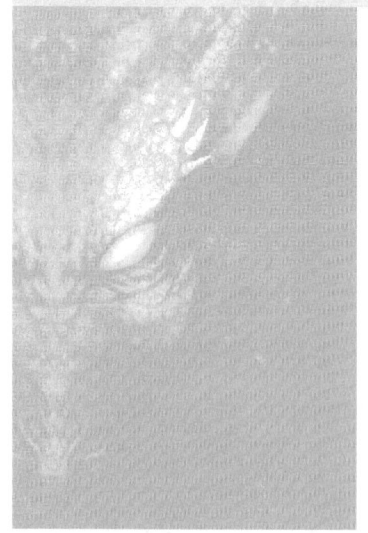

관지로부터 일주일간의 근신 처분을 받은 마화는, 밖으로 나가지 못하고 방에만 처박혀 있어야 했다. 그런 그녀에게 조령의 잦은 방문은 너무나도 반가운 것이었다.

그런데 어느 날, 그녀는 조령의 언행에서 뭔가 이상하다는 것을 느꼈다. 필요 이상으로 마교에 대한 것을 꼬치꼬치 캐묻고 있지 않는가. 처음에는 납치된 소연 일행에 대한 걱정 때문일 것이라고 생각했지만 그 정도가 너무 심했다. 만약 마화가 근신 처분을 받지 않았다면 일에 치여 눈치채지 못하고 넘겼을 수도 있었다. 하지만 방에 처박혀 하는 일 없이 이 생각, 저 생각 하며 지내다 보니 그동안 보지 못했던 많은 것들이 눈에 보였던 것이다.

처음에 마화가 조령에 대한 의구심을 품게 된 것은 진팔에 대한 말이 나올 때마다 짓는 미묘한 표정 때문이었다. 그건 걱정과 근심이 아닌 아련한 그리움이었다. 마화는 진작부터 조령이 진팔을 은근히 사모하고 있다는 걸 눈치 챘었다. 만약 진팔에 대한 연모의 정이 사라진 게 아니라면, 조령이 지어야 하는 표정은 그게 아닌 것이다.

　마화는 아직까지도 20여 년 전, 묵향이 갑자기 행방불명되었던 그 절망적인 시기를 잊지 못하고 있었다. 그 당시 그녀는 마치 실성이라도 한 사람처럼 미친 듯 묵향의 행방을 찾았었다. 그때 얼마나 애간장이 끓었는지 지금도 당시 생각이 문득 떠오를 때면 묵향의 그 뻔뻔스런 낯짝을 두들겨 패 버리고 싶을 정도였다.

　그런데…, 그런데 지금의 조령을 보면 전혀 그런 절박한 감정이 느껴지지 않았다. 더군다나 진팔은 행방불명된 것이 아닌 납치된 것이다. 그리고 얼마 전에는 진팔의 손이 잘려 상자에 담겨 오기까지 하지 않았던가.

　물론 자신과 조령의 성격이 많이 다르다는 걸 알기에 그러려니 넘어갈 수도 있다. 하지만 정작 그녀로서 이해하기 힘들었던 것이, 바로 조령의 묵향에 대한 태도였다. 평소 부대의 이동이나 작전에 대해 은근히 물어보던 그녀가, 어느 날부터 묵향의 행방에 대해 집요하게 물어보기 시작한 것이다. 그리고 그때마다 조령의 눈빛에서 강한 증오심을 엿볼 수 있었다. 묵향이 그녀를 꼴도 보기 싫어하는 걸 알기에 조령 역시 좋은 감정은 아닐 것이다. 하지만 조령이 보인 증오심은 그런 말로 설명할 수 없을 정도로 강했다.

　조령에 대한 의구심이 생기자 제일 먼저 떠오른 것이 바로 여진족이라는 그녀의 출신이었다. 그리고 은밀히 살펴보니 여기저기 돌아다니며 부대의 작전이나 이동에 대해 꼬치꼬치 캐묻는 것이, 납치된 동료를 걱정해서 하는 행동으로는 너무 지나친 감이 있었다.

한참을 고민하던 마화는 근신이 풀리자마자 무영문에 기별을 넣었다. 그냥 덮어 두기에는 조령의 행동이 너무 의심스러웠고, 혼자 은밀히 조사하기에는 자신의 역량이 부족했다. 그렇다고 비마대(秘魔隊)를 움직이자니 자칫 그 사실이 묵향의 귀에 들어갈 수도 있었다. 안 그래도 조령을 싫어하던 묵향이었으니 당장에 죽여 버리겠다고 펄펄 뛸 게 분명했다. 만약 자신의 육감과는 달리 조령에게 아무 죄도 없다면, 자신의 입장만 난처해지지 않겠는가. 그래서 마화는 아무에게도 알리지 않고, 무영문에 그 조사를 의뢰했던 것이다.

무영문과의 연락은 마화가 책임지고 있었기에 무영문 쪽의 연락책과 접선하는 것은 그리 어려운 일이 아니었다. 마화의 설명을 다 들은 무영문의 연락책은 의뢰 내용을 종이에 써 내려가며 되물었다.

"그러니까 조령 낭자를 조사해 달라는 겁니까?"

"예, 혹시 모르니 조령과 쟈타르 둘 다 부탁해요. 그리고 이건 노파심에서 하는 말인데, 절대 그쪽에서 눈치 채지 못하도록 조심해 주세요."

마화의 부탁에 연락책은 불쾌감을 억누르며 퉁명스레 대꾸했다. 천하의 무영문을 어떻게 보고 그런 초보적인 주문을 한단 말인가. 기분이 상할 만도 했다.

"그건 염려하지 않으셔도 됩니다."

대수롭지 않게 자신의 의뢰를 받아들이는 연락책의 모습에 마화는 잠시 고민을 하다 다시 입을 열었다.

"무영문을 못 믿어서 이런 부탁을 하는 게 아니에요. 혹시 그들과 연관된 제3의 세력이 있을 수도 있기에 하는 말이지요. 만약 그들이 먼 곳에서 조령이나 쟈타르를 항시 관찰하고 있다면, 어설프게 조사를 하다가는 금방 그들에게 들키지 않겠어요?"

순간 연락책은 눈빛을 빛내며 되물었다. 어쩌면 뭔가 큰 건수일 수도 있다는 느낌이 들었던 것이다.

"제3의 세력이라고 하시면……?"

곧바로 대답을 못하고 망설이던 마화는 어쩔 수 없다는 듯 입을 열었다.

"이것은 순전히 제 추측일 뿐인데, 그녀가 장인걸과 연결되어 있을 수도 있어요. 왜냐하면 조령과 쟈타르는 여진족 출신이거든요."

"……."

전혀 예상도 못 한 마화의 말에 연락책은 마치 벼락이라도 맞은 듯한 표정이다.

"그저 추측일 뿐이에요. 그래서 내 수하들에게 그들의 감시를 맡기지 못한 거죠. 잘해 줄 수 있겠어요?"

"물론입니다. 이렇게까지 말씀해 주셨는데 실수를 할 저희 무영문이 아닙니다. 최대한 주의해서 은밀하게 그들을 조사하도록 하겠습니다."

"그리고 또 하나, 조사 결과는 저에게만 보고해 주세요."

조사 결과는 의뢰주에게 통보되는 게 불문율이었고, 또 마교와 무영문 간의 정보 소통에 있어 마교쪽 당사자는 마화였다. 그렇기에 그런 주문을 하지 않더라도 결국 마화에게 결과가 통보될 수밖에 없는 구조였던 것이다. 그런데 왜 새삼 그런 부탁을 하는 건지 연락책은 이해하기 힘들었지만, 워낙 중요한 일이라 다른 사람의 귀에 들어가면 안 좋을지도 모른다는 뜻일 거라고 생각하며 고개를 끄덕였다.

"그럼, 부탁하겠어요."

*   *   *

맹주와 1차 접촉을 가진 옥화무제는 곧장 묵향에게로 달려왔다. 그녀는 자신이 아주 힘든 일이라도 해 낸 듯 으시대며 말했다.

"맹주는 당신의 제안을 받아들일 생각인 듯해요."

"받아들일 거면 받아들이는 것이지, 받아들일 생각인 듯하다니 그건 또 무슨 소리야?"

짜증 어린 묵향의 말에 옥화무제는 가볍게 콧방귀를 뀌며 대꾸했다.

"흥, 그거야 당신이 그런 제의를 한 저의를 알 수 없으니 그런 거 아니겠어요? 근래 당신이 무림맹에 한 짓을 한번 생각해 봐요. 하북 팽가의 혼원패권 장로를 불구자로 만들어 놓고, 황실을 들쑤셔 놓고……. 그토록 무림맹의 권위를 실추시켜 놓을 때는 언제고, 지금은 민감하기 짝이 없는 사안에 대해 협조를 구하고 있잖아요. 그런 요청을 맹주가 덥석 받아들인다면 오히려 그게 더 이상한 거죠."

묵향은 아무런 대꾸도 할 수 없었다. 가만히 생각해 보니 옥화무제의 말이 백번 옳았기 때문이다. 확실한 증거도 없이 이리저리 나댄 게 문제였다. 묵향으로서는 옳다고 생각해서 행한 것이었지만, 이해 관계에 얽매여 있는 무림맹의 입장에서는 입장이 난처했을 게 틀림없다.

"거~ 듣고 보니 그러네."

잠시 옥화무제를 바라보고 있던 묵향은 어깨를 으쓱하며 물었다.

"그래, 그쪽에서 원하는 건?"

"중원 무림에 대한 영구적인 불가침 조약을 원한다고 하더군요."

뭐, 대단한 거라도 원하는 줄 알고 귀를 기울이고 있었던 묵향은 심드렁한 표정으로 중얼거렸다.

"뭐, 그 정도쯤이야."

"그리고 마교가 협정에 진지하게 임하고 있다는 증거물을 원해요."

"말코들이 욕심도 많으시구먼. 그래, 뭘 원한다고 하던가?"

"지금까지 마교가 중원에서 약탈해 간 각종 무공비급들의 원본……."
 중개자를 자처하면서 옥화무제는 가증스럽게도 맹주 쪽에서 꺼내지도 않은 조건을 말했다. 처음부터 사본 운운하면, 묵향이 그녀에게 실력 발휘를 좀 해서 조건을 한 단계 낮추라는 주문을 해 올 것이 아닌가. 그렇기에 그녀는 처음부터 엄청나게 강한 조건을 들이댔다. 그런 다음 조건의 강도를 차츰 낮출 속셈이었다. 마치, 자신이 맹주 쪽을 구워삶는다고 엄청난 고생이라도 했다는 듯 말이다.
 그녀의 말에 묵향의 미간이 한껏 찌푸려졌다. 콧김까지 거칠어지는 걸 보면 무척 화가 난 모양이었다. 그럴 수밖에 없는 게, 언제든지 파기할 수 있는 공허하기 짝이 없는 조약 따위 하고, 비급은 비교 자체가 불가능한 것이다. 그것도 특히나 원본이라면! 그것들은 지금껏 마교의 선조들이 중원 무림을 상대로 거둔 승리의 증표들이었으니까.
 "말도 안 되는 소리! 그건 본교의 선조들이 쌓아 놓은 빛나는 업적이야. 그걸 본좌가 순순히 내놓을 거라고 생각했나? 바랄 걸 바래야지, 멍청한 말코 새끼들."
 "그건 그쪽 사정이고…, 어떻게 할 거예요? 맹의 도움을 받기 위해서는 그걸 돌려줘야만 할 거예요."
 "이런 썩을! 딴 거라면 몰라도……."
 마교도들은 거의 정파의 무공을 익히지 않는다. 정파 무공을 연구하기 위한 자료로 사용하는 거라면 원본이 아니라 사본만으로도 충분했다. 그럼에도 불구하고 묵향이 이토록 고심하는 이유는 원본 비급이 지니고 있는 상징적인 의미 때문이었다. 상대방 본진을 박살 내고, 그 전투에서 승리했다는 증거물이 아닌가 말이다. 따라서 원본 비급은 자손 대대로 이어 줘야만 할 조상들의 빛나는 업적이었다.

묵향은 술 한 잔을 쭉 들이킨 다음 투덜거렸다.

"당신이 꽤 능력이 있는 줄 알았는데…, 아무래도 그건 내 착각이었던 모양이구먼."

옥화무제는 발끈한 듯 뾰족한 목소리로 따졌다.

"맹주가 그렇게 요청을 하는데, 나보고 어떻게 하라는 거예욧!"

"이번 일도 그렇고…, 그놈의 독두개에 관한 일도 그렇고……."

묵향의 말은 독두개를 빼내 달라고 부탁을 한 지가 언제인데, 아직까지 소식이 없는 것에 대한 질책성 말투였다.

"당신이라면 잘할 수 있을 것 같아요? 잘됐군요. 그럼 혼자서 해 봐요. 나를 더 이상 끌어들이지 말고. 능력이 없는 저는 모든 일에서 손을 떼고 물러나 드리겠어요."

옥화무제는 기분이 상한 듯 새침한 목소리로 톡 쏴 준 다음 자리에서 벌떡 일어섰다.

"아아, 기분이 상했다면 내가 사과하지. 자, 앉으라구. 아직 얘기가 안 끝났잖아."

옥화무제는 자리에 앉으면서 퉁명스레 말했다.

"질질 끌지 말고 빨리 결정해요. 할 거예요? 아니면 그만둘 거예요?"

한동안 고심하던 묵향이 옥화무제에게 어설픈 미소를 지어보이며 중얼거렸다.

"아무리 생각해도 원본은 안 되겠어. 그 대신 사본을 만들어서 돌려주면 안 될까?"

"사본 따위…, 쓸모가 있을까요?"

옥화무제가 이렇게 반문하는 이유는, 원본이 약탈당했다고 해서 그 무공이 문파에서 절전(絶傳)되어 버리는 경우는 지극히 드물기 때문이다. 아주 특별한 경우가 아닌 한, 여러 권의 사본을 만들어 둔다. 한 명만 그걸 익히는 게 아니기에, 그 편이 훨씬 편리하기 때문이다.

설혹, 사본이 없다고 하더라도 원본 분실 후, 새로 만들면 그만이다. 아무리 치열한 전투가 벌어졌다고 해도, 완전히 궤멸당하지 않는 한 그걸 익힌 사람이 한둘은 살아남아 있게 마련이니까. 그리고 살아남은 자가 가장 뛰어난 고수일 가능성이 컸다. 그런 그들이 자신의 기억을 정리해서 잃어버린 원본을 대신할 만한 사본을 만들 건 뻔한 이치다. 이 경우 원본과 약간의 차이가 있을 수도 있겠지만, 크게 다르지 않다고 봐야 했다. 왜냐하면 그걸 익히는 과정에서 완전히 외우다시피 했던 사람이 만든 거니까.

"훗, 그건 맞는 말이야. 하지만 모두 다 복구된 건 아니지. 절전된 무공도 꽤 있을 테니까."

"물론이에요. 하지만 스승도 없이 단순히 비급만으로 무공을 익힌다는 게 얼마나 힘든 일인지는 당신도 잘 알고 있죠? 더군다나 누군가가 비급에다가 장난이라도 쳐 놨다면…, 그건 비급이 아니라 자살하기 위한 지침서와 다름없게 되죠."

옥화무제의 말에 묵향은 불쾌한 듯 인상을 찡그렸다.

"본좌를 어떻게 보고 그딴 소리를 하지? 나를 그런 얄팍한 짓거리나 할 위인으로 생각하고 있었다니……. 실망이로군."

"나는 지금 무림맹 쪽의 생각을 말하고 있는 거예요. 당신과 손잡고 계책을 실행해 줄 상대는 내가 아니라 그쪽이니까요."

"어찌 되었건 재미없게 되었는데……."

한동안 말없이 이리저리 생각해 봤지만, 혼자서 결정할 사안은 아니었다. 아무리 자신이 교주라고 해도 조상들의 업적을 통째로 날려 버리는 일이었기에 원로원의 의견을 들어 볼 필요가 있었던 것이다.

"이건 본좌 혼자서 처리할 사안이 아니야. 수하들과 좀 더 의논을 해 보고 답신을 보내도록 하지."

묵향의 대답에 옥화무제는 놀랍다는 듯 눈이 휘둥그레져서 물었다. 물론 그녀의 표정은 꽤 과장되어 있었지만…….

"당신 같은 절대자도 수하들의 눈치를 봐야 해요?"

이에 묵향은 피식 미소 지으며 대꾸했다.

"눈치를 보는 게 아니라 의견을 수렴하는 거야. 그걸 모은 건 내가 아니니까."

"한번 얘기해 봐요. 의견 수렴이 잘될 것 같아요?"

"글쎄……."

고개를 갸웃하던 묵향은 갑자기 화제를 바꿨다.

"그런데 실망이군. 본좌는 당신의 능력이 좀 더 훌륭한 것일 줄 알았는데, 천하의 옥화무제가 겨우 이 정도 능력밖에 없다니……."

옥화무제는 새침한 표정으로 쏘아붙였다.

"그게 무슨 말이에요?"

"좀 제대로 된 협상을 해 오란 뜻이야. 나도 노력을 해 보긴 하겠지만, 그래도 어느 정도 들어 줄 만한 조건이어야 말이지."

"알았어요. 맹주를 다시 한 번 더 설득해 볼게요."

"그래, 부탁해."

묵향이 자신에게 살짝 고개를 숙이는 걸 보며, 옥화무제는 짜릿한 쾌감을 느꼈다. 천상천하 유아독존의 대명사였던 교주에게 이런 공손한 인사를 받게 될 줄이야.

대별산맥의 본거지로 돌아간 묵향은 먼저 그곳에 모여 있던 장로들의 의견을 물었다. 과연 맹의 요청을 받아들여도 되는지 말이다.

"말도 안 되는 소립니다, 교주님."

"이런 망할 새끼들! 본교가 오랑캐 놈들을 대신 박살 내 주겠다는데 증거는 무슨 얼어죽을 증거."

"그런 개소리를 하는 놈의 아가리를 찢어 놔야 합니다, 교주님."

그 외에 별의별 소리들이 다 튀어나왔지만, 결국 장로들의 의견은 하나로 귀결됐다. 절대로 무림맹의 의견을 받아들일 수 없다는 것. 뭔가 참신한 제안을 내심 기대하고 있었던 묵향은 장로들의 뻔한 대답에 짜증이 이는 것을 느꼈다. 하지만 뭐라 말하지는 않았다. 서로 간에 해묵은 감정이 있기에, 이런 경우 정상적인 사고를 하기보다는 먼저 감정이 앞선다는 것을 충분히 알고 있었기 때문이다.

밝혀지는 진실들

DARK STORY SERIES Ⅲ

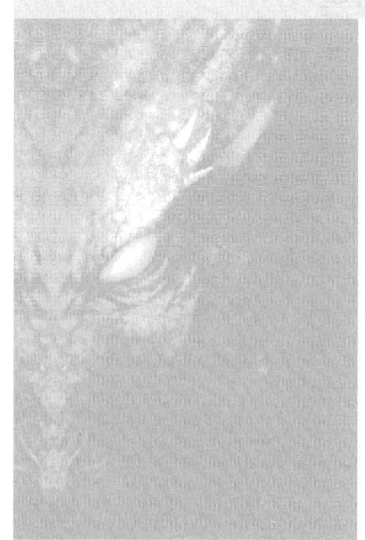

25

속고 속이고

연무장에 쌓인 나뭇잎을 빗자루로 쓸고 있던 동자는 걱정스런 표정으로 힐끔 누각 위를 살폈다. 며칠 전부터 장문인의 안색이 심상찮았기 때문이다. 뭔가 걱정이라도 있는 듯 수심에 찬 표정으로 깊은 생각에 잠겨 있거나, 혹은 방 안을 서성거리기도 했다. 그런 현천검제의 심적 동요가 그의 시중을 들고 있는 동자에게까지 영향을 주고 있었던 것이다.

이때, 현천검제의 표정이 일순 딱딱하게 굳었다. 그는 동자에게 명령했다.

"손님 두 분이 오실 게다. 차를 준비하도록 하거라."

"예."

동자는 언제나 그랬듯 사숙들과 차를 함께 하려는 줄로만 생각했다. 하지만 그게 아니었다. 정말 잠시 후에 두 명의 낯선 손님이 도착했던 것이다. 한 명은 푸른 비단옷을 입은 중후한 모습의 중년인이었고, 다른 하나는 꾀죄죄한 몰골의 살집이 좋은 늙은 거지였다.

늙은 거지가 먼저 사람 좋은 미소를 지으며 인사를 건넸다.

"오랜만에 뵙겠소이다, 장문인."

현천검제는 답례하며 말했다.

"마중을 나가지 못해 죄송하오이다, 방주. 그런데 방주께서 무슨 일로 맹호검군 장로와 함께 여기에……?"

그 질문에 대한 대답은 푸른 비단옷의 중년인이 대신했다.

"산 밑에서 우연히 만나 함께 올라왔소이다. 오랜만이외다, 장문인."

무림맹의 장로인 맹호검군 백량의 신분은 각 문파의 장문인과 동급이었다. 그렇기에 그가 현천검제나 개방 방주를 상대로 대등한 대화를 나눌 수 있는 것이다.

"잘 오셨소, 맹호검군 장로. 안 그래도 맹주께 전할 말도 있었는데……. 자, 저쪽으로 가십시다."

현천검제는 손님들을 화산파 내부에 있는 외진 정자로 안내했다. 원래 이 정자는 장문인이 머리를 식힐 때마다 애용하던 곳이었는데, 과거 묵향이 자신을 찾아왔을 때도 이곳으로 안내했을 정도로 은밀한 밀담을 나누는 데에는 안성맞춤인 곳이었다.

자리에 앉자마자 백량 장로가 먼저 입을 열었다.

"맹주께서는 진실을 알고 싶어 하십니다. 그 때문에 제가 온 거지요."

"진실이라니…, 그건 무슨 말씀이시오?"

그러자 옆에 앉아 있던 개방 방주가 수염을 쓰다듬으며 두 사람의 대화에 끼어들었다.

"나 역시 맹호검군 장로가 묻고자 하는 것에 관심이 많소. 나는 지금껏 살아오며 수많은 정보의 파편들을 다뤄 왔소. 그중에는 아귀가 딱딱 들어맞아서 재조사를 할 필요조차 없는 것도 있었지만, 어떤 것은 조사가 모두 끝났음에도 마치 똥 싸고 밑을 안 닦은 것처럼 찜찜한 것도 있더란 말이오. 물론 세월이 흐르다 보면 모든 진실이 밝혀지기는 하겠지만……."

무슨 말을 하려는지 알아차린 현천검제는 방주의 말을 끊으며 부탁조로 말했다.

"본문은 이제 겨우 명맥만을 유지하고 있는 상태인데, 구태여 시시비비를 가려서 뭣 하겠소이까. 이미 다 지나간 일이니 묻어 두는 게 좋지 않겠소?"

"그럴 수 없음을 이해해 주시구려. 장문인께서 마교도들과 함께 행동하고 있지만 않았더라도 우리 두 사람이 이곳까지 오지는 않았을 게요. 그렇기에 장문인의 입장을 명확히 밝혀 주시는 게……."

방주는 뒷말을 흐렸지만 그 속뜻은 명확했다. 백(白)인지 흑(黑)인지를 결정하라는 말이다. 화산파야 망하기 직전이었지만, 화경급 고수인 현천검제의 존재는 무림맹으로서도 무시할 수가 없었으니까.

잠시 고민을 하던 현천검제는 한숨을 푹 내쉰 후 말했다.

"어쩔 수 없구려. 대신, 지금 내게 들은 말에 대해서는 절대 비밀을 지켜 주실 수 있겠소?"

"허허, 당연하지요."

"그렇게 가볍게 얘기하실 상황은 아니외다. 만약 이 사실이 무림에 퍼진다면, 내 목숨을 걸고서라도 두 분의 목을 베어 버릴 테니 말이오."

그 말에 지금까지 여유롭던 두 사람의 표정이 일순 딱딱하게 굳었다. 현천검제의 말투에서 반드시 그렇게 하겠다는 의지를 읽었기 때문이다.

사실 개방 방주는 며칠 전에 이곳에 도착했었다. 하지만 혼자서 화산파로 올라오지 못하고 밑에서 서성거리며 눈치만 살피고 있었던 이유는 현천검제와 마교와의 관계가 어떤 것인지 도저히 짐작할 수가 없었기 때문이다. 잘못하면 호랑이 아가리 안으로 제 발로 쫓아 들어가는 격이 될 수도 있을 테니까.

그 때문에 동정만 살피며 애태우고 있던 중, 맹주의 밀명을 받고 온 맹호검군을 발견하고는 그와 함께 올라온 것이다. 설혹, 현천검제가 마교와 손을 잡았다고 해도 맹에서 보낸 장로까지 죽여 없앨 수는 없을 거라고 생각했기 때문이다.

그런데 갑자기 자신들을 죽여 버리겠다는 협박을 들었으니 두 사람의 안색이 창백해지지 않을 수 없었던 것이다. 상대는 그럴 능력이 충분히 있었으니까.

"다, 다짜고짜 그런 말씀을 하시는 이유가 무엇이오?"

"이건 본문의 치부까지 밝혀야 하는 일이기 때문에 그렇소이다. 절대로 외부에 알려져서는 안 되는!"

두 사람에게 절대 입을 다물겠다는 굳은 다짐을 받아 낸 후에야 현천검제는 조심스럽게 과거에 일어났던 일들을 밝히기 시작했다. 물론 묵향과의 관계는 제외하고.

"처음 시작은 패천문(敗天門)과의 갈등에서 시작되었소이다."

백량 장로의 이해를 돕기 위해 방주가 재빨리 덧붙여 말했다.

"패천문은 화산파 근처에 있던 사파 계열의 작은 문파외다."

그 말이 맞다는 듯 현천검제는 고개를 살짝 끄덕인 다음 계속 입을 열었다.

"그들과 가벼운 충돌이 벌어져서 몇 명 잡아다가 가뒀더니, 며칠 지나지도 않아 교주가 직접 노부를 찾아왔소."

도저히 믿을 수 없다는 듯 방주의 두 눈 가득히 불신이 어렸다. 자신도 기억을 더듬어야 생각이 날 정도로 작은 문파의 문도 몇 명을 잡아 가둔 것인데, 천하의 마교 교주가 직접 나섰다는 게 말도 안 된다고 생각했던 것이다. 방주가 그런 의문을 입 밖으로 내기도 전에 현천검제가 먼저 입을 열었다.

"보아하니 내 말을 믿기 힘들다는 눈치인 것 같은데, 그건 그대들이 알아서 판단하시오. 만약 내 말이 거짓이라고 생각된다면 나중에 조사를 해 보시든지."

아무리 조사를 해도 알아낼 수가 없었던 일이었기에 천하의 개방 방주라 해도 찌그러질 수밖에 없었다.

"죄송하오. 계속 말씀해 주시오."

"그때 교주의 말에 의하면, 패천문이 화산파의 영역에 들어왔던 것은 세력 확장을 위해서가 아니라, 마교에서 지시한 비밀분타 건설 작업 때문이었다는 거였소. 그런 만큼 지금 당장 그들을 풀어 주지 않는다면, 사파들에 대한 마교의 위신을 세우기 위해서라도 본문에 응징을 가하지 않을 수 없다고 말이오."

"협상을 하기 위해서 그가 직접 왔다는 겁니까?"

체면을 무엇보다 중요하게 생각하는 정파의 습성 탓인지 백량 장로가 의문을 제기했다. 그 정도 사안이라면 당주급이나, 아니면 장로급 정도로도 충분하지 않았겠냐는 질문이었다. 하지만 그 의문에 대한 현천검제의 대답은 또 다시 두 사람을 놀라게 만들기에 충분했다.

"사실은 협상을 하자고 그가 온 게 아니라, 나를 없애려고 달려온 거였소."

화경급 고수인 현천검제의 목을 베려고 교주가 왔다면 다소 과한 면이 없지는 않았지만 그래도 어느 정도 납득할 만했다. 어디로 튈지 예상이 불가능한 묵향의 지난 행적을 생각한다면 말이다.

말을 하던 현천검제는 과거를 회상하는 듯 시선을 저 먼 곳으로 돌렸다. 그의 얼굴에는 쓸쓸한 미소가 떠올랐다. 그러고 보니 첫 시작이 칼부림부터였다는 게 문득 떠올랐기 때문이다.

'그래, 처음 시작부터 정말 재수가 없었지.'

잠시 기억을 정리하던 현천검제가 다시 입을 열기 시작했다.

"처음부터 교주가 자신의 신분을 밝힌 것은 아니었소. 그래서

난 살수인 줄로만 알았소. 하지만 몇 번 검을 채 나누기도 전에 혹시 무당파의 고수가 무공에 대한 깨달음을 얻기 위해 온 것이 아닌가 하는 생각이 들었소. 왜냐하면 그가 태극혜검을 썼기 때문이오."

"그, 그럴 리가!"

그 당시에 벌어졌었던 일들은 능비화에 의해 무림맹에 보고서가 올라가 있었다. 하지만 그 자료는 매우 엉성한 것이었다. 능비화는 당시 옥대진과 사랑을 속삭인다고 교주와 현천검제가 격전을 벌인 현장에 있지도 않았고, 또 있었다고 해도 상대가 어떤 검술을 썼는지 알아보지도 못했을 것이다. 그녀는 당시 있었던 일에 대해서 사형제들에게 물어보고, 그걸 무림맹에 보고했던 것이다. 그렇기에 백량 장로는 당시 교주가 태극혜검을 썼다는 건 현천검제에게 처음 들었던 것이다.

"교주가 태극혜검을 쓴 게 확실합니까?"

침중한 음성으로 백량 장로가 물어오자, 현천검제는 생각할 것도 없다는 듯이 고개를 끄덕였다.

"물론 내가 태극혜검을 직접 견식한 적은 없었지만, 본문에 태극혜검이 어떤 식의 검로(劍路)를 지니고 있는지에 대한 자료 정도는 있소이다. 그 자료가 틀린 게 아니라면 태극혜검이 확실하오."

현천검제는 잠시 말을 멈추었다가 다시 입을 열었는데 안 좋은 기억을 떠올렸는지 얼굴에 씁쓸함이 가득 했다.

"사실 현경급 고수인 교주가 나를 죽이는 것에만 신경을 썼다면 도저히 살아남을 수 없었을 것이오. 그런데 교주는 태극혜검으로 나를 죽인 뒤, 그 혐의를 무당파에 덮어씌우려고 했소. 그 덕분에 나는 겨우 살아남을 수 있었던 거지요."

그 말에 방주는 무릎을 탁 치며 외쳤다.

"그렇구려! 그가 어떻게 태극혜검을 익히기는 했지만, 완벽하게 몸에 배지도 않은 검법으로 장문인을 상대하려 했으니 제대로 싸울 수 있을 리가 없었겠지요."

"맞는 말씀이오. 공격을 하든 방어를 하든, 무의식적으로 몸에 완전히 익은 검법을 펼치는 것과 의도적으로 어떤 검법을 쓰는 건 엄청난 차이가 있소. 한 박자씩 느린 대응을 할 수밖에 없게 되니까 말이오. 그런데 난 그와 수백 초식을 나누고도 선기를 전혀 잡지 못했으니…, 그가 현경에 도달했다는 게 허언은 아닌 모양이었소."

말을 오래 해서 목이 타는지 차를 한 모금 한 현천검제는 다시 입을 열었다.

"태극혜검으로는 나를 죽일 수 없다고 생각했는지, 갑자기 교주가 내게 잠시 대화를 나누자고 제의했소. 그래서 나는 그를 이곳으로 안내했었소."

방주가 쓱 주위를 둘러보니 외진 곳에 있는 정자인지라 은밀한 밀담을 나누기에는 최적의 장소였다. 그때 백량 장로가 조금은 의심스러운 목소리로 질문을 던졌다.

"꼭 그와 밀담을 나눴어야 했소이까? 차라리 문파의 고수들을 불러 함께 교주를 상대했으면 됐지 않소?"

"그럴 수 있는 상황이 전혀 아니었소. 만약 자신의 제의를 거부한다면 곧바로 죽여 버리겠다는 그의 눈빛을 보고 난 깨달았소. 그때까지 교주가 전력을 다하지 않았다는 것을. 그래서 뭔가 방법을 찾을 시간이 필요했던 거요."

그러자 백량 장로가 답답하다는 듯 말했다.

"하지만 꼭 이런 은밀한 장소로 안내했어야 했습니까? 만일의 사태에 대비해서 문도들이 있는 곳에서 떠나지 말았어야지요."

"만약 문파대 문파의 전면전이라면 처음부터 그리했겠지요. 하지만 교주가 바로 코앞에 있는데 누구에게 도움을 청한다는 말씀이오? 그렇게 생각하신다면 한 가지 묻겠소. 내가 지금 당신을 갑자기 공격한다면, 방주가 옆에서 도와줄 수 있을 것 같으시오?"

"……"

그 질문에 백량 장로는 아무런 대답도 할 수가 없었다. 나올 수 있는 대답은 뻔한 것이었으니까. 그리고 그 대답은 방금 전에 자신이 한 말을 완전히 뒤집는 것이었다.

"여기 도착한 다음에 교주가 그 협상이라는 걸 시작했소. 뭐, 협상이라는 건 교주의 표현이었고, 실제로는 협박이라고 해야 할까, 아니면 일방적인 통보라고 해야 할까……. 뭐, 그런 거였소. 하지만 그대들의 생각만큼 협상의 내용이 들어 주지 못할 정도로 그리 무리한 것은 아니었소. 나름대로 이쪽이 상황을 이해할 수 있도록 자세히 설명해 주는 성의는 보였으니까. 더군다나 교주는 협상이 끝난 다음에 술을 한잔하자고 제의했소. 내 착각일지는 모르겠지만 내게 대놓고 협박한 것에 대해 약간은 미안해하는 듯한 기분을 느꼈으니 말이오."

"그자가 그런 마음을 먹었을 리 없소!"

지금까지 묵향에게 수없이 당해 왔던 개방 방주는 울분에 찬 듯 외쳤고, 백량 장로는 그 뒷말을 채근했다. 그는 현천검제가 교주와 술을 마시러 간 것까지는 보고서를 통해 알고 있었으니까.

"자자, 그자가 어떤 마음을 먹었는지 그게 중요한 건 아니지 않소이까. 그래서 술을 마시러 갔었소?"

그러자 현천검제는 약간은 비웃는 듯한 표정으로 백량 장로를 바라보며 이죽거렸다.

"그건 맹호검군 장로도 잘 알 것 아니오? 마셨으니까 화산파가 이 지경이 됐지. 처음에는 당연히 함께 술을 마실 이유가 없다고 거절했소. 하지만 그가 도나 닦고 앉아 있으니 간덩이가 콩알만 해진 거냐고 조롱하기에, 화가 나서 그만 그의 제의를 승낙해 버리고 말았소. 그런데 예상외로 꽤나 유쾌한 술자리였소. 그와 나눈 대화도 아주 건설적인 것이었고."

대화 내용이 궁금했던 백량 장로가 묻기도 전에, 방주가 두 눈을 빛내며 먼저 질문을 던졌다.

"도대체 무슨 대화를 나눴기에 그렇게 유쾌했다는 거요?"

방주는 오래 전에 벌어졌던 화산파의 숨겨진 비사를 듣고 있다는 데 완전히 정신이 빠져 있는 상태였다. 지금까지 너무나도 궁금하게 여기고 있었던 것을 당사자의 입을 통해 듣는 흔치않은 기회를 잡은 거였으니까.

"토론의 주제는 교주가 시전했었던 태극혜검에 대한 것이었소."

불길한 생각에 다급히 백량 장로가 입을 열려고 했다.

"서, 설마……?"

"그 설마가 맞소. 태극혜검은 웬만한 상황이 아닌 한 시전조차 하지 않는 무당파 최고의 비밀이 아니겠소? 그걸 수백 초식이나 견식을 한데다가, 강론(講論)까지 들을 수 있었으니 더 이상 뭘 바랄 수 있겠소. 그는 무당파가 아닌 만큼 그 자신이 태극혜검을 익히며 느꼈던 부분들을 가감없이 설명해 줬소. 장점은 물론이고, 치명적인 약점까지 모두 다 말이오."

무당파 최고의 절기에 치명적인 약점이 있다는 말에 방주나 백량 장로는 아주 구미가 당기는 모양이었다. 그들은 지금 자신들이 여기에 왜 온 것인지 그것조차 잊어버리고 현천검제의 다음 말을 채근했다.

"그, 그게 사실이오? 도대체 어떤 말을 했기에?"

"허허, 내 입으로는 말해 줄 수 없으니, 맹주에게 물어보시구려. 아마 잘 가르쳐 줄게요."

그런 천금과도 같은 대화가 오고 갔다니. 두 사람의 말을 듣고 있던 개방 방주는 자신도 모르게 솔직하게 자신의 심정을 말했다.

"정말 부럽소이다."

그러자 현천검제는 씁쓸한 미소를 지으며 고개를 저었다.

"부러워하실 거 없소이다. 교주는 아마 내가 자신의 청을 받아 준 것에 대한 대가로 그렇게 얘기를 해 준 모양이지만, 그걸 덥석 받아들인 나는 아주 값비싼 대가를 톡톡히 치러야만 했지요. 안 그랬소이까? 맹호검군 장로."

"그, 그게 무슨 말이오?"

당혹스런 표정으로 반문을 하는 백량 장로의 말을 무시하고, 현천검제는 그 이후에 일어났던 일을 천천히 이야기해 주었다.

"교주와 함께 있었다는 것을 알게 된 무림맹은······."

자신과 교주와 만나는 걸 오해한 무림맹이 개입하여 화산파 장로들에게 압력을 가했고, 그 결과 자신이 장로들에게 어떤 꼴을 당했는지 말이다.

이야기를 듣던 백량 장로의 안색은 점점 일그러지고 있었다. 자신들이 끼어들어 얼마나 일을 망쳐 놨는지를 깨달았으니까. 현천검제의 설명은 자신이 알고 있는 화산파에 얽힌 정보들과 기가 막히게 맞아떨어지고 있었기에 그 진위를 의심할 수조차 없는 상황이었다.

점점 일그러져 가는 백량 장로의 얼굴과는 달리, 개방 방주의 얼굴에는 도저히 믿을 수 없다는 빛만이 역력했다.

"이거, 장문인의 말을 못 믿겠다는 건 아닙니다만···, 단전이 파괴된데다가, 손발의 힘줄까지 잘렸다면…….”

아마 그 뒷말은 대라신선이 그 자리에 있었다고 해도 절대로 못 고친다는 말이었을 것이다. 그런 정도의 치명적인 상처는 도저히 치료가 불가능한 것이었으니까.

현천검제는 입 아프게 설명하는 대신 씁쓸한 미소를 지으며 자신의 옷을 슬쩍 들어올렸다. 그의 몸에는 방금 전에 그가 설명했던 상처의 흔적들이 고스란히 남아 있었다.

"이, 이럴 수가! 어찌 사람의 탈을 쓰고…….”

말로 듣는 것과 실제 상흔을 직접 보는 것은 다른 법이다. 손발의 힘줄 부위에 깊게 나 있는 검흔(劍痕)과 단전에 나 있는 상흔. 더 이상 의심할 여지가 없었다. 그와 동시에 아무리 오해였다지만 장문인에게 이런 짓을 행한 화산파의 장로들에 대한 분노를 감추기 힘들었다. 차라리 깔끔하게 암살을 해 버린 경우는 간혹 있었어도, 사형제끼리 이렇게까지 악질적인 만행을 저질렀다는 소리는 지금까지 들어 본 적이 없었던 것이다.

"내가 다 부덕한 탓에 벌어진 일이거늘, 누굴 탓하겠소.”

하지만 아직까지도 현천검제의 말을 제대로 믿기 힘들었던 백량 장로는 힘겨운 어조로 의문을 제기했다.

"그렇다면 그 상처들을 어떻게 치료하셨소이까? 설마, 마교에서 치료해 줬다는 말은 아니겠지요?”

"오호, 어찌 아셨소? 혹시 이 상처들이 가짜라고 생각하시고 있는 게요? 가짜라고 생각된다면 만져 보셔도 무방하오.”

말을 하며 짐짓 손까지 내미는 현천검제다. 백량 장로는 살펴보는 것만으로 만족하지 못하고 자세히 만져 보기까지 했다. 뭔가 이상한 걸 피부에 덧붙여서 가짜로 만든 흉터라고 생각했으니까.

그런 백량 장로의 모습에 현천검제는 피식 웃으며 마치 과거를 회상하는 듯한 표정으로 중얼거렸다.

"마교에는 불가사의할 정도로 뛰어난 의술을 지닌 어르신이 한 분 계셨소. 내 상처들은 모두 그분이 치료해 주신 거라오. 뭐, 믿지 못하겠다면 어쩔 수 없지만 말이오."

"……."

어이없게도 화산파의 멸문에 대한 발판을 무림맹에서 만들어 줬다는 걸 안 백량 장로는 기가 막혀서 아무런 말도 할 수가 없었다. 어떻게 일이 이토록 한심하게 꼬일 수가 있었을까. 자신도 거기에 한 팔 거들었음에도 불구하고, 백량 장로는 결론이 이렇게 난 것에 당혹감을 감추기 힘들었다.

백량 장로가 화산파까지 현천검제를 찾아온 것은 맹주의 밀명을 받아서였다. 현천검제가 마교의 협박에 못 이겨 같이 행동한 것일 수도 있으니 잘 구슬러 보라는 말이었다. 어차피 화산파를 멸문에 이르게 한 것이 마교가 아니던가.

하지만 지금 현천검제의 말을 듣고 보니 백량 장로로서는 그가 복수의 검을 무림맹으로 향하지 않은 것만으로도 감사하게 생각할 판이었다.

하지만 그런 사실을 모르는 개방 방주는 현천검제가 입을 다물어 버리자 답답하다는 듯 외쳤다.

"허허, 왜 갑자기 말을 멈추는 게요? 아까 교주가 장문인을 구출하게 된 연유부터 계속 이어서 얘기해 주시구려. 너무나도 흥미진진하구려."

씁쓸한 표정을 짓긴 했지만 현천검제는 그의 청을 거절하지 않았다. 어차피 한 번은 겪어야 할 일이었기 때문이다. 그는 그후에 벌어진 일들을 담담한 목소리로 다시 말해 주었다. 자신이 제거되었으니, 당연히 교주의 청은 받아들여지지 않았고, 교주는 곧바로 그에 대한 응징을 가해 왔다는 걸 말이다.

얘기를 듣던 방주가 그제야 이해가 간다는 듯 고개를 끄덕였다.

"그 때문에 교주가 화산파 장로들을 그토록 잔인하게 죽인 것이었구려. 팔다리를 자르고······."

"그게 그 사람 나름의 의리였던 거겠지요. 내가 자신의 청을 받아들인 탓에 그런 꼴이 된 것에 대한······. 허허헛, 그러니까 총단으로 데려가 치료까지 해 준 게 아니겠소?"

찔리는 구석이 많았던 백량 장로는 은근한 목소리로 슬쩍 물어보았다.

"어찌 되었든 처음 원인 제공은 교주가 한 것이 아니오? 물론 장문인께서 그에게 작은 도움을 받은 것은 사실이지만. 혹시 그자가 그걸 빌미로 뭔가를 요구하지는 않았소이까?"

"갈 곳도 없을 테니, 마교로 들어오라고 했소."

그러면 그렇지 하는 눈빛을 하며 백량 장로가 다시 물었다.

"그래서 마교에 합류하실 생각이신 게요?"

현천검제는 그 질문에 단호하게 고개를 가로저었다.

"그렇지 않소. 내가 제안을 거절하자 교주도 더 이상 권하지 않았소. 아니, 그때 이후로 그를 만나기도 힘들었소."

"교주는 지금 양양성에 있소이다."

"알고 있소. 마교를 떠나 양양성에 가서 교주와 다시 만났으니까. 그때 나와 함께 동행했던 마교도들은 내가 딴 데로 빠지지 않고, 양양성으로 가서 교주와 만나도록 감시하는 역할을 했던 거였소."

그제야 왜 현천검제가 마교도들과 같이 동행했었는지를 알게 된 개방 방주는 고개를 끄덕이다 불현듯 질문을 던졌다.

"그런데 교주와는 무슨 얘기를 나눴소? 그가 장문인을 이렇게 쉽게 놔줄 리가 없었을 텐데······."

"쉽게 놔준 건 아니오. 화산파의 봉문을 요구했으니까."

"화산파의 봉문이요?"

그 말에 백량 장로는 콧방귀를 뀌며 중얼거렸다. 그럴 수밖에 없는 게 이제 화산파는 거의 사라진 거나 마찬가지가 아닌가. 그런데 봉문을 한다고 해서 뭐가 달라질 게 있단 말인가. 교활하기 짝이 없는 교주가 겨우 그런 걸 요구했다는 게 도저히 믿어지지 않았던 것이다.

"내가 장문인으로 있는 한, 다시는 무림에 나오지 말라고 하더이다."

 이제야 백량 장로는 교주가 진정으로 원한 게 뭔지를 눈치 챘다. 그는 현천검제가 무림맹의 편에 서기를 원치 않았던 것이다.

 "구태여 그 약속을 지키실 필요가 있겠소이까? 혹시라도 마교가 마음에 걸리시는 거라면 모든 문도들과 함께 맹으로 거처를 옮겨도……."

 "본인은 여기를 떠날 생각이 전혀 없소. 그리고 장문인의 자리에서 물러날 생각도 없고 말이오."

 "그, 그래도 이런 사안을 그렇게 감정적으로 처리하시면 아니 되오. 최소한 맹주님과 만나서 대화라도 해 보는 것이……."

 현천검제는 백량 장로를 똑바로 바라보며 선언하듯 말했다.

 "이제부터 본문은 무림의 일에 일절 관여하지 않겠소. 안 그래도 맹에 사람을 보내 본문의 봉문 사실을 알리려고 했는데, 맹호검군 장로께서 오셨으니 이것도 다 원시천존님의 뜻인가 보오."

 현천검제는 품속에서 봉서를 꺼내 백량 장로에게 건네주며 말을 이었다.

 "이걸 맹주께 전해 주시면 고맙겠소이다."

 봉서를 받은 백량 장로는 다급하게 다시 입을 열었다. 이 상태로 돌아가게 된다면 현천검제를 다시 맹에 끌어들이는 일은 아예 물 건너가게 되기 때문이다.

 "하, 하지만 이렇게 중요한 일이라면 장문인께서 직접 맹주를 찾아뵙고……."

"그러고 싶지 않소. 본문의 멸문에 있어 무림맹도 책임이 있기 때문이오."

"그건 억지외다."

백량 장로의 반박에 현천검제는 싸늘하게 그를 노려보며 말했다.

"억지건 아니건, 나는 그렇게 생각하고 있소. 그럼 마중은 않겠소. 잘 가시오."

명백한 축객령이었다. 순간 백량 장로의 표정은 마치 소태라도 씹은 듯 일그러져 있었다. 설마 이런 식으로 얘기가 진행될 줄은 예상조차 하지 못했었기 때문에, 꼭 누군가에게 농간을 당하기라도 한 듯한 기분이었던 것이다.

| 속고 속이고

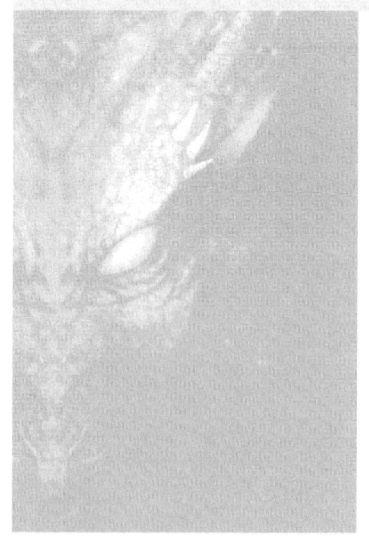

25

속고 속이고

옥화무제가 각지에서 보내온 보고서들을 검토하고 있을 때, 총관이 조심스럽게 들어오며 입을 열었다.

"꽤나 재미있는 정보가 입수되었습니다."

"무슨 일인가요?"

"예, 이걸 한번 보십시오."

총관이 건네준 문서를 차근차근 살펴보던 옥화무제의 눈이 휘둥그레졌다.

"이게 사실인가요?"

"예, 틀림없는 사실입니다."

그녀는 혀를 내두르며 중얼거렸다. 그만큼 놀랐던 것이다.

"정말 놀랍군요. 금나라의 황녀가 양양성에서 버젓이 활보하고 있었다니……."

"더 재미있는 건 그녀가 교주의 딸을 납치하는 데 결정적인 역할을 했다는 겁니다."

그 말에 옥화무제는 다급하게 물었다.

"이 정보를 마교 쪽에 알려 줬나요?"

총관은 미소 지으며 대답했다.

"아직 알려 주지 않았습니다. 금나라의 황녀라면 대단한 가치를 지닌 것이 아니겠습니까? 그래서 일단 정보를 건네지 말고 대기하라고 한 뒤, 곧바로 태상문주님께 달려온 겁니다."

고개를 끄덕이던 옥화무제는 잠시 생각을 하는 듯하더니 보고서를 다시 총관에게 건네며 지시를 내렸다.

"정보를 건네주세요."

"옛, 이런 대단한 정보를 그냥 넘기란 말씀이십니까?"

깜짝 놀라는 총관의 반응에 옥화무제는 차분하게 설명을 해주었다.

"놀라운 정보이기는 하지만, 이용 가치가 없어요. 그녀는 선황제의 딸이에요. 쉽게 말해 끈 떨어진 연이라는 말이죠. 그러니 양양성에서 첩보 활동이나 하고 있는 게 아니겠어요? 만약 그녀를 총애하던 선황제가 지금까지 살아 있다면 얘기가 달라지겠지만, 지금은 여러 황녀들 중 한 명에 불과하다는 말이에요."

"그, 그래도 활용하기에 따라 제법 쓸 만한 가치가 있을지도……."

일면 총관의 반박은 충분히 타당성이 있었다. 아무리 그래도 상대는 천하를 호령하는 금나라의 황녀가 아닌가. 하지만 옥화무제는 고개를 가로저었다.

"가장 큰 문제는 그녀를 의심해서 조사를 의뢰한 곳이 바로 마교였다는 점이에요. 괜히 얼렁뚱땅 엉터리 정보를 알려 줬다가 나중에 그게 발각된다면, 최악의 경우 그녀의 납치에 우리들도 관여했다는 의심을 뒤집어쓸 수도 있어요. 그런 위험을 감수하기에는 그녀의 가치가 그렇게 큰 것 같지는 않군요."

옥화무제의 말에 총관은 이해했다는 듯 고개를 끄덕였다. 다른 사안으로 넘어가기 위해 보고서를 뒤적이던 옥화무제는 갑자기 총관을 향해 질문을 던졌다.

"참, 그녀를 조사해 달라고 요청한 것은 누구였죠? 공식적인 요청이었나요?"

태상문주가 자신이 생각하지도 않았던 부분을 물어 오자, 총관은 약간 당황한 모양이었다. 그는 기억을 떠올리기 위해 인상을 찡그리다 간신히 대답할 수 있었다.

"공식적인 통로를 통해 들어온 요청이기는 했습니다만, 처리 내용의 통보는 비공식으로 해 달라고 했답니다. 그리고 의뢰자는…, 마화 부대주였답니다."

옥화무제는 희미한 미소를 지으며 중얼거렸다.

"교주는 좋은 부하들을 많이 가지고 있어요. 아마 그 덕분에 장인걸보다 우위에 설 수 있었던 거겠죠. 칼밖에 쓸 줄 모르는 무식한 인간이 인복은 많아 가지고……."

옥화무제는 질문을 던지기 전부터, 조령을 찾아낸 게 마화가 아닐까 짐작하고 있었던 것이다.

"아, 그리고 보니 예전에 교주가 요청했던 독두개 건은 어찌 되고 있나요?"

"예, 지금 황실에 심어 두었던 모든 비선을 다 동원해 움직이고 있습니다. 목표에 가까워졌다는 보고가 있었으니, 조만간 좋은 소식을 들려 드릴 수 있을 거라 생각합니다."

문도들의 일처리에 만족한 것인지 고개를 주억거리던 옥화무제는 문득 이해할 수 없다는 듯이 중얼거렸다.

"그런데 독두개는 구해서 어디다 써 먹을려고 그러는 거지? 도대체가 이 인간은 뭘 생각하는지 알 수가 없으니 말이야."

* * *

무영문에서 도착한 보고서를 읽던 마화의 안색이 순식간에 창백해졌다. 자신의 추측이 틀리기만을 바랬었는데, 그게 아니었던 것이다. 보고서를 받고 나서 가만히 생각해 보니 소연이 납치될 당시, 만현으로의 나들이를 제안한 것도 조령이었다. 물론 만현으로 갈 수 있도록 모든 준비를 한 사람은 마화 자신이었지만. 그것도 가기 싫다던 소연을 억지로 설득해서 보냈기에 마화는 이번 납치 건이 자기 때문에 벌어진 것이라고 자책했었다. 하지만 그게 아닌 것이다. 이 일의 진정한 원흉은 따로 있었다. 아무것도 할 줄 모른다고 생각했던, 그 때문에 이번 일의 피해자쯤으로 치부되고 있었던 조령이었다.

마화는 조령의 간악함에 치를 떨다가 이 사실을 가장 먼저 관지에게 보고했다. 그리고 그 둘은 만사를 제쳐 놓고 대별산맥에

가 있는 묵향에게로 달려갔다. 다른 사안이었다면 관지의 선에서 처리했겠지만, 소연이 관련된 일이었기에 묵향에게로 달려간 것이다. 묵향은 요즘 대별산맥에 틀어박혀 장인걸을 묵사발 내 버리기 위한 준비로 동분서주하고 있었다.

관지의 보고를 듣던 묵향은 화가 머리끝까지 치솟은 모양이다.

"내 이 쥐새끼 같은 년을 당장!"

벌떡 일어서는 묵향의 옷자락을 잡으며 마화가 외쳤다.

"잠깐만 진정하세요."

그러자 마화와 함께 달려온 관지 장로가 신중한 어조로 말했다.

"교주님, 이건 천재일우의 기회입니다."

"그건 또 무슨 말인가? 관지 장로."

"어차피 그녀를 쳐 죽인다고 해서 소 소저가 돌아오는 것은 아니지 않습니까?"

"그래서 어떻게 하자는 말인가?"

관지 장로에게 뭔가 복안이 있음을 직감한 묵향은 애써 화를 억누르며 퉁명스럽게 물었다.

"안 그래도 교주님께서는 이쪽의 정보를 자연스레 마교에 흘릴 수 있는 대상을 찾고 계셨지 않습니까?"

"그렇다면 그년을 이용하자는 건가?"

"속하가 생각하기에는 최적의 인물이 아닐까 사료됩니다. 그녀의 정보에 의해 소 소저를 납치하는 데까지 성공하지 않았습니까? 당연히 장인걸 쪽에서는 그녀가 수집해 온 정보를 대단히 신뢰성이 높다고 평가하고 있을 게 틀림없습니다."

말을 듣던 묵향은 인상을 찡그리면서도 자리에 털썩 주저앉았다. 때려죽이는 것이야 언제든 할 수 있으니 말이다. 그리고 관지 장로가 이런 말을 할 정도면 자신이 납득할 수 있는 계책이 있는 게 분명했다.

"그래서 내가 뭘 하면 되겠나?"

"지금 추진하고 있는 무림맹과의 계책 말입니다. 그게 성공하기 위해서는 장인걸 쪽에 이쪽의 엉터리 정보를 넘길 수 있는 방법을 찾아내는 것이라고 하셨지 않습니까."

"그랬었지."

"속하의 생각으로는 그녀가 최적입니다."

묵향이 고개를 주억거리자 관지는 다른 주제로 대화의 방향을 틀었다.

"참, 그러고 보니 얼마 전에 곤륜파와 약간의 충돌이 있었습니다."

갑자기 마화의 얼굴이 빨개지는 걸 묵향은 의심스런 시선으로 힐끔 바라봤다. 마화의 반응을 이해할 수 없었기 때문이다. 하지만 묵향은 그에 대해서는 한 마디도 하지 않았다. 대신 시선을 관지에게로 돌리며 물었을 뿐이다.

"충돌이라니…, 그게 무슨 말이지?"

"곤륜은 본교에 해묵은 원한이 있지 않습니까. 그런 만큼 양양성에서 도사들이 수하들에게 시비를 걸었던 모양입니다. 꽤 오래전부터 주먹다짐을 벌이고 있었던 모양이었는데, 속하가 그에 대한 보고를 받은 건 며칠 전이었습니다."

관지의 성격을 잘 알고 있는 묵향이었기에, 관지가 이런 완곡한 표현을 썼다는 것은 결국 도사들에게 수하들이 맞았다는 말이라는 걸 직감했다.

"뭐야? 본좌의 수하들이 도사 나부랭이들한테 두들겨 맞았다는 건가?"

자리에서 벌떡 일어서서 노성을 터트리는 묵향의 옷자락을 다시 마화가 잽싸게 움켜쥐었다.

"그, 그렇게 노여워하실 필요는 없습니다, 교주님. 그냥 간단한 주먹다짐 정도였으니까요."

그 말이 맞다는 듯 관지는 묵향의 눈치를 살피며 변명을 늘어놓았다.

"사실 흑풍대원들의 대부분은 권각술을 익히지 않았습니다. 그러니 맨주먹으로 싸워서는 도저히 승산이 없었겠죠."

"본좌에게 그런 얘기를 하는 이유는 뭔가? 나보고 그 말코들을 몽땅 다 때려눕혀 달라는 말은 아닐 테고······."

평상시였다면 묵향의 머리도 금방 돌아갔을 것이다. 하지만 소연이 납치된 것에 조령이 관련되어 있다는 말에 애써 화를 억누르고 있는데, 아끼는 수하들까지 밖에 나가서 줘 터지고 돌아왔다고 하니, 치솟는 분노에 정상적인 사고를 할 수 없었던 것이다. 그것도 겨우 하찮은 말코 따위에게 말이다.

그런 묵향의 심정을 잘 안다는 듯 관지는 미소 지으며 자신의 생각을 말했다.

"군사가 세운 계략의 핵심은 장인걸이 무림맹과 본교와의 분열을 확신하도록 만드는 것이라 할 수 있습니다."

"흠, 그러니까 거기에 곤륜파를 이용하자는 말인가?"

"예, 교주님."

"그리고 그 빌어먹을 년이 그 모습을 볼 수 있게 말이지?"

"맞습니다, 교주님. 그녀는 곧바로 그 사실을 장인걸에게 고자질하겠지요."

그렇다면 한동안 조령을 그냥 놔두는 것이 낫겠다는 생각이 들었다. 도망가지 못하도록 감시만 철저히 한다면 말이다.

"좋아. 그럼 그 건은 자네가 대신 처리해 주게. 만약 본좌가 양양성까지 갔다가는 그년을 그냥 두지 않을 것만 같아서 말이야."

"그렇게 하겠습니다, 교주님. 안 그래도 며칠 전에 그쪽의 대장로라는 사람과 안면을 틔워 놨으니까요."

또다시 마화의 얼굴이 붉어지는 걸 수상쩍은 눈길로 바라보며, 묵향은 관지 장로에게 말했다.

"그럼 부탁하겠네."

관지와 마화가 고개를 숙이며 물러나려고 할 때 묵향이 문득 입을 열었다.

"참, 맹에서 제안을 수락하는 조건으로 우리가 획득한 원본 무공비급들을 돌려 달라고 하는데 자네의 생각은 어떤가?"

관지는 잠시 생각을 해 본 뒤 자세한 설명을 요구했고, 묵향은 옥화무제와의 대화 내용을 모두 이야기해 주었다. 이야기를 다 들은 관지는 생각할 필요도 없다는 듯 단호하게 말했다.

"그쪽의 의견을 들어 주실 필요는 없을 듯 합니다, 교주님."

"너도 다른 녀석들과 똑같은 말을 하고 있군."

관지의 말에 심드렁한 표정으로 대꾸하며, 묵향은 미간을 찌푸렸다. 관지는 빙그레 웃으며 자신의 생각을 천천히 말했다.

"무림맹에서 교주님께 과도한 요구를 하는 것은 이쪽의 제안을 거절할 명분을 얻기 위해서인 것처럼 보입니다. 그 때문에 모든 장로님들이 격노하고 계시는 거겠죠."

"그렇게 말하는 걸 보니 네 생각은 조금 다르다는 거냐?"

"예. 무림맹의 입장에서 봤을 때, 교주님의 제안은 너무나도 매력적이었을 겁니다. 피는 이쪽에서 흘리고, 자신들은 바람만 잡아 주면 되니 이보다 더 좋을 수는 없다고 봐야겠죠."

묵향은 코웃음을 치며 대꾸했다.

"흥, 그렇게 생각하는 놈들이 그딴 제안을 해?"

"그게 더욱 문제죠. 너무 향긋하다 보니 이게 혹 함정이 아닐까 하는 의심을 하게 된 거죠. 즉, 그들은 교주님이 이런 제안을 하는 진의(眞意)가 뭔지를 알고 싶어 하는 겁니다."

"진의라……. 그러니까 본좌가 들어 주기 힘들 정도의 제안을 해서, 본좌가 이렇게까지 해야 하는 이유를 알고 싶다는 겐가?"

"관점의 차이이기는 한데…, 저는 그렇게 생각됩니다."

잠시 생각을 해 보던 묵향은 고개를 절레절레 저었다. 장인걸 패거리를 잡고, 의형과 소연 일행을 구출하고 싶다는 말을 어떻게 무림맹에 할 수가 있겠는가. 그렇다고 무림맹의 요구를 들어 줄 수도 없는 노릇이었다.

"저들의 제안을 들어 준다는 건 불가능해. 장로들의 반응이 저러할진대, 원로원의 영감들이 어떤 반응을 보일지는 안 봐도 뻔한 노릇이지. 아무리 나라고 해도 그들의 의견을 완전히 무시하고 일을 단행할 수는 없어. 이건 선조들의 업적을 몽땅 없애버리는 일이니까."

"그래서 제가 처음에 저들의 의견을 들어 줄 필요가 없다고 말씀드린 겁니다."

"그렇다면 어떻게 하자는 말인가?"

"속하의 의견을 물으신다면, 일단 곤륜무황 대협에게 협조를 구하는 게 좋을 것 같다고 생각합니다."

그 말에 묵향은 퉁명스럽게 말했다.

"곤륜에? 그건 맹주에게 도움을 청하는 것보다 더 어려울 거야. 곤륜과는 예전부터 쌓인 게 많았다고 들었거든."

"속하 역시 과거 곤륜파와의 악연에 대해서는 들었습니다. 하지만 그 때문에 곤륜무황이라면 서슴지 않고 교주님의 계책을 지지할 것이라고 생각합니다. 막강한 본교를 옆에 두고도 곤륜이 아직까지도 살아남아 있을 수 있었던 것은 유연하면서도 합리적인 사고 방식에 있었을 거라고 속하는 생각합니다."

관지의 말에 묵향은 기존 정파의 명숙답지 않은 소탈한 모습의 곤륜무황과의 만남을 떠올렸다. 그리고 당시 곤륜무황에게서 적이 아닌, 무의 극점을 향해 같은 길을 걸어가는 친근함을 느꼈던 것도 기억이 났다. 그렇기에 묵향은 관지의 말에 고개를 주억거리지 않을 수 없었다.

"흠, 그럴 수도 있겠군. 그럼 곤륜무황을 한번 만나 볼까?"

"괜찮으시다면 교주님이 직접 나서시는 것보다 속하가 먼저 만나 보도록 하겠습니다."

관지의 말에 묵향은 흔쾌히 고개를 끄덕였다.

"그렇다면 본좌가 서신을 한 장 써 주도록 하지. 자네가 알아서 잘 처리해 보도록 하게."

"존명!"

양양성으로 돌아가자마자 관지 장로는 곤륜파의 대장로를 찾아가 자신의 용건을 말했다.

"그런 말씀을 하시는 진의를 묻고 싶소이다. 얼마 전에 벌어졌던 치욕적인 사건을 되풀이하자고 하시다니……."

무량진인은 관지 장로의 제안을 도저히 받아들이기 힘들었다. 문도들에게 예전처럼 뒷골목에서 싸우도록 해 달라니, 그게 도대체 말이 되는 소린가 말이다. 이러다 이쪽에 모든 책임을 홀딱 뒤집어씌우려는 간계일 수도 있었다. 혹시 아니라고 하더라도 만약 이런 소문이 무림에 알려진다면 그 창피를 어떻게 감당하란 말인가. 완강하게 거부하는 무량진인의 모습에 관지 장로는 한숨을 내쉬며 말했다.

"양양성에는 장인걸이 파견한 첩자들이 암약하고 있지 않겠습니까?"

"그렇겠지요."

"그들에게 이쪽의 치부를 보여 주자는 말입니다."

무량진인의 눈에는 의문이 떠올랐다.

"치부를?"

"예. 지금 양양성에 와 있는 무림인들의 양대축을 형성하고 있는 게 우리와 그쪽이 아니겠습니까? 선조 대대로 내려오는 해묵은 원한도 있는 만큼, 그걸 이용해 이쪽에서 자중지란(自中之亂)이라도 일어나는 것처럼 꾸며 적들을 속이자는 것이지요."

"……."

자세히 사정을 설명했음에도 불구하고 무량진인은 썩 내키지 않는 눈치였다. 할 수 없다는 듯이 다시 관지 장로가 입을 열었다.

"대의를 위해 잠시 오욕을 감수하자는 말씀이외다. 만약 그마저도 부담이 되신다면 우리의 요청에 곤륜파는 어쩔 수 없이 협조를 했다는 문서라도 작성해서 드리겠습니다. 그렇게 한다면 귀 문파에 절대로 누가 되지는 않을 겁니다."

그제야 무량진인은 딱딱하게 굳은 표정을 풀었다.

"그렇게까지 말씀하신다면 어쩔 수가 없군요."

지필묵을 달라고 해서 문서를 작성해 건네준 뒤 관지 장로가 다시 한 번 당부했다.

"그전에 일어났던 대로만 해 주시면 됩니다. 소규모로 뒷골목에서 투닥거리는 것 정도로 말이지요. 중상자가 나오지만 않도록 잘 부탁드리겠습니다."

"무, 물론입니다."

대답을 하는 무량진인의 머릿속에는 좀 전에 관지 장로가 말한 대의(大義)라는 단어가 커다랗게 맴돌고 있었다.

"아, 그리고 곤륜무황 님과 독대를 하고 싶습니다. 무황 님께 직접 전하라는 교주님의 서신을 가지고 왔거든요."

잠시 후, 무량진인의 안내로 곤륜무황과 독대를 한 관지 장로는 흡족한 표정으로 마교의 장원으로 돌아갔다.

뭔가 수상쩍은 패력검제

DARK STORY SERIES Ⅲ

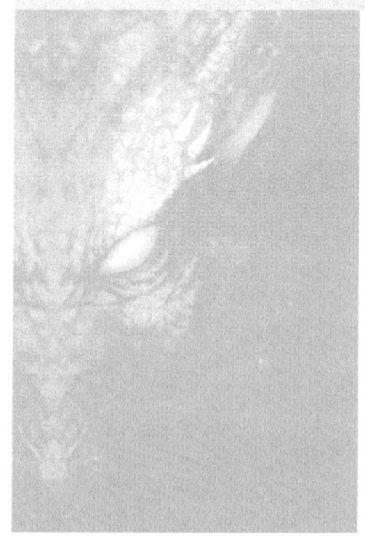

25

속고 속이고

화톳불 위에 올려놓은 토끼 두 마리가 기름을 뚝뚝 흘리며 노릇노릇하게 익고 있었다. 구수한 냄새가 식욕을 자극할 만도 하련만, 그걸 바라보고 있는 패력검제의 안색은 썩 밝지 못했다. 지금까지 중원 곳곳을 뒤지고 다녔지만 그리 만족할 만한 성과를 얻어 내지 못했기 때문이다. 더군다나 자신이 원하는 걸 얻기 위해 얼마나 더 오랜 시간 중원을 뒤지고 다녀야 할지 알 수가 없었기에 그의 마음은 더욱 무거웠다.

"량이라도 데려올 걸 그랬나?"

아무래도 아들놈과 함께라면 조금쯤은 재미있을지도 모른다. 그리고 아들놈은 무공은 뛰어났지만, 우물 안 개구리라서 강호 경험이 떨어졌다. 아들 녀석에게 강호 경험도 시킬 겸, 말벗도 삼는다면 얼마나 좋았을까 하고 생각해 보는 패력검제였다. 하지만 그는 곧이어 고개를 가로저었다. 그가 마음 놓고 중원을 돌아다닐 수 있는 것도 다 아들의 능력을 믿기 때문이 아니었던가. 만약 녀석마저 없다면 양양성의 문도들을 이끌 사람이 없는 것이다.

"잠깐 양양성에 들러 진팔이라도 데려올 걸, 너무 서둘렀어."

패력검제는 나뭇가지로 토끼를 쿡쿡 찔러 봤다. 이제 대충 익었다고 판단한 그는 품속에서 소금을 꺼냈다. 그리고 다리 한쪽을 쭉 찢어 소금에 찍으려는 순간, 그는 멈칫하며 인상을 찡그렸다. 화경에 달한 섬세하기 그지없는 그의 기감(氣感)에 저 먼 곳에서 마교 고수들이나 내뿜을 수 있는 강렬한 마기(魔氣)가 어렴풋이 느껴졌기 때문이다.

"별일이군. 교주의 수하들이 이런 곳까지 나와 있다니……."

그는 별 관심없다는 듯 중얼거리며 다리를 소금에 찍어서는 탐욕스럽게 베어 물었다. 평상시 같으면 야외에 나왔을 때 으레 그렇듯 건량(乾糧) 몇 조각 씹어 먹고 끝냈겠지만, 요즘 식욕이 별로 없어 토끼 사냥까지 하는 수고를 한 참이었다. 오랜만에 맡아보는 구수한 냄새에 모처럼 식욕이 동하는 판이니 어지간한 일은 식후로 미루고 싶었다.

더군다나 마기가 어렴풋이 느껴질 정도라면 그들과의 거리는 예상보다 훨씬 더 멀리 떨어져 있을 게 분명했다. 물론 마교 고수들이 여기까지 와서 뭘 하고 있는 건지 조금 궁금하기는 했지만…….

토끼 고기를 한참 맛나게 씹어 먹고 있던 패력검제는 고개를 갸웃했다. 한자리에 머물고 있었던 마기들이 갑자기 속력을 내어 자신이 있는 쪽으로 접근해 오기 시작했기 때문이다. 그것도 꽤 빠른 속도로. 그리고 잠시 후, 패력검제의 귀에 병장기 부딪

치는 소리가 미약하게 들려왔다. 마교 고수들이 지금 전투를 벌이고 있는 것임에 틀림없었다.

그들이 싸우는 상대라면 필히 장인걸 패거리임에 틀림없을 것이라 판단한 패력검제는 먹고 있던 토끼 다리를 내버려 둔 채 소리가 나는 쪽으로 쏜살같이 신법을 전개했다. 안 그래도 요즘 일이 뜻대로 잘 풀리지 않아 심사가 꼬여 있던 차라 한바탕 살풀이를 하려는 것이다.

처음부터 이들이 싸우는 모습을 본 건 아니었지만 패력검제는 전투가 벌어지는 곳에 도착하자마자 상황을 한눈에 파악했다. 허름한 복색의 사내들이 도망치는 중이었고, 마교 고수들은 그들을 추격하며 잔인하게 주살(誅殺)하고 있었다. 비록 허름한 복색의 사내들의 수가 훨씬 많았지만, 피투성이에 부상자가 많은 걸 보면 곧이어 마교 고수들에게 일망타진 될 게 확실해 보였다.

자신의 예상과는 전혀 다른 상황에 패력검제는 고개를 갸웃하지 않을 수 없었다. 장인걸 역시 마교의 한 갈래다. 그런 만큼 마교 고수들끼리 치열한 접전을 벌이고 있어야 아귀가 맞다. 그런데 허름한 복색의 사내들에게서는 마기 따위가 전혀 느껴지지 않았다. 그렇다면 저들은 장인걸의 전투 조직이 아니라, 첩보 조직인가?

갑자기 장내에 엄청난 고수가 출현하자 모두들 긴장감을 감추지 못했다. 전광석화와도 같은 경공술 하나만 봐도 그 무위를 충분히 짐작할 수 있지 않겠는가. 더군다나 주위로 무시무시한 마기를 뿜어 내는 고수들이 그자를 둘러싸고 있었음에도 태연한 표정을 짓고 있으니 더욱 긴장하지 않을 수 없었던 것이다.

그렇기에 무자비한 살육전을 전개하고 있던 마교 고수들은 모두들 전투를 멈추고 전열을 가다듬고 있었다. 어쩌면 새로 출현한 고수와 싸워야 될지도 몰랐으니까.

이때, 그들 중 가장 강한 마기를 내뿜던 사내가 앞으로 쓱 나섰다. 그의 등에는 길이가 무려 4척이나 되는 장검이 매달려 있었다.

"귀하는 누구시오? 존성대명을 알려 주실 수는 없는지……."

그의 말투는 아주 정중한 것이었다. 자신이 뿜어 내는 강렬한 마기 앞에서 단 한 점의 동요도 내비치지 않고 있는 정체불명의 고수를 상대로 가급적 드잡이질을 하고 싶지 않다는 듯.

"내가 그걸 알려 줄 이유라도 있나?"

퉁명스런 패력검제의 대꾸에 잠시 갈등하던 4척 장검의 사내는 주저주저하더니 다시 입을 열었다. 오랜 세월 갈고닦아온 그의 본능은 상대가 아주 위험한 인물이라고 계속해서 경고를 보내고 있었기에 성질대로 할 수는 없었던 것이다.

"보시다시피 이쪽은 천마신교에서 나왔소이다. 본교와 은원에 얽매여 계신 분이 아니시라면 못 본 척 넘어가 주시면 안 되겠소이까?"

예전이었다면 마교도가 그의 눈에 띄는 그날이 바로 놈의 제삿날이 되었을 것이다. 하지만 지금은 무림맹과 동맹까지 맺은 상태니, 한식구나 다름없는 처지가 아닌가. 더군다나 상대가 이렇게 정중하게 나오는데 그냥 무시하기에는 그랬다. 패력검제는 나름 부드러운 목소리로 자신의 신분을 밝혔다.

"본좌는 패력검제라 한다."

자신의 신분을 밝힌 뒤 장내를 벗어나려던 패력검제에게로 갑자기 허름하기 짝이 없는 사내들이 죽을 힘을 다해 몰려들기 시작했다.

"대, 대협! 부디 자비를 베푸시어 저희를 살려 주시기 바랍니다."

장인걸의 수하가 자신에게 도움을 청할 리가 없지 않은가. 뭔가 이상하다는 생각에 패력검제는 허름한 사내들을 자세히 살펴보았다. 누비고 기워서 입은 옷들은 모두 때에 절어 지독한 악취를 뿜어 내고 있었다.

"혹…, 개방도들이냐?"

"그, 그렇습니다요, 대협."

그 말에 토끼 구이가 기다리는 야영지로 돌아가기 위해 발길을 돌리려던 패력검제는 우뚝 멈춰 섰다. 마교가 개방도들을 쫓으며 주살하는 이유는 몰랐지만, 오랜 친분 관계를 유지하던 개방도들의 죽음을 그냥 외면할 수도 없었기 때문이다.

잠시 고민하던 패력검제는 천천히 검을 뽑아 검강을 일으켰다. 그러자 그의 고풍스런 패왕검의 검신에 푸른빛의 검강이 일렁이기 시작했다. 동맹 관계인 마교의 무사에게 손을 쓰기도 그렇고, 개방도들의 일방적인 학살을 보기도 싫었다. 그렇기에 자신의 무공을 보여 마교의 고수들이 조용히 물러가기를 원한 것이다.

패력검제가 일으킨 검강을 본 4척 장검 사내의 눈매가 놀라움에 살짝 일그러졌다. 위험한 인물 같다는 육감에 긴장을 하긴 했지만, 설마 상대가 화경급일 거라고는 예측하지 못했기 때문이다. 빠르게 머리를 굴려 상황 판단을 한 4척 장검의 사내는 주위로 전음을 날렸고, 그에 맞춰 그의 수하들이 일제히 사방으로 흩어졌다.

눈살을 찌푸린 패력검제가 어떻게 해야 할지 잠시 망설이는 순간, 4척 장검 사내의 지시에 일제히 움직인 마교의 고수들이 바닥에 쓰러져 신음을 흘리고 있던 부상자들의 목을 향해 검을 겨누었다. 만약 손을 쓴다면 싸그리 죽여 버리겠다는 시위인 것이다.

수하들이 인질을 확보하자 만족스런 미소를 지으며 4척 장검의 사내는 고개를 살짝 조아리며 패력검제에게 말했다. 그의 목소리는 공손하기는 했지만, 패기를 잃지 않고 있었다.

"이런 치졸한 방법까지 동원하게 되어 죄송하게 생각하오. 하지만 이쪽으로서도 달리 방법이 없었으니 이해하시길······."

4척 장검의 사내는 패력검제의 눈치를 슬쩍 살핀 후 말을 이었다.

"손을 쓰지 않겠다는 약조만 해 주신다면 조용히 물러나겠소이다."

원래의 목적이 그것이었는지라 패력검제는 흔쾌히 검을 거두는 것으로 답을 대신했다.

"인정을 베풀어 주셔서 감사합니다."

4척 장검의 사내는 패력검제를 향해 정중하게 포권했다. 그런 다음 주위에 흩어져 있는 수하들을 향해 명령했다. 그의 목소리는 작았지만, 멀리 떨어져 있던 수하들까지 또렷이 들을 수 있을 정도로 강한 힘이 담겨 있었다.

"모두들 철수한다."

마교 고수들이 모두 사라졌음에도 패력검제의 표정은 밝지 못했다. 문파 간의 다툼은 이해 관계가 얽혀 벌어지는 경우가 대부분이다. 예전처럼 마교가 적이었다면 신경 쓸 필요가 없지만 지금은 아니지 않은가. 만약 개방도들이 뭔가 잘못을 저질러 이런 일이 벌어진 것이라면 패력검제의 입장만 난처해지는 것이다.

그런 것에 생각이 미치자 골치가 아픈지 고개를 흔들던 패력검제는 곧 난감한 표정으로 쓰러져 있는 개방도들을 둘러봤다. 이들이 안전한 장소에 도달할 때까지 보살펴 주어야 할 의리도 없었지만, 그렇다고 그냥 놔두고 가기에는 협의를 숭상하는 그의 마음이 안 좋았기 때문이다.

그가 망설이고 있을 때, 피투성이가 되어 쓰러져 있던 개방도들 중 한 명이 힘겹게 일어나 패력검제를 향해 다가왔다.

"패력검제 대협, 생명을 구해 주신 은혜에 진심으로 감사드립니다."

심드렁한 표정으로 개방도를 바라보던 패력검제는 곧 고개를 갸웃하며 물었다.

"그러고 보니 왠지 낯이 익은 것 같은데 자네는 누군가?"

"진곡추입니다요, 비을걸개 진곡추."

패력검제는 상대를 좀 더 자세히 살펴봤다. 몰골이 워낙 엉망진창이라 본 모습을 알아보기는 힘들었지만, 시간이 지나자 이 자를 언젠가 한번 만난 적이 있었다는 기억이 떠올랐다.

"그래, 그러고 보니 진 타주였군. 그런데 이게 어찌 된 일인가?"

"혈겁의 흔적을 추적해 오다 보니, 여기까지 오게 됐습니다."

"혈겁의 흔적?"

진곡추는 최근 무림에서 일어나고 있는 중소문파의 의문의 혈겁에 대해 자세히 이야기해 주었다.

"허어, 무림에서 그런 일이 일어나고 있는 줄은 전혀 몰랐네. 그렇다면 그 음모를 획책한 자들이 혹시 마교인가?"

개방도들을 쫓아 주살하던 마교의 무사가 떠올랐기에 그렇게 물었던 것이다.

"마교이긴 한데, 장인걸 쪽입니다."

"그렇다면 좀 전의 마교 고수들이 장인걸 쪽이었단 말인가?"

진곡추가 침중한 표정으로 고개를 끄덕이자 패력검제는 인상을 팍 찡그렸다. 자신의 착각으로 인해 살풀이를 할 수 있는 기회를 놓친 것이다. 그런 그의 귓가로 여기저기서 신음성이 흘러 들어왔다. 주위에 아무렇게나 널브러져 있던 중상자들이 터트린 신음성이었다.

패력검제는 주위를 한 번 쓱 둘러본 다음 진곡추에게 말했다.

"중상자들이 많으니, 일단 어디 가서 치료를 하는 게 좋겠구면."

"저쪽으로 조금만 더 가면 우이(牛耳)라는 작은 마을이 있습니다. 그리 가도록 하시죠."

패력검제의 도움 덕분에 진곡추 일행은 무사히 우이 마을에 도착할 수 있었다. 진곡추는 일단 부상자들을 치료받을 수 있도록 의원에 옮겨 놓은 후, 가까운 곳에 위치한 객점으로 패력검제를 안내했다.

잠시 후, 객점에서 나와 의원으로 돌아가는 진곡추의 양손에는 독한 죽엽청과 오리 구이가 하나 가득 들려 있었다. 수하들의 상태를 확인한 진곡추는 그래도 상태가 양호한 거지들에게 오리 구이를 던져 줬다. 그런 다음 자신 또한 이진걸과 한쪽 자리를 차지하고 술을 마시기 시작했다. 이진걸 역시 적지 않은 부상을 입은 상태라, 술잔을 입 안에 털어 넣으면서도 인상을 있는 대로 찌푸렸다. 조금만 움직여도 온 몸이 쑤셨던 것이다.

"형님, 몸도 성치 않으신데 술을 그렇게 드셔도 되겠습니까?"

"크크, 그렇게 몸이 걱정되거든 자네나 마시지 말게."

부상당하기는 이진덕도 마찬가지였기에 그는 더 이상 말하지 않았다. 이제 끝장이라 생각하고 완전히 생을 포기했다가 운 좋게 살아났더니, 이상하게도 술맛이 더욱 기가 막히다. 마치 기갈이라도 들린 듯 허겁지겁 술잔을 들이키던 이진덕은 술이 올라오자 붉게 물든 얼굴로 연신 히죽히죽 웃었다. 죽음의 끝자락에서 살아 돌아온 것이 너무 기뻤던 것이다. 그러다 문득 고개를 갸웃하더니 진곡추를 향해 입을 열었다.

"그러고 보니 거~ 참, 이상하네요, 형님."

"뭐가 이상해?"

이진덕은 주위를 슬쩍 훑어보더니 목소리를 낮춰 소곤거리듯 말했다.

"그 사람 진짜 패력검제 대협이 맞습니까? 뭐, 초상화에서 본 대로의 생김새이기는 합니다만…, 아무래도 좀 수상쩍어서……."

진곡추는 이진덕의 말을 더 이상 들을 가치도 없다는 듯 단호한 목소리로 대꾸했다. 비록 잠깐이지만 예전에 그와 만난 적이 있었던 진곡추는 그와의 만남을 두고두고 수하들에게 우려먹었던 것이다. 천하의 영웅과 자신이 친교를 맺고 있다는 식의 허풍을 떨며 말이다.

"그건 또 무슨 소리야? 그분이 패력검제 대협이 아니라면 누구라는 말이지? 내 일찍이 그분과 친교를 맺고 있었기에, 그분에 대해서는 잘 알고 있으니 그런 헛소리는 그만하게."

두 사람이 대화하는 것을 옆에서 지켜보았던 이진덕은 예전부터 친한 사이였다는 진곡추의 말에 가자미눈을 하고 쳐다봤다. 못 믿겠다는 뜻이다.

"허어, 이 사람 보게. 아까 대협께서 날 한눈에 알아보고 '오, 진 타주 아닌가?' 하는 걸 못 들었어?"

물론 들었다. 하지만 한눈에 알아본 것은 아니었다. 그것도 인상을 찌푸리며 한참을 쳐다본 후에 말이다.

이진덕이 알고 있는 패력검제는 마교를 끔찍이도 증오하여, 보이기만 하면 마교도의 시체로 산을 쌓는다고 알려진 인물이다. 그렇기에 마교도들이 가장 대면하기 싫어하는 인물 1순위에 꼽혀 있는 사람이 아닌가.

그런 그가 마교도를 대함에 있어서 부드러운 미소까지 짓다니. 도저히 있을 수 없는 일이었다. 물론 그들간에 오고 간 대화를 옆에서 들어 보니, 패력검제가 그들을 현재 동맹을 맺은 마교의 고수들이라고 착각을 했다는 걸 알 수 있었다. 하지만 아무리 그렇다고 해도 지금까지 그가 들어 왔던 패력검제의 모습과 오늘 그의 모습과는 너무나도 큰 차이가 있었다.

더군다나 패력검제와 같은 거물이 왜 이런 외진 곳에 와 있었을까? 그것도 자신들이 절체절명의 위기에 처한 그 순간에 딱 맞춰서 나타나다니, 뭔가 협잡(挾雜)이 있지 않고서야 있을 수가 없는 일이었다.

　고개를 갸웃거리며 연신 이해할 수 없다는 말을 중얼거리는 이진덕을 향해 진곡추가 퉁명스럽게 내쏘았다.

　"이놈의 자식이! 대협께서 애써 생명까지 구해 주셨거늘, 뭐가 그렇게 이상하다고 개지랄이야!"

　그 말에 이진덕은 인상을 팍 찡그리며 소리쳤다.

　"얼마 전에 섬전수(閃電手)라는 놈한테 속아서 죽을 고생을 했으니까 내가 이러는 거 아닙니까!"

　이진덕이 입에 거품을 무는 이유가 바로 그것이다. 의문의 혈겁에 대해 조사해 들어가던 도중 섬전수 이창(李彰)이라는 협객을 우연히 만나게 됐다. 자초지종을 들은 이창이 그들의 조사에 많은 도움을 줬기에, 당연히 그를 신뢰하지 않을 수 없었다. 그런데 그놈이 바로 자신들의 뒤를 캐고 있던 진곡추 일행을 일망타진하기 위해 적들이 파견한 첩자였을 줄이야.

　이창의 말에 속아 이런 외진 곳에까지 오게 된 진곡추 일행은 적들이 파놓은 함정에 빠지게 되었고, 만약 패력검제가 나타나지 않았다면 씨몰살을 당했을 것이다.

　"아, 아무리 그래도 패력검제 대협 같은 분을 의심하는 건 좀……."

　"일문을 대표하시는 분께서, 아무리 일이 있다고 해도 시중들 사람 하나 없이 이런 외진 곳에 올 리가 있겠습니까? 그리고 언제 금나라 놈들과 전쟁이 재개될지 모르는 급박한 상황인데, 이렇게 오랫동안 양양성을 비우고 돌아다닐 수 있을까요?"

우이 마을로 올 때 본 패력검제의 모습은 오랜 야영 생활을 했다는 것을 한눈에 알 수 있을 정도로 더러워져 있었다. 그리고 무엇보다 이곳 우이 마을은 양양성과는 하루 이틀 거리가 아닌 것이다. 며칠 동안 말을 쉬지 않고 달려야 할 정도로 멀리 떨어져 있었다.

말을 듣던 진곡추는 기억을 더듬어 본 뒤, 고개를 끄덕여 그의 말이 틀리지 않다며 수긍하는 수밖에 없었다. 자신이 생각해 봐도 이진덕의 말은 사실이었으니까.

"생각해 보십쇼. 너무나도 공교롭지 않습니까? 제가 그를 의심하게 된 것은 너무나도 시의적절할 때 나타났다는 점과 지금까지 알고 있었던 그의 행동과는 사뭇 다른 모습 때문이었습니다. 만약 그가 진짜 패력검제였다면 우리를 쫓아왔던 그놈들은 지금쯤 모두 시체가 되어 나뒹굴고 있어야 옳았습니다."

"어허! 이 사람이 정말……. 대협께서 뭔가 이곳에 일이 있으셨던 거겠지. 그분 덕분에 목숨을 구원받은 주제에 술맛 떨어지게 별 쓸데없는 소리를……."

"저는 무영문에 입문한 뒤, 우연이라는 건 절대로 존재하지 않는다고 귀에 딱지가 앉도록 배웠습니다. 형님은 그렇지 않습니까?"

이런 계통의 사람들이 제일 처음에 배우는 것이 바로 그것이었다. 보이는 것만이 진실이 아니라는 것, 그리고 뭐든지 한 번 의심해 봄으로써 그 이면에 감추어진 진실을 밝혀내는 것. 그렇게 잘 훈련된 정보원들이 있었기에 무영문과 개방이 무림의 정보를 쥐고 흔들 수 있었던 것이다.

"하, 하지만 다른 사람도 아닌 패력검제 대협을 의심하는 건 좀……."

"섬전수 그놈도 그랬지 않습니까?"

"……."

마치 조개라도 된 듯 진곡추는 입을 꽉 다물었다. 그가 반론을 제기하지 못하자 이진덕은 더욱 신이 나서 입을 놀렸다.

"패력검제 대협이 맞다면 별 상관이 없지만 만약 아니라면 어떻게 하시겠습니까?"

그렇다. 정교하게 만들어진 인피면구나 역용술을 썼다면 얼굴쯤 바꾸는 건 그리 어려운 일이 아니다. 진곡추는 과거 패력검제를 만났을 때의 기억을 떠올리려 애썼지만 워낙 오래 전에 만났던 터라 자세하게 기억이 나지 않았다. 더군다나 이진덕의 말을 듣다 보니 지금 만난 패력검제가 예전의 그 패력검제의 모습인지 조차도 확신이 서질 않았다.

"그분이 들고 계셨던 검은 패왕검처럼 보이던데……."

"역용을 했다면 당연히 패왕검도 가짜를 만들었겠죠. 그게 그분의 신물인 것은 온 천하가 다 아는 사실이 아닙니까."

"하지만 검강까지 뽐어 내시지 않으셨나?"

"화경급 고수는 검술에 의존하지 않고 강기를 뽐을 수 있다고 들었습니다. 하지만 화경급이 아니라도 검술에 의존해 강기를 뿜을 수는 있지 않습니까. 뭔가 저희들이 모르는 사기적인 수법을 동원했음에 틀림없습니다."

그 말에는 진곡추도 동의하지 않을 수 없었다.

"그럼 자네 말은 패력검제 대협이 가짜라는 말인가?"

"제 예상으로는 그렇습니다. 지금까지의 정황으로 미루어 봤을 때 그놈은 섬전수에 이어, 두 번째로 우리에게 접근하는 놈들의 첩자일 겁니다. 아니, 그게 분명합니다. 아니라면 제 모가지를 걸어도 좋습니다."

이렇게까지 확신에 차서 말을 하는 데야 진곡추로서는 대수롭게 받아 넘길 수가 없었다. 사실 그로서도 패력검제가 진짜인지, 가짜인지 판단하기가 힘들었던 것이다. 그리고 그때부터 그도 패력검제가 가짜일 가능성에 대해 고심하기 시작했다.

생각에 잠긴 채 술잔만 기울이고 있던 진곡추가 문득 입을 열었다.

"만약 그가 가짜라고 가정한다면, 저쪽에서 원하는 게 대체 뭘까?"

"사실 저도 그 부분이 제일 마음에 걸립니다. 우리들을 몽땅 다 죽여 버리는 것보다 살려서 어딘가에 써먹으려는 것인지, 아니면 또 다른 음모를 꾸미려는 것인지 전혀 예측이 되지 않으니까 말입니다."

"쉿!"

뭔가 수상쩍은 패력검제

갑작스러운 진곡추의 행동에 이진덕이 슬쩍 뒤를 돌아보자, 어슬렁어슬렁 걸어오는 패력검제의 모습이 보였다. 이진덕과 진곡추는 벌떡 일어서며 정중히 포권했다.

"대협 덕분에 목숨을 부지하게 되었습니다. 다시 한 번 대협께 감사의 인사를 드립니다. 자, 이쪽으로 앉으시죠."

"자네는 누군가?"

그 질문에 대한 대답은 진곡추가 대신했다.

"부분타주입니다요."

부분타주는 분타에 남아 진곡추를 대신해 분타주로서의 임무를 수행하고 있었기에 여기 없었다. 그렇기에 그는 이진덕을 부분타주라고 둘러댄 것이다.

패력검제는 별 의심 없이 가볍게 고개를 끄덕이며 자리에 앉았다.

"그래, 부상자들의 상태는 어떤가?"

"반수 이상이 중상을 입어 운신하기 조차 힘든 상황입니다."

침통한 표정으로 진곡추가 대답하자, 패력검제는 고개를 끄덕이다 다시 질문을 던졌다.

"그런데 자네가 뭘 알아냈기에 그들에게 그렇게 쫓겨다닌 겐가?"

진곡추는 슬쩍 이진덕을 바라봤다. 이진덕은 패력검제가 눈치 채지 못하도록 살짝 고개를 끄덕였다. 저쪽에서 뻔히 알고 있는 걸 구태여 감출 이유는 없었으니까. 괜히 감춰 봐야 놈의 의심만 살 뿐이다.

"놈들이 무림에 일으켜 놓은 흙탕물의 정체입니다요."

"호오, 흙탕물의 정체라……. 뜸을 들이는 걸 보니, 꽤나 대단한 정보를 얻은 모양이군."

전혀 몰랐다는 듯 고개를 끄덕이며 짐짓 감탄사까지 터트리는 패력검제의 모습에 진곡추는 어쩌면 그가 가짜가 아닐지도 모르겠다고 생각했다. 그만큼 그의 모습은 자연스러웠기 때문이다.

애써 내심을 감추며 진곡추는 계속해서 입을 열었다.

"사람들이 꿈에 그리는 바로 그것. 즉, 기연이라는 거죠."

"기연?"

"보물지도 말입니다."

패력검제는 어이없는 듯 콧방귀를 뀌며 대꾸했다.

"보물지도라고? 흥! 말도 안 되는 소리. 누가 그런 허황된 소리를 믿겠나?"

진곡추는 정색을 하며 말했다.

"전혀 허황된 얘기가 아니니 문제지요. 요나라가 개봉을 휩쓸기 직전, 오랑캐의 대군이 황성인 개봉의 코앞에 주둔하고 있다는 것에 불안감을 느낀 황제는 비고(秘庫)에 쌓여 있던 보물과 무공비급 등을 각지에 분산하여 숨겨 놨다고 합니다."

요나라의 대군이 황도 개봉의 코앞에 주둔한 기간이 몇 달은 족히 된다. 불안감을 느낀 황실에서 비고의 귀중품들을 어딘가로 수송했을 가능성은 충분했다. 그렇기에 방금 전까지 엉터리 소리로 치부하던 패력검제였지만 흥미가 동한다는 듯 되물었다. 무인인 그에게 있어 보물 따위야 관심의 대상이 아니었지만, 새로운 무공에 대한 호기심은 어쩔 수 없었기 때문이다.

"그게 사실인가?"

진곡추는 빙긋 미소 지으며 대꾸했다.

"물론 새빨간 거짓말입죠."

순간, 뭔가 농락당한 듯한 느낌에 패력검제의 인상이 왈칵 일그러졌다. 하지만 진곡추는 패력검제의 마음을 전혀 눈치 채지 못했다는 듯 태연한 표정으로 말을 이었다.

"문제는 다들 그렇게 믿고 있다는 점입니다. 그런 위급한 상황에서 귀중품을 어딘가로 수송하는 게 당연했음에도 불구하고, 무능하기 짝이 없는 황실에서는 아무런 행동도 취하지 않은 게 이상한 거죠. 그리고 본방에서 조사한 바에 따르면, 따로 수송해서 숨겨 놓을 만큼 많은 보물은 애초부터 가지고 있지도 않았답니다. 전란이 오랫동안 계속된데다가, 해마다 요나라에 갖다 바쳐야만 했던 막대한 액수의 세폐. 더군다나 그럼에도 불구하고 정신 못 차리고 주지육림(酒池肉林)에 파묻혀 흥청망청 써댄 멍청한 황제. 황실에 돈이 남아 있다면 그게 더 이상한 거죠. 안 그렇습니까?"

"그렇다면 그런 뻔한 거짓말에 무림이 속아 넘어가고 있다는 겐가?"

하지만 진곡추는 아니라는 듯 고개를 가로저었다.
"아예 거짓말이라고 치부하기에도 뭣한 게, 좀 전에 대협께서 욕심을 내셨던 무공비급들이 남아 있다는 점입니다."
진곡추가 자신의 속마음을 들여다보듯 빤히 쳐다보며 말했기에, 패력검제는 무안한 마음에 짐짓 헛기침을 내뱉으며 중얼거렸다.
"험험…, 노부가 언제 욕심을 냈다고 그러는가?"
"죄송합니다. 제가 말실수를 했습니다. 대협께서는 이미 지고하신 경지에 오르셨는데, 왜 다른 무공에 욕심을 내시겠습니까? 하지만 그 말을 듣는 순간 아예 흥미가 동하지 않았다면 그건 거짓일 겁니다. 새로운 무공에 대한 관심은 어느 무인이든 마찬가지일 테니까요."
그 말은 맞았기에 패력검제는 고개를 끄덕였다.
"대협 정도의 고수도 그런데, 일반 무인들에게 있어서는 그건 도저히 저항할 수 없을 정도의 유혹이었을 겁니다. 특히, 제대로 된 내공심법 하나 갖추지 못해 갖은 설움을 당해야만 했던 군소방파들에게 있어서는 목숨이라도 걸 수 있는 일이었습죠."
"허허, 그렇군. 그 심정을 충분히 이해할 수 있겠어. 그런데 그런 비급을 왜 황실에서는 딴 곳에 몰래 숨겨 두지 않았던 것이지?"
"그런데 웃기는 일은, 멍청하기 그지없는 황궁 쪽 등신들은 그 누구도 그렇게 생각하지 않았다는 거죠. 무공을 익히지 않은 그들이 무공의 가치를 제대로 인식이나 할 수 있었겠습니까? 사실, 그러니까 오랑캐 따위에게 황도가 짓밟히는 치욕을 당한 거겠지만 말입니다."

"정말이지 황당한 얘기로구먼."

진곡추는 씁쓸한 표정을 지으며 계속 입을 열었다.

"비급을 확보한 오랑캐 놈들은 무림의 분열을 획책하기 위해 보물지도를 만들어 뿌렸고, 그 농간에 걸려든 수많은 군소 방파들이 지도를 차지하기 위해 서로가 서로를 죽여 댔습죠. 그것도 쥐도 새도 모를 정도로 비밀스럽게 말입니다. 사실, 지도가 가르키는 곳에 비급이 있고 없고의 문제를 떠나, 그런 지도가 경쟁 관계에 있는 문파로 흘러들어갔다는 사실 하나만으로도 혈겁을 일으키기에 충분한 일이었습니다. 거기에 흑살마왕의 수하들까지 끼어들어 분탕질을 일으키다 보니, 그 전개가 더욱 음험해진 것이구요."

장인걸의 공작 덕분에 지금 무림맹은 세력 결집에 막대한 장애를 겪고 있는 중이었다. 중원 여기저기에서 이유를 알 수 없는 혈겁이 끊임없이 벌어지고 있다 보니, 규모가 작은 방파들의 경우 자파의 안전을 위해서라도 무림맹에 무사의 파견을 꺼리고 있었기 때문이다.

그런데 개방과 무영문이 장인걸이 획책해 놓은 치졸한 속임수를 파악해 내는 쾌거를 이룩한 것이다. 맹에서 보물지도라고 떠돌아다니고 있는 게 장인걸이 만들어 놓은 속임수라는 걸 만

천하에 공포한다면, 이제 더 이상 이런 함정에 걸려들 문파는 없어질 것이다. 그리고 지금 중원 곳곳에서 벌어지고 있는 혼란도 급속도로 수습될 것이 분명했다.

 순간, 패력검제의 미간에 깊은 주름이 패였다. 가만히 생각해 보니, 이 음모가 세상에 밝혀진다면 장인걸 쪽에서 받을 타격은 상상 이상으로 클 게 분명했다. 당연히 무림이 혼란에 휩싸여 있는 게 그들로서는 훨씬 유리할 테니 말이다. 그렇다면 저쪽에서 정보의 누출을 막기 위해서라도 순순히 물러날 리가 절대로 없었다. 아무리 자신이 화경급의 고수라고 할지라도.

"맹에는 알렸나?"

 갑작스런 패력검제의 질문에 일순 이진덕의 몸이 뻣뻣하게 굳었다.

 '그걸 왜 물어보는 거지? 설마…, 이쪽이 맹에 연락을 넣었는지 안 넣었는지, 그걸 알아보기 위해 접근한 거였나?'

 진곡추가 대답을 하지 못하자, 눈치를 살피고 있던 이진덕이 그를 대신해서 대답했다.

"마을에 도착하는 대로 바로 전령을 보냈습니다, 대협."

"흠, 사고 없이 잘 도착해야 할 텐데……."

 패력검제는 그냥 노파심에서 한 말이었지만, 그를 의심하고 있던 이진덕의 귀에는 그들이 절대 임무를 완수할 수 없을 것이라는 투로 들렸다. 사실 부상자들을 수습하느라 아직 전령을 보내지 못한 진곡추와 이진덕이었다. 만약 보냈다면 보내는 족족

비참하게 죽임을 당했으리라는 생각에 이진덕은 온 몸에 소름이 오싹 돋는 게 느껴졌다.

그런 기분을 느낀 건 진곡추 역시 마찬가지였다. 좀 전에 이진덕이 한 말이 자꾸만 뇌리를 맴돌았다. 잠시 망설이던 진곡추는 패력검제를 향해 조심스럽게 입을 열었다.

"그런데 대협께서는 양양성에 계시다고 들었었는데…, 어쩐 일로 이곳으로 오신 겁니까?"

"그, 그게 말이지……. 뭔가를 찾기 위해 중원을 돌아다니고 있다네."

"대체 어떤 것을 찾으시길래 이런 오지에까지……?"

곤혹스러운 표정으로 대답을 하지 못하던 패력검제는 자신을 빤히 쳐다보고 있는 진곡추를 보자 뭘 생각했는지 조심스럽게 입을 열었다.

"자네들 혹시 용(龍)에 대한 정보를 가지고 있는 게 좀 있나? 사는 곳이라든지, 아니면 누가 어디서 용을 봤다고 하는 소문이라도 좋으니 말일세."

뜬금없는 패력검제의 말에 진곡추는 어이가 없어 입을 딱 벌려야 했다.

"요, 용이라니요……? 설마 그 신화 속의 동물을 말씀하시는 건?"

"맞네, 천하에서 가장 많은 정보가 취합되는 곳이 바로 개방 아닌가? 그런 개방의 분타주니까 혹시 용에 대한 자료나 정보를 본 적이 있는지 물어보는 것일세."

"그, 글쎄요……. 제 기억으로는 없는 것 같은데, 혹시 총타로 가시면 있을지도 모르겠습니다."

이때, 패력검제의 허리에 매여 있는 검집을 유심히 바라보고 있던 이진덕이 조심스러운 목소리로 말했다.

"그 보검이 혹시 패왕검입니까?"

기대와는 달리 용에 대한 소재를 모르겠다고 하자 낙심한 표정을 짓고 있던 패력검제는 이진덕의 질문에 고개를 끄덕였다.

"조금만 구경할 수 없을까요?"

그가 왜 이런 말을 꺼낸 것인지 잘 알고 있는 진곡추가 당황해서 외쳤다.

"자네 지금 무슨 말을 하고 있는 겐가? 제령문의 신물을……."

하지만 패력검제는 모든 걸 좋게 생각했다. 사실 이 정도 보검을 구경할 수 있는 기회는 흔치 않다. 무인이 보검에 환장하는 것은 당연한 일이다. 패력검제는 무인들의 그런 집착을 잘 알고 있기에, 이진덕의 요청에 흔쾌히 응했다. 그는 허리에 매여 있던 패왕검을 검집째 풀어 건네주며 털털하게 말했다.

"신물은 무슨. 여기 있네."

은은하고 고풍스런 문양의 패왕검은 화려하거나 현란스러운 장식이 붙어 있지 않았다. 금이나 은으로 장식되어 있는 것도 아니었고, 보석이 박혀 있는 것도 아니다. 검에 대해 뛰어난 안

목을 지닌 자가 아니라면, 명성과는 달리 너무 수수해 보인다는 생각이 들 정도였다.

하지만 대부분의 보검들이 이렇게 겉보기에는 수수한 형태를 하고 있음을 잘 알고 있는 이진덕은 검집을 자세히 살펴본 뒤 검을 천천히 뽑아 보았다. 사실 아무리 해도 모방할 수 없는 게 바로 보검의 본체인 서릿발 같은 검신(劍身)이었으니까.

하지만 검신을 보는 순간, 두 사람의 눈빛이 이상하게 일그러졌다. 겉보기에는 서릿발처럼 시퍼런 광채를 내뿜고 있었지만, 군데군데 이빨이 상해 있는 걸 봤기 때문이다.

이런 보검이, 그것도 화경급 고수가 사용하는데 검날이 상할 리 없지 않은가. 더군다나 검신의 끝부분에는 얇은 금까지 나 있었다. 자세히 살펴보자 검의 부러진 부분을 실력도 없는 장인이 대충 때운 흔적임이 분명했다.

그걸 본 이진덕은 자신의 예상이 맞았음을 확신할 수 있었다. 이건 패왕검이 아니라, 겉만 번지르르한 가짜임에 틀림없으니까 말이다.

사실 패왕검에 나 있는 상처들은 과거 묵향과의 충돌에서 생긴 흔적들이었다. 그 후에 보검을 수리할 만큼 뛰어난 실력을 갖춘 장인을 만나지 못했기에 그냥 놔뒀다가, 양양성 전투에 참전한 이후에 검이 파손당한 게 떠올라 그곳의 대장간에서 급히 수리를 받은 것이었다. 부러진 검을 들고 전투를 할 수는 없었으니까. 그렇게 사용하던 게 지금에 이른 것이었는데, 그런 사정을 알 리 없었던 이진덕은 이게 가짜가 틀림없다고 판단하기에 이른 것이다.

　잠시 후, 패력검제가 객잔으로 돌아간 후 이진덕은 술잔을 단숨에 들이키더니 씁쓸한 표정으로 말했다.

　"과연, 우연이라는 건 존재하지 않는군요."

　지금까지 태연을 가장하고 있던 진곡추의 표정도 역시 일그러져 있었다.

　"어떻게 하는 게 좋을까? 지금 당장 놈을 없애……."

　"괜히 타초경사의 우를 범할 필요는 없죠."

　"그건 그렇군. 놈에게서 연락이 끊기면 저쪽에서도 계획이 탄로 났다는 걸 눈치 챌 테니까."

　"어쩌면 가짜를 잘만 이용한다면 여기서 살아나갈 수 있을지도 모르겠습니다."

　이진덕의 말에 진곡추의 눈빛에는 희망이 물씬 솟아올랐다. 그는 재빨리 물었다.

　"그, 그것이 뭔가?"

죽음을 각오한 탈출 작전

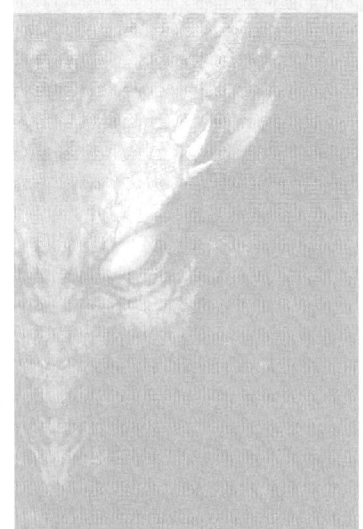

25

속고 속이고

며칠의 시간이 빠르게 흘렀다. 어느 정도 부상을 치료한 진곡추와 이진덕은 시간이 날 때마다 머리를 맞대고 탈출 계획을 짰다. 하지만 말이 좋아서 탈출 계획이었지, 그들은 모두가 다 여기서 살아나갈 수 있을 거라고는 바라지도 않았다. 그들이 최우선적으로 생각한 것은 살아나가는 게 아니라, 자신들이 획득한 정보가 상부에 전해지는 것이었다. 그것을 위해서는 그 어떤 희생이라도 감수할 각오가 되어 있었다.

"그런데 놈들의 속셈을 알 수가 없군. 왜 공격해 들어오지 않는 걸까? 동생은 혹시 짐작 가는 게 있나?"

발 빠른 제자를 시켜 밤에 슬쩍 주위를 둘러보게 하자, 우이 마을을 중심으로 촘촘히 포위망이 구축되어 있다는 걸 알게 되었다. 문제는 적들이 포위망을 구축만 하고 있을 뿐, 그 어떤 도발도 해 오지 않고 있다는 점이다.

이진덕은 어깨를 으쓱하며 대꾸했다.

"그놈들 속을 제가 어떻게 알겠습니까. 우리들을 단숨에 해치우지 않고 가짜 패력검제까지 접근시킨 걸 보면, 뭔가 꿍꿍이가 있는 건 확실한데 말입니다."

"그러게 말일세. 그놈이 우리에게 물은 것이라고는 용에 대한 소문을 들은 게 있냐는 정도였으니, 거참……."

"크크, 그거야 형님이 갑자기 어떻게 여기에 오게 된 것이냐고 물으니까 당황해서 떠벌인 소리겠죠. 이쪽에 잠입을 시키려면 좀 똑똑한 놈으로 보낼 것이지, 그런 어설픈 놈을 보내다니."

"하긴, 하지만 그 덕분에 그가 가짜라는 것을 확실하게 알 수 있지 않았는가?"

두 사람은 어설픈 가짜 패력검제를 떠올리며 연신 키득거리며 웃었다. 그러다 갑자기 이진덕이 이를 갈며 소리쳤다.

"으득, 쫓길 때 전서구들만 죽지 않았다면 벌써 본부에 연락해 지원군을 요청했을 텐데……."

그 말에 진곡추 역시 안타깝다는 표정을 지었다.

가짜 섬전수가 공격이 개시되기 전에 이미 비둘기 우리에 손을 썼던 것이다. 놈이 무슨 독약을 먹여 놨는지 모르겠지만, 멀쩡하게 보였던 비둘기들이 우리에서 꺼내자 전혀 날지를 못했다. 그리고 적의 공격이 시작되자, 전서구를 가지고 있는 제자들이 가장 먼저 공격 목표가 되었다.

이진덕이 가짜 섬전수를 죽이기는 했지만, 이미 때는 늦은 후였다.

"이미 지나간 일을 후회해 봐야 뭣 하겠나? 그런데 내가 아무리 생각해도, 놈들이 선수를 치기 전에 탈출하는 게 최선일 것 같아."

"저도 그렇게 생각합니다. 그렇다면?"

"지금까지 우리가 짠 계획대로 탈출을 시도하세. 동생만 믿겠네."

이진덕은 갑자기 닭똥 같은 눈물을 흘리며 진곡추의 두 손을 덥썩 움켜잡았다.

"형님, 소제에게 무슨 복이 있어 이렇게 훌륭한 형님을 만나게 됐는지 모르겠습니다. 만약 하늘이 도와 우리 두 사람이 모두 살아남을 수만 있다면 제 평생을 형님만을 위해 살도록 하겠습니다."

"허허, 이 사람이 무슨 말을. 나야 천하에 피붙이 하나 없는 홀몸이지만, 동생은 부모님과 마누라가 있지 않는가. 그러니 내가 미끼가 되어 자네라도 살리는 게 훨씬 이익인 셈이지."

두 사람이 며칠 동안 짠 계획은 이랬다. 먼저 진곡추가 가짜 패력검제와 함께 탈출을 시도하며 적들의 이목을 모으면, 이진덕은 그나마 부상이 적은 개방도들과 적의 포위망이 헐거워지는 틈을 타 발 빠르게 탈출을 시도한다는 것이다.

다시 한 번 세부적인 계획을 점검한 후, 진곡추는 패력검제가 묵고 있는 객잔으로 발길을 옮겼다.

"그동안 푹 쉬셨는지요, 대협."

본의 아니게 발목이 묶인 패력검제의 마음이 결코 편할 리가 없었다. 할 일이 없는 것도 아닌데……. 그렇다고 이들을 외면하고 그냥 떠날 수도 없었다. 자신이 없으면 죽을 게 뻔했으니까.

"도대체 구원 부대는 언제 오는 건가?"

"아마 틀린 것 같습니다."

"그래? 그렇다면 내가 직접 갔다 오겠네. 그게 최선일 것 같으니 말일세."

물론 화경급 고수가 한밤중에 몰래 지원군을 요청하러 간다면 충분히 가능성 있긴 했다. 그런데 문제는 그자가 적이 보낸 첩자라는 데 있었다.

"하, 하지만 대협께서 안 계신 동안에 적들이 공격해 들어온다면……."

진곡추가 이렇게 말한 건, 가짜를 이용해 탈출 계획을 세웠는데 그가 없으면 곤란해지기 때문이다. 그러자 패력검제는 살짝 미간을 찌푸리며 단호하게 말했다.

"아니야. 어떤 방식으로든 움직여야겠어. 여기에 계속 죽치고 있어 봐야 상황만 더욱 악화될 뿐이야."

"안 그래도 부분타주와 제가 짜 놓은 탈출 계획이 한 가지 있습니다."

진곡추는 손가락으로 물 잔에서 물을 찍어 탁자 위에 우이 마을과 그 주위를 그려 놓고, 자신들이 짠 탈출 계획을 설명했다.

"오늘 밤, 묘시 초쯤에 이쪽을 돌파하는 겁니다."

묘시 초라면 새벽 5시 무렵으로 하루 중 가장 많은 피로가 몰려오는 시간이기도 했다. 당연히 포위망을 구축하는 적들의 신경 또한 느슨해질 것이 분명했다.

"그렇다면 중상자들은 어떻게 할 건가?"

진곡추는 짐짓 침울한 표정으로 입을 열었다.

"어쩔 수 없지 않겠습니까. 마을에 놔두고 가는 수밖에 도리가 없겠지요. 괜히 데리고 가 봐야 짐만 될 뿐이니까요. 그리고 그들은 우리가 출발할 때 각자 다른 방향으로 탈출하는 척하면서 적들의 혼란을 야기시킬 생각입니다."

"알겠네. 그럼, 이따 보기로 하세."

"예, 대협."

가짜에게는 북쪽으로 난 산길을 통해 모두 다 도망갈 거라고 했지만, 실제로는 그렇지 않았다. 진곡추는 몸 상태와 무공을 중심으로 4개의 조로 나눴다. 1조에 속한 운신이 불가능한 부상자들은 데려갈 수 없었으므로 우이 마을 곳곳에 숨겼다. 운이 좋다면 한두 명쯤은 살아남을 수도 있을 거라는 게 그들의 바램이었다.

그리고 나머지를 모아 3개의 조를 만들었다. 이진덕과 진곡추가 계획한 탈출 작전의 핵심은 가짜와 함께 움직일 2조의 희생을 통한 3, 4조의 탈출이었다. 물론 탈출 작전이 실패했을 때를 대비해서 마을 곳곳에 상부에 전달할 정보를 숨겨 놓았다. 설혹, 놈들이 마을을 통째로 불사른다고 해도 그걸 다 없앨 수는 없을 것이다.

탈출 작전의 개요는 이랬다. 가짜에게 북쪽으로 도망칠 거라고 말해 놓으면, 당연히 그 정보가 새서 외곽에 포위하고 있는 적들에게로 전해질 것이다. 적들이 북쪽을 중심으로 두텁게 포위망을 치고 있을 때, 가장 무공이 뛰어난 고수들로 구성된 3, 4조가 포위망이 헐거워진 남쪽으로 탈출을 하는 것이다.

만약 적들이 많아 도저히 탈출이 힘들 것 같으면, 3조가 적들의 이목을 끄는 동안 4조는 우회하여 탈출한다. 은신술이 뛰어난 무영문도들인 만큼, 3조가 놈들의 이목을 끌어 주기만 한다면 충분히 탈출에 성공할 수 있을 거라는 게 이진덕의 생각이었다.

두 사람은 가짜가 외부와 연락할 수 있는 기회를 주기 위해 일부러 그에 대한 감시를 풀었다. 적들이 마을 주변에 구축하고 있는 강력한 포위망을 흔들기 위해서는, 자신들이 건넨 정보가 그쪽에 전달되어야만 하기 때문이다.

마을을 탈출하기 위한 모든 준비가 끝난 후, 진곡추는 이진덕의 손을 꼭 잡으며 말했다.

"부디 살아서 정보를 상부에 전달하기 바라네."

진곡추는 이진덕에게 어떤 방식으로 탈출할 것인지 아예 묻지 않았다. 자신은 미끼가 되기 위해 움직이는 만큼, 죽거나 놈들의 포로로 사로잡힐 확률이 높았다. 죽는다면 다행이지만 만약 사로잡혀 고문을 당하다 보면 3, 4조의 탈출로를 놈들에게 말하게 되는 불상사를 미연에 방지하고자 했던 것이다.

그런 진곡추의 마음을 익히 아는 이진덕의 심정은 결코 편안하지 못했다. 처음에 진곡추에게 뭔가 정보를 얻어 내기 위해 자신이 일부러 접근한 것이 아니었는가. 그럼에도 불구하고 진곡추는 진짜 형제와도 같은 정을 자신에게 주었다. 그리고 이제는 목숨을 버려 가며 자신의 탈출을 도우려고 하는 것이다. 이진덕은 눈물이 흘러내릴 것만 같아 입술을 꽉 깨물며 애써 태연한 표정을 지으려 노력했다.

"마음 놓으십시오. 무슨 일이 있더라도 반드시 맹에 정보를 전하도록 하겠습니다."

"이제 떠날 시간이군. 가능하면 모두들 다시 살아서 만나세."

개방도들은 한곳에 모여 서로 간에 마지막 인사를 나눴다. 거지들의 단체인 개방인 만큼, 방도들 간에는 다른 문파에서는 볼 수 없는 끈끈한 정이 흘렀다. 창고나 다름없는 허름한 거처에서 함께 뒹굴다 보니 없던 정도 생길 수밖에 없었다.

이제 헤어지면 다시는 못 만날지도 모른다. 그런 만큼 서로 굳게 잡은 그들의 손은 쉽사리 떨어지지 못하고 있었다.

진곡추는 객실의 문을 살짝 두드리며 말했다.

"대협, 진곡추입니다."

곧바로 안에서 가짜의 굵은 목소리가 들려왔다.

"들어오게."

정말 목소리 하나만큼은 진짜 뺨칠 정도로 그럴듯하다고 생각하며 진곡추는 객실 안으로 들어갔다. 탁자 위에 따뜻한 차가 반쯤 들어 있는 찻잔이 놓여 있는 것으로 보아, 가짜는 차를 마시고 있었던 모양이다.

"무슨 일인가? 출발을 하겠다고 한 시간은 아직 먼 것 같은데 말일세."

"조금 시간이 이르기는 하지만, 지금 당장 출발하는 게 좋을 듯합니다."

가짜에게 정보를 받아 묘시에 자신들이 나올 것이라 생각하고 있을 적들에게 혼란을 주기 위해서 진곡추는 탈출 시간을 앞당긴 것이다. 설마 진곡추가 자신을 의심하고 있을 거라고는 생각도 하지 않았던 패력검제는 더 이상 들을 필요도 없다는 듯 검을 집어 들며 밖으로 나갔다.

"가세."

진곡추는 가짜 패력검제를 데리고 객잔 밖으로 나왔다. 그곳에는 세 명의 방도들이 기다리고 있었다. 모두들 긴장한 표정이다.

"출발하자."

진곡추는 일행을 데리고 마을의 북쪽으로 이동했다. 행여 다른 사람들의 이목에 발각이라도 될새라, 그들의 움직임은 아주 은밀했다. 적들은 마을 외곽을 포위하고 있을 뿐, 일정 거리 안으로는 들어오지 않고 있었다. 살금살금 전진하던 진곡추가 살짝 손을 들더니 주먹을 꽉 쥐었다. 적이 있다는 신호였다. 그와 동시에 그를 따르던 거지들의 걸음이 딱 멈췄다.

뒤를 돌아보며 진곡추는 낮은 어조로 속삭였다.

"각 조가 돌격선상에 도착할 때까지, 잠시 여기서 대기."

그 말에 패력검제는 내심 고개를 끄덕였다. 처음에 진곡추에게 들었던 것과는 달리 탈출을 하기 위해 서너 명만 모인 이유를 알 수 있을 것만 같았기 때문이다. 소수정예로 적의 포위망을 뚫고 나가겠다는 것이리라. 그리고 어쩌면 며칠 전에 보냈다던 전령이 벌써 구원 부대를 이끌고 근처에 와 있을지도 모른다.

무공을 고도로 익히면 칠흑과도 같은 어둠 속에서도 시간을 가늠할 수 있다. 몸속을 따라 흘러가는 생체의 리듬을 통해 시간을 읽어 내는 요령이 생기기 때문이다. 굳이 별을 보고 확인해 보지 않아도 약속된 묘시 초가 되려면 시간이 꽤 남았다. 그런데 휴식을 취하면서 잠시 시간을 가늠하는 것 같았던 진곡추가 갑자기 손을 번쩍 들며 낮은 어조로 말했다.

"준비!"

묘시 초가 되려면 아직 1각(15분) 정도 여유가 있었지만, 그의 명령이 떨어지자 개방도들은 각자 무기를 쥔 손아귀에 힘을 줬다. 그리고 진곡추가 손을 앞으로 쭉 내뻗자, 그 신호에 맞춰 개방도 세 명이 앞으로 쏜살같이 달려 나갔다.

그 순간 가짜 패력검제 역시 앞으로 내달렸다. 개방도들이 언제 달려 나갈지 알 수 없었기에 한 박자 늦게 움직인 것이다. 그리고 그의 움직임에 맞춰 진곡추도 달려갔다. 지금쯤 가짜도 뭔가 이상하다는 걸 눈치 챘을 게 분명했다. 이쪽 방향으로 모두 다 탈출할 거라고 얘기했었는데, 실상 여기 모인 것은 자신을 포함해도 다섯 명밖에 안 되니 말이다.

놈은 어떤 방식으로든 자신들이 속고 있다는 걸 적에게 알리려고 할 게 분명했다. 진곡추가 한사코 이 죽음의 조에 남은 이유는 바로 그것을 저지하고자 해서였다. 정보가 적들에게 넘어가는 시간을 끌면 끌수록 성공 확률은 높아지니까. 비록 가짜라고는 하지만 화경급 고수의 행세를 하는 걸 보면 놈은 꽤 무공이 높을 게 뻔했다. 그런 자를 없애는 걸 수하들에게 맡겨서는 도저히 안심이 안 됐던 것이다.

이때 날카로운 휘파람 소리가 밤하늘을 뚫고 울려 퍼졌다. 매복하고 있던 적들이 이쪽의 움직임을 포착한 것이다. 휘파람 소리는 그들의 앞에서도 울려 퍼졌고, 그들의 등 뒤쪽에서도 아련하게 들려왔다. 아마 3조가 돌진해 들어가는 방향에서 들려오는 것이리라.

진곡추는 젖 먹던 힘까지 몽땅 다 끌어 올려 죽을힘을 다해 달렸다. 가짜의 뒤를 잡아야 놈을 해치우기가 용이하니까. 하지만 그의 기대와 달리 가짜와의 거리는 점점 더 벌어지고 있었다. 앞서 달려갔던 개방도 세 명과의 거리가 점차 가까워지더니, 이제는 그들이 진곡추의 뒤로 처지기 시작했다. 그만큼 가짜의 경공 속도는 놀라운 것이었다.

진곡추는 품속에서 수리검을 끄집어냈다. 도저히 가짜와의 거리를 좁힐 수 없는 만큼, 암기를 날릴 수밖에 없다고 판단했던 것이다.

'이런 씨발! 예상보다 훨씬 더 무공이 고강한…….'

하지만 진곡추는 가짜를 향해 수리검을 던지지 못했다. 그 순간 사방에서 수많은 화살들이 무시무시한 파공성을 흘리며 날아오기 시작했기 때문이다. 살기 위해서는 화살을 피하거나 쳐내야만 했다. 한순간이라도 다른 데 정신을 팔았다가는 목숨을 내놔야 하는 것이다.

이때, 그의 옆에서 둔중한 비명 소리가 들려왔다.

"크윽!"

고개를 숙인 방도의 등 뒤로 화살이 삐죽 솟아 나왔다. 화살이 폐를 꿰뚫은 것이다. 그를 구하기에는 너무 늦었다고 판단한 진곡추는 다른 수하들을 향해 달려갔다. 가짜를 없애는 건 이미 포기했다. 놈을 따라잡는 것도 힘들었지만, 그렇게 했다가는 남은 부하들도 화살의 밥이 될 게 뻔했기 때문에.

사방에서 쏟아져 오는 화살에만 온 정신을 쏟고 있던 진곡추는 상황이 조금 안정되자 앞쪽으로 시선을 돌렸다. 그때서야 그는 적이 날리는 화살의 대부분이 가짜를 향해 날아가고 있다는 걸 깨달았다. 그 덕분에 아직까지도 그들이 살아남아 있을 수 있었던 것이다.

"설마……?"

그때쯤 패력검제는 매복하고 있는 적들에게 도착했다. 그리고 그 순간 지금까지 쌓인 짜증스런 감정을 한순간에 폭발시키는 듯 무시무시한 폭음이 울려 퍼졌다.

꽈꽈꽈쾅!

패력검제를 중심으로 무시무시한 빛의 회오리가 사방으로 퍼져 나갔다. 아직 어두운 새벽이었기에 강기의 파편들이 뿜어내는 푸르스름한 빛은 너무나도 밝고 영롱했다. 하지만 그것은 수많은 생명이 한순간에 소멸되는 것이기도 했다. 어둠에 가려 보이지는 않았지만, 지금 그의 주위로는 피의 비(血雨)가 내리고 있을 것임에 틀림없다.

그 순간 깨달을 수 있었다. 이진덕과 자신이 패력검제에 대해 엄청난 오판을 하고 있었다는 사실을. 패력검제는 가짜가 아니었던 것이다.

"이럴 수가!"

진곡추는 화들짝 놀라 뒤를 돌아봤다. 자신들과는 반대 방향으로 탈출을 시도한 3, 4조원들이 그의 시야에 보일 리가 없었다. 하지만 그의 눈에는 처절한 비명성을 터트리며 죽어 가는 수하들의 모습이 보이는 것만 같았다.

"3, 4조가 위험해!"

뒤돌아선 진곡추가 채 몇 발자국도 내딛기 전에 수하들 중 한 명이 비명성을 터트렸다.

"크윽!"

천천히 앞으로 쓰러지는 그의 이마에는 화살 하나가 깊숙이

박혀 있었다. 그리고 곧이어 어디선가 화살이 또 하나 날아와 그의 배에 박혔다. 하지만 더 이상 그의 신음 소리는 이어지지 않았다. 이미 숨이 끊어져 버린 것이다.

진곡추는 이제 하나 남은 수하에게로 달려갔다. 방금 수하 한 명이 쓰러지며 그에게 한 가지 사실을 알려 줬던 것이다. 그 혼자 3조가 있는 곳으로 달려가 봐야 시체 한구를 더 늘리는 것 외에는 아무것도 변하는 것이 없다는 걸 말이다. 그만큼 적들의 무공은 뛰어났다.

"이, 이럴 수가!"

이제 그가 도움을 청할 수 있는 것은 단 한 사람뿐이었다. 바로 패력검제였다. 하지만 패력검제도 지금 그리 한가한 상태가 아니었다. 적은 처음부터 패력검제와 정면 대결을 펼칠 생각이 없었던 듯, 이리저리 도망만 다니다 그와 거리를 벌린 다음 사방에서 화살만을 날리고 있었다. 패력검제는 엄청난 경공술을 발휘하며 적들을 주살하고 있었지만, 그 또한 쉬운 일은 아니었다.

진곡추가 자신의 오판으로 인해 수많은 수하들을 죽음의 구렁텅이로 몰아넣었다는 자책감에 젖어 있을 때, 패력검제는 앞쪽에 있는 적들을 완전히 제압해 버렸다.

천천히 검집에 패왕검을 집어넣고 있는 패력검제를 향해 진곡추는 허겁지겁 달려가며 소리쳤다. 그의 목소리에는 짙은 자책감과 비통함이 깔려 마치 흐느끼는 듯 들렸다.

"대, 대협!"

"의외로 시간이 많이 걸렸군. 자, 가세."

"그, 그게 아닙니다. 지금 당장 남쪽으로 가야 합니다."

과연 마을 남쪽 저 멀리서 희미하게 병장기 부딪치는 소리와 비명성이 계속해서 들려오고 있었다. 치열한 전투가 벌어지고 있는 모양이었다.

"가세."

만약 패력검제가 의문을 표시했다면 진곡추는 작금의 사태에 대해 어떻게 변명을 해야 좋을지 정신이 하나도 없었다. 하지만 다행스럽게도 패력검제는 더 이상 묻지 않고 마을 쪽으로 달려갔다. 그 모습에 내심 안도의 한숨을 내쉰 진곡추는 이렇듯 자신을 믿고 따라 주는 패력검제를 지금까지 의심했고, 또 그 때문에 일이 이렇게까지 엉망진창으로 꼬인 것에 대한 부끄러움과 자책감에 입술을 질끈 깨물었다.

이때, 진곡추의 뒤쪽에서 화살 몇 대가 날아왔다. 패력검제를 피해 도망쳤던 적들이 멀리서 화살을 날린 모양이었다. 놈들과의 거리가 꽤 떨어져 있었기에 화살에는 그리 많은 힘이 실려 있지 않아 진곡추는 별 어려움 없이 화살을 막아 냈다. 하지만 무공이 낮아 제일 뒤쪽에 쳐져서 달려오고 있던 거지는 그렇지 못했다.

"크윽! 타주님······."

재빨리 뒤로 돌아가 쓰러진 수하를 일으켜 세운 진곡추는 상처가 아주 깊다는 걸 한눈에 알 수 있었다. 화살은 수하의 등 깊숙이 박혀 있었던 것이다.

"힘내라. 마을로 돌아가서 치료해 줄 테니 말이야."

"저, 저는 괜찮습니다. 동료들을…, 동료들을 먼저……."

진곡추는 수하를 업고 마을 안쪽으로 죽을힘을 다해 달려갔다. 이따금씩 적의 화살이 등 뒤로 날아오는 게 느껴질 때마다 돌아서며 쳐 내긴 했지만, 마을에 도착할 때까지 화살 한 대 맞지 않고 있다는 건 정말이지 자신이 생각해도 기적에 가까운 일이었다.

"이제 조금만 참으면 돼!"

화살이 날아오기 힘든 담벼락 뒤쪽에 도착한 진곡추는 재빨리 수하를 내려놨다. 그리고 응급처치를 하려던 그의 몸이 흠칫 굳었다. 수하의 등에는 화살이 몇 대 더 박혀 있었고, 이미 숨이 끊어졌다는 걸 깨달았기 때문이다.

"이런 빌어먹을 새끼들!"

진곡추는 이를 갈며 봉을 꽉 움켜잡았다. 하지만 적들을 향해 달려가지는 않았다. 혼자서 달려가 봐야 놈들의 화살에 꼬치가 될 게 뻔했으니까. 지금은 딴 생각 하지 않고 마을을 관통해 남쪽으로 달려 내려가는 게 최선책이다. 그쪽에는 아직 죽지 않고 살아 있는 수하들이 있을 테니까.

진곡추가 도착했을 때, 그곳에는 수많은 거지들의 시체가 곳곳에 널브러져 있었다.

"이, 이럴 수가……."

진곡추는 무너지듯 땅바닥에 주저앉았다. 그의 눈에는 이내 닭똥 같은 눈물이 흘러내렸다. 단 한 번의 오판으로 인해 형제와 자식과도 같았던 동문들이 떼죽음을 당한 것이다. 그는 그것이 너무나도 안타까웠다.

이때 어디선가 화살 한 대가 무시무시한 파공성을 흘리며 진곡추를 향해 날아왔다. 이미 이성을 상실한 진곡추는 화살을 막을 생각도 하지 못했다.

순간 패력검제가 손을 뻗어 그 화살을 가볍게 잡아 냈다. 놈들은 영악하게도 패력검제를 향해 화살을 날리지는 않았다. 처음에 갑작스럽게 접전이 벌어졌을 때만 해도 그가 누군지 확인하지 못하고 다짜고짜 화살을 날려 댔지만, 그들도 이제 아는 것이다. 그때 봤던 화경급 고수가 바로 이 사람임을 말이다.

"자네, 이들의 죽음을 의미 없는 것으로 만들고 싶은가?"

갑작스런 물음에 진곡추는 멍한 눈으로 패력검제를 바라봤다.

"전체적인 계책을 어떻게 세운 것인지 노부는 잘 모르겠으나, 이렇게 세(勢)를 분산한 건 단 한 명이라도 적의 저지선을 돌파하기를 바랬던 게 아니었나? 그런데 자네는 처음의 목적을 잃어버리고, 헛되이 목숨을 버리려 하고 있으니 이해하기 힘들구먼."

이를 갈며 진곡추는 주먹을 꽉 쥔 뒤 땅바닥에서 벌떡 일어섰다. 그가 적들을 향해 막 달려가려는 순간, 패력검제의 손이 그의 어깨를 꽉 잡았다.

"노부가 길을 열 테니, 자네는 뒤를 따르게."

그 말이 채 끝나기도 전에 패력검제의 신형은 무시무시한 속도로 적들을 향해 달려갔다. 진곡추에게 있어서 말로만 들어왔던 화경이란 경지가 얼마나 무시무시한가를 몸소 깨닫게 해 주며…….

이진덕이 지휘하는 212조는 개방도들의 희생을 발판으로 간신히 탈출에 성공했다. 워낙 촘촘하게 포위망을 구축해 놓은 상태라, 개방도들이 그들의 이목을 끌어 주지 않았다면 탈출 자체가 불가능했을지도 모른다.

그들은 그곳에서 가장 가까운 무영문의 비밀 분타로 이동하는 즉시 총단을 향해 보고서를 날렸다. 그리고 그 전서를 해독한 추밀단에서는 작은 소란이 벌어졌다. 212조가 생각지도 못한 대어를 건져 냈기 때문이다. 추밀단주는 그 정보를 즉각 태상문주와 문주에게 알렸다.

* * *

이곳은 대송제국 황도 남경. 무영문의 남경분타주는 허겁지겁 걸음을 옮겼다. 문주를 수신인으로 하는 총단에서 띄운 전서가 방금 전에 도착했기 때문이다.

"계시느냐?"

왕 타주의 질문에 경비 무사는 낮은 어조로 대답했다.
"창(敞) 선생과 환담을 나누고 계십니다."
창 선생이라면 비영단주를 칭하는 은어였다.
"그래?"
평상시라면 그냥 돌아갔겠지만, 이번은 경우가 다르다. 전서구가 가져온 대롱에 찍힌 문장은 특1급을 나타내고 있다. 즉시 문주에게 전달해야만 했다. 문주가 임시로 기거하고 있는 방에 다가가자 도란도란 얘기를 나누는 목소리가 들려왔다.
"황성사에서 문주님을 만나고자 하는 이유는 뻔하지 않습니까?"
"아무래도 만나보는 게 좋겠지요. 아직은 이용 가치가 있으니까요."
"그래도 문주께서 직접 가실 필요까지는 없다고 생각합니다."
중후한 음성의 주인공은 비영단주의 것이었다. 여기까지 정감 있게 말하던 비영단주의 목소리가 갑자기 차가워졌다.
"무슨 일인가?"
아직 문을 연 것도 아니건만, 왕 타주는 납쭉 고개를 조아리며 대답했다.
"총단에서 전서가 도착했습니다."
"들어오게."
"예."
왕 타주는 자신의 무례를 사죄한 후, 방금 전에 도착한 급전을 문주에게 건넸다. 전서의 등급은 특1급. 남경분타 내에서는 그 누구도 전서를 해독할 수 없었다.

왕 타주가 다시 고개를 조아린 뒤 밖으로 나가자, 문주는 비영단주의 호기심 어린 시선을 받으며 전서가 담긴 대롱을 개봉했다.

전서의 내용은 아주 놀라운 것이었다. 특1급이라는 등급이 붙여졌다는 게 전혀 이상하지 않을 정도로.

문주는 전서를 비영단주에게 건네주며 말했다.

"아주 재미있는 정보로군요."

문주에게서 전서를 받아든 비영단주의 눈매가 매섭게 빛났다. 이게 사실이라면, 이 정보는 천금(千金)의 가치를 지니고 있었다. 문제는 이 정보를 알고 있는 자들이 너무 많다는 것이다.

"개방을 배제하는 건 어떻겠습니까?"

"……."

대답은 안 했지만 문주의 표정을 보니 자신의 제안에 구미가 당기는 모양이었다. 이 정보를 혼자서 독식할 수만 있다면, 무림맹으로부터 엄청난 대가를 뽑아낼 수 있을 게 분명했으니까.

"완벽하게 처리할 수 있을까요?"

완벽한 처리라는 말에 비영단주는 멈칫했다. 그게 쉬운 일이 아니었기 때문이다. 무엇보다 변수가 너무 많았다. 머릿속으로 빠르게 모든 가변 요소들을 검토해 본 비영단주는 가볍게 고개를 끄덕였다.

"충분히 가능할 것 같습니다. 이런 좋은 기회를 그냥 놓치기에는 너무 아깝다는 생각이 듭니다. 더군다나 이진덕 조장의 보고대로라면 212조가 무사히 그곳을 탈출했다는 것 자체가 천행이라고 할 정도로 운이 좋았습니다. 만약 미끼가 되어 준 개방도들이 없었다면 탈출조차 불가능한 상황이었을 테지요. 제 판단으로는 그곳에서 살아서 탈출한 사람은 단 한 명도 없을 거라고 생각합니다."

확신하듯 말하는 비영단주의 말투에 문주는 가볍게 놀라는 눈치였다. 언제나 신중하던 비영단주가 이렇게까지 말하는 것이 드물었기 때문이다.

"이진덕 조장을 상당히 신뢰하시나 보군요?"

"겉보기와는 달리 화술도 뛰어날 뿐만 아니라, 아주 용의주도한 녀석입니다. 무엇보다 아무리 사소한 것조차도 허투루 여기지 않고, 그 이면을 꿰뚫어보는 선천적인 재능을 타고 났지요. 그 정도 나이에 조장에 임명된 사람도 그리 많지 않습니다."

이진덕의 성격을 잘 알고 있었던 비영단주는 그의 보고를 완벽하게 신뢰했다. 그렇기에 그는 보고서 중간에 등장하는 가짜 패력검제 따위는 아예 신경조차 쓰지 않았다.

잠시 고민하던 문주는 몇 가지 우려되는 점을 말했다. 비영단주가 그토록 신뢰하는 사람인 만큼, 그의 보고서가 틀림없다는 가정하에 이런저런 생각을 해 본 것이다.

"하지만 부상자들은 물론이고, 마을 여기저기에 비표들을 남겨 뒀다고 하는데, 모두 찾아 없앨 수 있겠어요? 만약 이진덕

조장이 개방도들이 어디에 비표를 숨겨 놨는지 모르고 있다면? 그리고 만에 하나라도 그 비표들 중 하나가 개방도들의 손에 들어간다면……?"

그렇다면 자칫 개방과의 무력 충돌로 이어질 위험이 너무 컸다. 하지만 비영단주는 별것 아니라는 듯 미소 지으며 대답했다.

"그런 걱정은 하실 필요가 전혀 없습니다."

비영단주는 슬쩍 문주에게 조금 더 다가앉으며 낮은 어조로 말했다.

"마교 놈들은 212조가 탈출에 성공했다는 걸 아직까지 모르고 있을 겁니다. 그렇다면 그들은 마을에 남아 있는 개방의 부상자들과 비표들을 찾아내어 모든 흔적을 지워 버린 뒤 최대한 빨리 그곳에서 벗어나려 할 겁니다. 그럼 우리는 놈들이 떠난 뒤 혹시라도 남아 있을 수 있는 흔적들만 없애버리면 되지 않겠습니까. 설혹, 나중에 개방에서 그 마을에서 벌어졌던 일에 대해 뭔가 눈치를 챘다고 하더라도 모든 혐의는 흑살마왕 쪽에서 뒤집어쓰게 되겠지요."

비영단주의 말에 문주는 구미가 당기지 않을 수 없었다. 잠시 궁리하던 문주는 곧 고개를 가로저었다. 교주와 무림맹 간의 중계를 통해 무영문 역사상 최대의 이익을 볼 수 있는 건이 이제 막 성사되려는 시점에, 이런 것에 신경을 분산시키고 싶지 않았기 때문이다.

"아깝기는 하지만 차라리 최대한 빨리 무림맹에 알리는 게 좋겠어요. 지금은 교주와의 건에 무영문의 전력을 기울여야 할 시기라고 생각되어지는군요."

"그러지 마시고 태상문주님께 먼저 여쭈는 게 어떻겠습니까? 아무런 대가도 없이 맹에 넘기기에는 너무나도 아까운 정보이기에 드리는 말씀입니다."

노회하기 그지없는 옥화무제라면 이 상황에서 무영문이 최대한 이익을 볼 수 있는 방법을 생각해 내리라는 굳은 믿음의 말이었다. 문주 역시 비영단주의 마음과 같았기에 미소를 지으며 고개를 끄덕였다.

"그렇게 하세요."

"그렇다면 지금 당장 수하들을 출발시키는 게 좋겠습니다. 거기까지는 워낙 먼 거리니까요."

옥화무제의 허락이 떨어지면 곧장 우이 마을로 달려가 모든 걸 처리해야 한다. 하지만 그곳까지의 거리가 먼 만큼, 나중에 철수시키는 한이 있더라도 먼저 부하들을 출동시키겠다는 말이었다.

"하지만 조심하도록 하세요. 이게 외부에 밝혀지게 된다면, 개방과 아주 껄끄러운 관계가 될 수밖에 없으니까요."

"핫핫! 말씀대로 하겠습니다. 너무 걱정하지 마십시오."

조심스런 문주의 말에 비영단주는 너털웃음을 터뜨리며 호탕하게 대답했다. 비영단주는 밑바닥에서부터 온갖 험한 일들을 처리하며 성장해 이 자리에까지 선 사람이다. 당연히 옥화무제의 딸로서 곱게 곱게 성장한 문주와는 그 배짱부터가 다른 것이다.

이게 다 너 때문이야!

DARK STORY SERIES Ⅲ

25

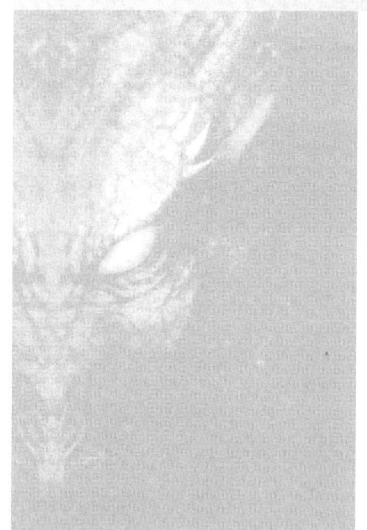

속고 속이고

"크아아악!"

너무나도 끔찍한 악몽에 독두개는 비명을 지르며 자신도 모르게 벌떡 일어서려 했다. 하지만 온 몸이 찢어지는 듯한 통증에 자신도 모르게 신음성을 흘리며 윗몸을 일으키는 것조차 포기해야만 했다.

"여, 여기는……. 어디지?"

빠르게 주위를 둘러본 그는 자신이 꽤 근사한 침상에 누워있다는 걸 깨달았다. 방금 전까지 형틀에 매여 지독한 고문을 당했던 것 같았는데……. 그게 모두 꿈이었나? 몸이 아픈 상태에서 악몽까지 뒤섞이자 독두개의 머릿속은 혼란스럽기만 했다. 마치 아편이라도 한 듯 왠지 몽롱하면서도 어질어질한 것이 도저히 정상적인 생각을 이어 갈 수가 없었다. 어디까지가 꿈이고, 어디까지가 현실인 건지 모든 게 불분명했다.

그 와중에도 독두개가 분명하게 인지하고 있었던 사실 한 가지는, 지금 자신이 있는 곳이 개방의 분타들 중 하나는 절대로 아니라는 점이다. 다 쓰러져 가는 폐가(廢家)를 애용하는 개방의 분타에 이렇게 좋은 방이 있을 리 없으니까. 그러다 자신이 황성사의 고문 기술자에게 끔찍한 고문을 당했다는 것을 간신히 기억해 낼 수 있었다.

"감옥? 하지만 여, 여기는 아무리 봐도 감옥인 것 같지는……?"

그는 재빨리 몸속의 기를 움직여 봤다. 일단 내공이라도 쓸 수만 있다면, 최악의 경우 자살이라도 할 수 있을 테니까. 하지만 혈도를 제압당했는지 단전에는 실낱같은 기운조차 모이지 않았다.

독두개가 기를 쓰며 제압당한 혈도를 풀어보려 애쓰고 있을 때, 갑자기 방문이 열리며 의생인 듯 보이는 중년인이 들어왔다. 독두개는 재빨리 눈을 감았다. 현 상황이 어떻게 돌아가고 있는 건지 파악하기 위해서는 자신이 의식을 되찾았다는 걸 상대편에게 알리고 싶지 않았던 것이다. 그리고 그편이 탈출하기도 용이하리라.

중년인은 독두개를 진맥한 다음 이불을 들쳤다. 독두개의 몸에는 수많은 상처가 여기저기에 나 있었지만 생명을 위협할 정도로 깊은 상처는 하나도 없었다. 중년인은 상처를 감싸고 있던 면포들을 벗겨 낸 다음, 새로이 약물을 바르고 깨끗한 면포로 다시 감싸 주었다.

중년인이 치료에 열중하고 있을 때, 다시 문이 열리는 소리가 들리더니 중후한 사내의 음성이 들려왔다. 독두개는 사내의 정체가 궁금했지만 눈을 뜰 수는 없었다. 들킬 가능성이 있었기 때문이다.

"몸 상태는 어떤가?"

"예. 대단한 실력자에게 고문을 당했다는 게 오히려 행운이었습니다. 극심한 고통을 당했을지는 몰라도, 신체적인 손상은 극히 미미한 수준이니 말입니다. 아마, 오늘 안으로 깨어날 테니 조장께서 걱정하실 필요까지는 없겠군요."

"잘됐구먼."

잠시 침묵이 이어지더니 조장이라 불린 사내의 음성이 다시 들려왔다.

"환자가 정신을 차리면 곧바로 내게 기별을 해 주게."

"예."

독두개는 자신에게 주어진 시간 여유가 그리 많지 않다고 생각했다. 이곳이 어딘지는 모르겠지만, 형부의 눅눅한 감옥에서 다른 곳으로 옮겨진 것은 분명했다.

'그렇다면 여기가 황성사란 말인가?'

그렇게 밖에는 생각할 수 없다. 아무리 기억을 되새겨 봐도 놈들이 원하는 걸 해 주지는 않은 것 같았으니까. 아마 놈들은 고문이 통하지 않자, 자신을 황성사로 끌고 온 모양이었다. 형부보다는 그쪽이 훨씬 더 다양한 고문 도구들이 갖춰져 있을 건 자명한 사실이니 말이다.

그 사람 같지도 않았던 놈의 기억이 떠오르자 독두개의 온몸에는 소름이 확 돋았다. 뼛속 깊은 곳까지 고통과 두려움이 각

인되어 있을 정도로 놈의 고문은 지독했다. 만약 또다시 그놈에게 고문을 당한다면, 이번에는 버틸 수 없을지도 모른다는 두려움이 그의 뇌리를 지배했다. 어쩌면 지금 이렇게 치료를 해 주는 것이 이번에는 방법을 바꿔 약물로 자신을 마음대로 조종할지도 모른다는 생각마저 들었다.

중후한 음성의 사내가 밖으로 나가고, 의생인 듯한 중년인 혼자만 방에 남았다. 그마저도 밖으로 나가기를 간절히 원했지만, 그는 전혀 밖으로 나갈 생각이 없는 듯했다. 차가운 물수건으로 독두개의 몸을 닦아 주기도 하고, 뭘 하고 있는지는 모르겠지만 한 번씩 그의 몸 여기저기를 더듬는 게 느껴졌다.

중년인의 눈치를 살피며 기회를 노리고 있던 독두개는 더 이상 참지 못하고 행동을 개시했다. 내공을 사용할 수는 없었지만, 그래도 아예 움직이지 못하는 것은 아니다. 의생이 또 뭔가를 하기 위해 그에게 바싹 접근했을 때, 독두개의 상체가 번개처럼 움직였다.

"끄윽!"

순간적으로 독두개에 의해 목이 졸린 중년인은 끅끅거리는 소리를 토해 내며 버둥거렸지만, 더 이상의 행동은 하지 못했다. 얼마 지나지 않아 그의 움직임이 둔해지더니, 곧이어 축 늘어졌다.

독두개는 중년인의 숨이 끊어지기 직전에 손에서 힘을 뺐다. 이유가 어찌 되었건 간에 자신을 치료해 준 사람인 만큼, 죽이고 싶지는 않았던 것이다.

그는 의생이 가지고 있던 보따리를 뒤지기 시작했다. 샅샅이 뒤졌지만, 아쉽게도 그가 원하는 걸 찾지는 못했다.

"젠장, 무슨 놈의 의생이 칼 한 자루도 안 가지고 다녀."

방 안을 살피던 독두개는 투덜거리며 침상 위에 놓여 있던 면포들을 묶어서 길게 하나로 연결했다. 면포 세 개를 묶으니 자신이 원하는 길이만큼은 되었다. 그걸 손에 들고 독두개는 천장을 두리번거리며 뭔가 걸 만한 자리가 있는지 살폈다. 곧이어 그는 자신이 원하는 걸 찾아낼 수 있었다.

"한창때는 싸우다 죽는 걸 꿈꾼 적도 있었지. 하지만…, 젠장! 서까래에 목매달고 죽을 팔자였을 줄이야."

그로서는 이게 최선의 선택이었다. 여기가 어딘지도 모르는 판에 탈출을 감행한다는 건 어불성설(語不成說)이다. 몇 발자국 채 나가지도 못해서 곧바로 붙잡힐 게 뻔했다. 그리고 그 다음에는 두 번 다시 이런 기회가 오지 않으리라.

의자 위에 올라선 독두개는 서까래에 매단 면포에 목을 걸었다. 이제 의자를 발로 밀치기만 하면 이 세상을 하직하게 되리라. 하지만 그는 마지막 행동을 하지 못하고 계속 머뭇거렸다. 그라고 해서 이렇게 허무하게 죽고 싶겠는가.

"교주! 이 개새끼! 이게 다 너 때문이야!"

남경분타주로 있으면서 배 두드리며 편안히 잘 먹고 잘살았던 독두개였다. 그런데 그놈의 교주 놈 때문에 이렇게 인생이 확 꼬여 버린 것이다. 자살을 하기 전, 자신이 알고 있는 모든 욕설을 교주에게 퍼붓던 독두개는 이를 뿌드득 갈며 의자를 발로 차 버렸다. 잠시 허공에서 버둥거리던 독두개의 두 다리가 얼마 시간이 채 지나기도 전에 축 늘어졌다.

*   *   *

"지급(至急)으로 도착한 전문입니다."
문관 한 명이 헐레벌떡 달려 들어오며 전서 한 장을 내밀었다. 전서에는 총관을 수신인으로 지정하고 있었으며, 수신자 외에 그 누구도 암호를 해독하지 말 것을 경고하는 표시가 되어 있었다.
보통 외부에서 날아오는 전서들은 모두 다 추밀단으로 보내져 해독된다. 정보를 수집하는 비영단(秘影團)과 그 정보를 해독하는 추밀단(諏密團)의 2원적 체계로 만들어진 이유는, 어느 한쪽이 의도적으로 정보를 외곡하거나 차단하지 못하도록 막기 위한 방편이었다.
그런 공식적인 정보 이동의 체계를 무시했다는 것은, 그만큼 이 전서의 내용이 기밀을 요한다는 표시였다. 추밀단에게까지도 숨겨야 할 정도로.
전서는 복잡하기 짝이 없는 암호로 기록되어 있긴 했지만, 총관은 책자 따위에 의지하지도 않고 단숨에 그걸 풀어 냈다. 머릿속에서 내용이 해석되어 나감에 따라 총관의 눈은 놀라움으로 인해 점점 더 커지고 있었다.

"이럴 수가 있나!"

총관은 전서를 꾸깃꾸깃 한 덩어리로 만들어서는 입속에 털어 넣은 다음, 밖으로 나가면서 자신의 수하들에게 말했다.

"약당으로 갈 테니 급한 일이 있다면 그쪽으로 기별을 하도록 해라."

"옛."

총관은 전력을 다해 경공술을 전개해 달려갔다. 하지만 속도는 그리 빠르지 못했다. 오히려 총관보다는 그를 수행하고 있는 두 명의 무사들의 발걸음이 훨씬 더 안정되어 보였다. 그럴 수밖에 없는 게 그는 젊었을 때부터 행정직에 종사해 왔고, 어느 정도 높은 직책에 오른 후에는 너무 바빠서 무공 수련을 할 짬을 내기도 힘들었다. 그가 총관에 임명된 것은 무공 실력이 뛰어나서가 아니라 정보를 처리함에 있어 특출난 능력을 보인 덕분이었다.

"수고가 많구만, 약당 당주."

"총관님이 아니십니까. 정말 오랜만입니다."

병에 걸리지 않는 이상 약당에 올 일은 없다고 봐도 무방했기에 서로 얼굴을 마주하는 건 오랜만이었다.

"차라도 한 잔 드시겠습니까?"

"성의는 고맙지만, 그럴 시간이 없구먼. 내가 당주를 급히 찾은 건 한 가지 물어볼 것이 있어서일세."

"말씀하시지요."

총관은 거의 습관적으로 주위를 쓱 한 번 둘러봤다. 비밀을 요하기 위해 자신을 호위하고 온 무사들은 처음부터 방 밖에서 대기하라고 지시를 내려두었기에 당주의 집무실에는 총관과 약당 당주 단 두 사람뿐이었다.

〈약에 대한 지식이 모자라, 몇 가지 이해할 수 없는 말이 있기에 자네를 찾은 것이네.〉

총관의 전음에 당주는 고개를 끄덕였다.

〈이번에 자네가 파견해 준 의생 있지 않나.〉

〈아, 예. 나이는 젊지만 실력이 아주 뛰어나다는 건 제가 보증하겠습니다.〉

총관은 고개를 끄덕인 다음, 방금 전에 전서에서 봤던 내용을 당주에게 들려줬다. 환자가 목을 맸는데, 마취약의 약효가 남아 있는 상태라는 게 한 가지 희망이라는 것이었다. 그런데 약물에 문외한인 그로서는 목을 매다는 것과 마취약이 무슨 연관을 지니는지 도저히 알 수가 없었다. 그걸 알아야 상관에게 제대로 된 보고를 할 수 있을 게 아닌가. 그래서 체면불구하고 약당으로 달려온 것이다.

당주는 총관의 의문에 이해할 수 있다는 듯 빙그레 웃으며 천천히 설명해 주었다.

〈마취약에는 여러 가지 종류가 있습니다. 그런데 이번 경우는 대상이 죽었다는 착각을 불러일으킬 정도로 전신(全身)에 작용하는 강력한 것이었지요.〉

고문 중의 실수로 독두개가 죽은 것처럼 위장하여 그를 빼냈다는 걸 이미 알고 있었기에 총관은 고개를 끄덕였다.

〈그건 알고 있네.〉

〈이 마취제는 대상이 죽었다는 착각을 불러일으킬 만큼 신체 활동을 극도로 저하시킵니다. 신체 활동이 저하되는 만큼, 신체의 각 부위가 필요로 하는 혈액의 양 또한 현격히 줄어들게 되죠.〉

약당 당주는 손으로 자신의 목을 조르는 것 같은 모양을 취해 보였다.

〈평상시보다 머리 쪽에서 필요로 하는 혈액의 양이 줄어드는 만큼, 여기가 이렇게 꽉 틀어 막혔다고 해도 뇌가 좀 더 버틸 수 있지 않겠습니까?〉

이제야 이해가 가는지 총관은 고개를 주억거렸다.

〈허, 자네 설명을 듣고 보니 상황이 아주 고무적이로구먼.〉

〈그렇게 고무적은 아닙니다. 어찌 되었건 마취약의 기운이 없을 때보다는 상황이 훨씬 좋은 건 사실이겠지요. 환자가 숨은 쉬게 되었다니 다행이기는 합니다만, 그 상태로 영영 깨어나지 못할 수도 있다는 점은 총관께서도 미리 인지하시고 계셔야 할 겁니다.〉

〈영영 못 깨어날 수도 있다고?〉

〈예. 만약 뇌에 충격을 받았다면 그 상태로 계속 누워만 있는 것이죠. 물론 목에 가느다란 관을 박아서 음식물을 조금씩 넣어 주는 등 생명을 유지시키기 위한 여러 가지 기법들이 있긴 합니다만, 그런 것에도 한계는 있습니다. 3개월 이상 생명을 유지시킨 전례는 없으니까요.〉

약당 당주의 집무실을 나선 총관은 이 일을 어찌 처리해야 할지 난감하기만 했다. 한동안 홀로 고민하던 총관은 이 일을 누군가에게 알리는 게 좋겠다고 생각했다. 자기 혼자만 끙끙 앓고 있어 봐야 해결되는 건 전혀 없으니까 말이다. 잠시 고민하며 서 있던 총관은 부문주에게 이 일을 알리고, 조언을 청하는 게 좋겠다고 판단했다. 이번 일을 지시한 것은 태상문주였지만, 지금 그녀는 이곳에 없었기 때문이다.

총관은 먼저 태상문주에게 이번 일의 경과에 대한 간략한 보고서를 전서로 날렸다. 그런 다음 부문주실로 달려갔다.

"기별을 넣어 주게."

집무실 앞에 서 있던 경비무사는 총관의 말에 조심스럽게 입을 열었다.

"지금 안에 상관운 장로께서 와 계십니다."

상관운 장로는 태상문주의 두터운 신임을 받고 있는 실세 중의 한 명이다. 독대를 청한다며 그에게 물러가 달라고 요청한다는 것은 총관으로서도 상당한 부담이었다. 그렇다면 나중에 보고를 올리는 게 좋을까?

잠시 망설이던 총관은 다시금 마음을 잡았다. 아무리 생각해도 지금 당장 부문주에게 보고를 해 두는 것이 좋을 듯싶었기 때문이다. 보고를 하지 않은 상황에서 만약 일이 잘못된다면 혼자 그 책임을 다 덮어쓸 것이 뻔할 테니까.

"기별을 넣어 주도록 하게."

경비무사는 이번에는 주저하지 않고 큰 소리로 외쳤다.

"부문주님, 총관께서 뵙기를 청하고 있습니다."

그러자 안에서 청아한 목소리가 들려왔다.

"들어오라고 하세요."

매영인과 상관운 장로는 다과를 함께 하며 담소를 나누고 있었던 모양이다. 몰래 엿들은 건 아니지만, 이 둘이 지금 무슨 얘기를 나누고 있었는지는 총관도 대충 짐작하고 있었다.

그의 정식 직책은 '무영문 총단 총관'으로, 총단의 각 부서들이 서로 유기적으로 움직일 수 있도록 지원하는 것이다. 각 부서간의 업무를 조정하려면, 그쪽에서 어떤 일을 하고 있는지 모를 수가 없게 된다. 그러다 보니 각 부서를 책임지고 있는 당주나 장로급에 비해 시각의 폭은 더욱 넓었던 것이다.

"잠시 시간을 내주실 수 있겠습니까? 부문주님."

"급한 일인가요?"

"예, 부문주님. 태상문주님께서 지금 무림맹에 가 계신지라…….”

총관은 뒷말을 일부러 어물어물 흐리게 말했다. 하지만 그의 뜻은 매영인에게 정확하게 전달되었다. 태상문주가 직접 관장하던 일인 만큼 특급 정보라는 말이다. 상관운 장로라 하더라도 접근이 허용되지 않을 정도로.

매영인은 상관운 장로의 마음이 상하지 않도록 공손하게 양해를 구했다. 상관운 장로 역시 자신이 들어서는 곤란한 정보라는 걸 눈치 챘는지 별 말 없이 문 밖으로 발걸음을 옮겼다. 상관운 장로가 문 밖으로 완전하게 나간 후에야, 총관은 입을 열었다. 독두개가 자살을 시도했다는 걸 말이다.

"독두개라고요? 어디서 들었던 이름 같은데……?"

총관은 매영인의 기억을 돕기 위해 재빨리 설명했다.

"독두개는 이번에 교주에 의해 벌어진 남경 참사에 연루된 개방의 남경분타주 이름입니다."

"아, 그러고 보니 기억이 나는군요. 형부에 체포되어 조사를 받고 있는 것으로 들었었는데……."

총관은 품에서 문서 몇 장을 내밀며 말했다.

"공식적으로는 황성사에서 파견나온 고문 기술자들에 의해 지독한 고문을 받던 도중 갑자기 숨이 끊어졌다고 기록되어 있습니다."

"그런데요?"

"황성사 측에서도 소중한 포로였던 만큼, 그가 죽을 정도로 무작스럽게 고문했을 리 없지요. 실제로는 그쪽에 잠입하고 있던 우리쪽 요원이 틈을 노리고 있다가 아주 강력한 마취약을 사용하여 그가 죽은 것처럼 꾸민 것이었습니다. 그렇게 하는 게 누구에게도 의심을 받지 않으면서도 그를 구출할 수 있었을 테니까요."

매영인은 고개를 끄덕인 후 말했다.

"그 정도는 말하지 않아도 알 수 있어요. 그런데 왜 그 고생을 하면서까지 독두개를 빼내 온 거죠? 그가 그렇게 이용 가치가 큰 인물이었나요?"

매영인의 의문은 당연했다. 개방에도 무영문의 첩자들이 상당수 활동하고 있다. 그들을 통해서 웬만한 정보는 다 빼낼 수 있는데, 구태여 남경분타주를 포섭한답시고 무리수를 둘 이유가 없는 것이다. 일이 잘못되면 황성사를 적으로 만들 수 있는 위험까지 있는데 말이다.

"태상문주님의 명령이었습니다."

매영인은 의외인 듯 눈썹을 찡그렸다.

"할머니께서?"

"예. 지금 태상문주님께서 출타 중이시기에, 어떻게 대처를 하는 것이 좋을지 달려온 겁니다."

매영인은 고개를 갸웃했다. 아무리 옥화무제의 지시를 통해 구출해 온 인물이라고 하지만, 겨우 남경분타주 따위가 목을 매달았다고 해서 총관이 저렇게 초조한 안색을 할 이유가 없기 때문이다. 뭔가 아직 자신에게 보고 되지 않은 사항들이 있음에 틀림없다. 그리고 그걸 알아야만 자신이 제대로 된 판단을 내릴 수 있으리라.

매영인은 새침한 표정으로 말했다.

"내 조언을 필요로 한다면, 모든 걸 솔직히 말해 주세요. 할머니께서는 그를 어디에다가 쓰려고 데려온 거죠?"

총관은 멈칫했지만, 어쩔 수 없었는지 자신이 아는 바를 모두 실토했다. 사실, 이 부분은 절대로 다른 사람에게 밝혀서는 안 되는 극비 사항이었다. 심지어는 문주에게까지도 비밀로 하고 있을 정도로.

"교주의 요청이 있었습니다. 그를 아무런 흔적도 없이 형부에서 빼내 오라는……."

매영인은 고개를 갸웃하며 중얼거렸다.

"그분이 왜 그런 요청을 한 것인지 도통 알 수가 없군요. 독두개가 그렇게 중요한 인물이었나요?"

"그런 것 같지는 않습니다."

총관은 남경에서 묵향이 독두개를 어떻게 이용해 먹었는지를 자세히 설명했다. 얘기를 듣고 있던 매영인이 문득 입을 열었다.

"죄책감…, 때문일까요?"

총관은 절대로 그럴 리 없다는 듯 고개를 가로저으며 확신에 찬 어조로 대답했다.

"철혈의 세계에서 성장해 온 교주가 죄책감 따위를 가지고 있을 리 없지요. 뭔지는 잘 모르겠습니다만, 아직은 그가 교주에게 필요한 존재이기 때문이 아니겠습니까?"

"흐음, 그렇다면 무슨 일이 있어도 반드시 그를 살려서 교주에게 인계해 줘야 한다는 말이군요."

"예, 부문주님. 교주에게 그가 필요한 존재인 만큼, 태상문주님께서도 이번 일을 처리해 준 이후에 뭔가 큰 대가를 받아 내실 수 있을 거라고 기대하고 계셨습니다. 교주는 지금까지 이런 부탁을 한 적이 단 한 번도 없었거든요."

"할머니께는 연락을 넣었나요?"

"예. 이리 오기 전에 전서를 띄웠습니다."

"그렇다면 할머니께 연락이 오기를 기다…….."

여기까지 얘기하던 매영인은 문득 떠올랐다는 듯 총관에게 말했다.

"지금 당장 교주께 공문을 띄우도록 하세요. 독두개를 구출하기는 했는데, 고문으로 인한 상처가 너무 깊어 그쪽으로 보내 줄 수가 없다고 말이에요. 그를 치료한다는 핑계로 시간 여유를 얻으려면, 최대한 빨리 그분에게 이 사실을 알리는 게 좋겠어요. 며칠 지난 후라면 오히려 의심을 살 수도 있으니까요."

"오, 정말 좋은 계책이십니다. 그렇게 해 놓으면 나중에 독두개가 깨어나지 못한다고 하더라도 변명하기가 훨씬 편하겠군요."

"그 뒤의 일은 할머니의 지시를 따르도록 하세요."

"예, 즉시 양양성으로 전령을 보내도록 하겠습니다."

총관이 나가고 난 후, 매영인은 다시 한 번 총관이 건넨 보고서를 읽어 봤다. 아무리 교주의 요청이었다고는 하지만, 황성사에서 사람을 빼내 오다니. 만약 이 사실이 밖으로 새나 간다면 황성사의 무시무시한 보복을 당할 수도 있었다. 교주야 황실을 두려워하지 않을지 모르겠지만, 무영문은 달랐다.

갑자기 그녀가 들고 있던 문서들이 확 하고 불타오르더니, 순식간에 재가 되어 사라져 버렸다. 그녀가 내공을 끌어올려 태워 버린 것이다.

"죄책감이라……."

매영인의 얼굴에는 씁쓸한 미소가 떠올랐다. 왜 갑자기 그런 생각이 떠올랐던 것일까? 과거 교주의 밑에서 인질로 잡혀 있기까지 했었던 자신이 아니었던가. 그 당시 교주는 정파무림에서 섬서분타를 쳤을 때, 인질들을 일부러 그곳에 남겨 두려고 했었다. 그쪽에서 죽어 버린다면 오히려 정파 쪽에 올가미를 걸기 딱 좋았으니까.

"그래…, 그분은 인정에 얽매이기보다는 실리를 따라 움직이는 사람이었지."

당시 그녀는 마화에게 많은 도움을 받았었다. 하지만 나중에 인질에서 풀려난 후, 더욱 기억에 남았던 사람은 냉혹하기 짝이 없었던 교주였다. 그건 아마도 그녀가 그때까지 살면서 그토록 강렬한 인상을 남긴 사내를 만난 적이 없었던 탓이 컸을 것이다. 사실, 그녀는 그때까지만 해도 남자라는 동물을 하찮은 벌레쯤으로 생각하고 있었던 콧대 높은 아가씨였으니까.

꼬인다, 꼬여

DARK STORY SERIES III

25

속고 속이고

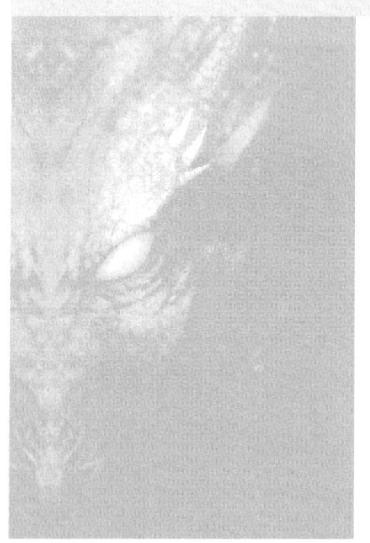

맹주는 뜻밖의 인물이 자신을 찾아왔기에 잠시 어리둥절하지 않을 수 없었다. 양양성 무림인들의 총 책임자인 곤륜무황이 무림맹까지 홀홀 단신으로 달려왔다니. 웬만한 일로는 눈썹 하나 까딱하지 않는 맹주였지만, 수하의 보고를 믿기가 힘들 정도였다.

누군가와 의논이라도 해 본 다음에 만났으면 좋겠지만, 그럴 여유도 없었다. 옥화무제라면 숙소를 정해 주면서 나중에 시간이 날 때까지 기다려 달라고 해도 상관없겠지만, 곤륜무황은 그렇게 취급할 수 있는 대상이 아니었다. 그는 누가 뭐라고 해도 정파 최고의 배분을 지닌 3황 중 한 명이었으니까.

"어서 들어오시라고 하게."

서로 간에 정중한 인사가 오간 다음, 맹주는 자리를 권했다.

"무슨 문제라도 있으시오이까?"

"맹주께 한 가지 상의드릴 일이 있어서 이렇게 달려왔소이다."

"허허, 무슨 일 때문에 그러시는지는 모르겠지만 기탄없이 말해 주시구려. 노부가 해 드릴 수 있는 거라면 모든 지원을 아끼지 않겠소이다.”

"혹, 마교에서 제안이 있었지 않았습니까?”

설마 곤륜무황의 입에서 교주 얘기가 나올 거라고는 생각지도 못한 맹주였다. 그의 얼굴이 일순 딱딱하게 굳었지만, 곤륜무황은 개의치 않고 말을 이었다.

"길게 얘기하지는 않겠소이다. 교주가 그토록 숙이고 들어왔는데도 불구하고, 그런 말도 안 되는 조건을 내거신 이유가 뭡니까? 그의 청을 거절하실 생각이십니까?”

말도 안 되는 조건이라는 말에 맹주는 고개를 갸웃하지 않을 수 없었다. 자신은 분명 옥화무제에게 교주의 청을 허락하겠다고 답을 했는데, 이게 무슨 아닌 밤중에 홍두깨라는 말인가. 그렇기에 맹주는 불쾌한 음색으로 대꾸했다.

"허허, 대체 무슨 말씀을 하시는지 잘 모르겠소이다.”

"모르겠다니요? 교주의 제안을 들어 주는 조건으로 지금껏 마교에서 약탈해 간 모든 무공비급의 원본을 돌려 달라고 하셨지 않소이까? 그것은 빈도가 생각해도 너무 지나친…….”

하지만 곤륜무황의 말은 더 이상 이어지지 않았다. 자신의 말에 어리둥절하게 바뀐 맹주의 얼굴을 봤기 때문이다.

맹주는 어이없다는 듯 반문했다.

"허허, 거참. 노부가 약탈해 간 비급을 몽땅 다 돌려 달라고 했다고요?”

"그렇소이다.”

"대체 그런 소문은 누구에게 들었소이까? 혹, 교주가 그딴 소리를 합디까?"

곤륜무황은 그렇지 않다는 듯 고개를 저으면서 입을 열었다.

"그건 아니오이다. 현재 양양성을 책임지고 있는 관지 장로라는 인물이 교주의 친필 서한을 가지고 와서 빈도에게 하소연하더군요. 맹주의 처사가 너무 심하다고 말이오."

그렇다면 믿지 않을 수가 없었다. 장로급 되는 인물이 교주를 사칭해 허튼짓을 할 리가 없지 않은가. 더군다나 이런 중대한 사안을 가지고 말이다.

맹주는 수염을 손가락으로 꼬며 난처한 듯 중얼거렸다.

"허~, 그것 참……."

"왜 그러시오?"

어이가 없는지 몇 번 헛웃음을 흘린 맹주는 재촉하듯 대답을 요구하는 곤륜무황의 질문에 천천히 입을 열었다.

"아무래도 옥화 봉공께서 장난을 좀 치신 모양인데……. 그거 참…, 이걸 어떻게 해석해야 할지……."

"갑자기 옥화무제가 여기에 거론되는 이유가 뭔지 궁금하외다."

"교주가 협상을 위해 대리인으로 내세운 사람이 그녀이기에 그렇소. 봉공은 교주가 이번 일을 해 준다면, 지금껏 마교에서 노획해 간 모든 무공비급의 사본을 제공하겠다는 제안을 했다고 했소이다. 절전된 것도 있겠지만, 아주 오래전에 제작된 각 무공의 초기형까지도 알 수 있는 귀중한 자료가 아니겠소? 이런 제안을 어찌 노부가 마다할 수 있단 말씀이오. 곧바로 장로회의를 열어 만장일치로 통과시켰소이다."

자신이 들었던 바와는 전혀 다른 맹주의 답변에 곤륜무황의 안색이 살짝 바뀌었다.

"그게 사실이오?"

"지금 밖으로 나가서 아무 장로나 붙잡고 물어보면 금방 들통 날 일인데, 왜 내가 그대에게 거짓말을 한단 말이오? 한 치의 거짓도 없는 사실이외다."

곤륜무황은 인상을 찡그리며 중얼거렸다.

"그렇다면 옥화무제가 교주에게 그렇게 전한 이유는 뭘까요? 설마…, 그녀가 이번 계책이 성사되지 못하도록 중간에서 이간질을 하는 건 아닐 테고……?"

심각한 곤륜무황과 달리 맹주는 별것 아니라는 듯 말했다. 교활하기 짝이 없는 그녀와 오랜 세월 상대하다 보니 이 정도쯤이야 애교 정도로 받아들일 수 있다는 듯이.

"어쩌면 협상의 방편일 수도 있겠지요. 처음부터 교주에게 절전된 무공의 사본을 돌려 달라고 한다면 교주가 바로 응하겠소? 가장 뛰어난 무공들 중 일부는 빼 버리려고 하겠지요. 그런 만큼 처음에 원본을 달라고 했다가 사본 쪽으로 후퇴한다면, 교주에게 생색은 생색대로 낼 수 있으면서도, 한편으로는 무림맹에는 엄청난 이익을 안겨 줄 수 있다는 생각이었겠지요."

충분히 말이 되었기에 곤륜무황은 어처구니없다는 표정을 지었다. 자신은 그 말만 믿고 양양성에서 여기까지 죽어라 달려오지를 않았는가. 그런데 알고 보니 옥화무제의 협상 전략에 교주만이 아닌 자신까지 놀아난 꼴이 된 것이다.

입맛이 썼던 곤륜무황은 연신 헛웃음만을 흘리며 채 말을 잇지 못했다.

"허허, 그거 참······."

"혹시 교주를 만나 이 얘기를 해 주실 생각이신 게요?"

맹주의 물음에 곤륜무황은 빙그레 미소 지으며 대답했다.

"당연히 해야지요."

그러자 맹주는 고개를 저으며 입을 열었다.

"그렇게 하신다고 해서 좋을 건 없다고 생각되는구려. 교주와 친밀한 관계를 구축하고 있는 건 그녀밖에 없지 않소. 만약 교주가 그녀에게 속은 걸 알고, 그녀를 아예 내쳐 버린다면 곤란한 건 이쪽이라는 말이오."

"물론 그 정도는 알고 있소이다. 그래도 여기까지 달려왔으니 교주에게 생색은 내야 하지 않겠소?"

씨익 미소 짓는 곤륜무황을 보며, 맹주는 변방의 산골짜기에 파묻혀 살긴 하지만 그가 결코 사고가 편협되지 않았다는 생각을 했다.

"그렇다면 말을 맞춰야 하지 않겠소? 옥화 봉공에게도 기별을 넣어 줘야 할 테고······."

말을 맞출 것도 없다는 듯 곤륜무황은 시원스럽게 대답했다.

"1시진 정도 빈도와 언쟁을 한 결과, 사본 정도로 합의를 본 것으로 합시다.”

곤륜무황의 말을 잠시 생각해 보던 맹주가 문득 말했다.

“대신 조건이 있소이다.”

“뭡니까?”

“곤륜파의 비급이야 교주에게 넘겨받더라도, 나머지는 본맹에 직접 넘겨 달라고 전해 주셨으면 하오.”

그제야 맹주의 말을 이해할 수 있다는 듯 곤륜무황은 빙그레 웃으며 입을 열었다.

“흐음…, 맹주께서는 그녀의 목적이 바로 그거라고 생각하시는 모양이구려.”

맹주는 정색을 하고 대답했다.

“노부는 봉공이 본맹의 이익을 위해 그토록 큰 모험을 감행하고 계신 거라고는 생각하지 않소이다.”

고개를 끄덕이던 곤륜무황은 맹주를 향해 제안을 하나 했다.

“그렇다면 차라리 노부가 교주와 만난 김에 이번 사안에 대해 깔끔하게 담판을 지어 버리는 편이 낫지 않겠소이까?”

잠시 생각을 하던 맹주는 환한 웃음을 지으며 고개를 끄덕였다.

“허허, 무황께서 그렇게만 해 주신다면 더 바랄 나위가 없겠지요. 그럼 수고를 좀 해 주시겠소이까?”

속에 몇 마리의 능구렁이가 들어 있는지 알 수가 없는 옥화무제보다야, 오랜 세월 동안 같은 정파의 일원으로 지내온 곤륜파의 곤륜무황이라면 맹주 역시 안심이 됐다. 그렇기에 가능하다면 곤륜무황이 교주와의 연결 고리가 되는 것을 원한 것이다. 물론 옥화무제로서는 뒷골을 붙잡고 뒤로 넘어갈 일이겠지만…….

* * *

옥화무제는 묵향이 있는 곳에서 가장 가까운 위치에 있는 무영문의 분타에 기거하고 있는 중이다. 적절한 순간을 노려 묵향을 만나려면 이게 편하다고 생각했기 때문이다. 그녀는 지금 일부러 시간을 끌고 있는 중이었다. 너무 빨리 묵향에게로 가면 그가 의심할 가능성이 있었다. 맹주와 오랜 시간 협상해서 겨우 양보를 얻어 냈다는 식의 공치사를 받으려면, 아무래도 상대방의 애를 바싹바싹 태우는 게 좋았다. 그래야 교주도 흔쾌히 자신이 내건 조건을 수락하게 될 테니까.

협상을 중개해 준 대가로 교주에게 어떤 걸 요구하는 게 좋을까 상상하는 것만으로도 그녀의 얼굴에는 미소가 떠올랐다. 그동안 노획한 무공비급의 사본까지 넘겨줄 정도니, 그녀에게도 분명 아주 화끈한 대가를 지불할 게 틀림없다.

"뭐라고 서두를 꺼낼까? 당신이 고마워하는 마음을 표현해 줘요? 아냐. 그건 너무 밋밋해."

이때, 갑자기 밖에서 문 두드리는 소리가 들려왔다.

"태상문주님. 속하, 최창이옵니다."

"들어오세요."

문을 열고 조심스럽게 최창 분타주가 들어왔다.

"무슨 일이지요?"

"본문에서 급전이 도착했사옵니다."

옥화무제는 분타주가 건네는 작은 대롱을 받아들었다. 대롱에는 특1급의 문장이 찍혀 있었다. 옥화무제는 서둘러 대롱을 개봉하고, 전서를 읽어 내려갔다. 난해하기 짝이 없는 암호문이 그녀의 머릿속에서 서서히 해독되었고, 그녀의 눈에는 놀랍다는 빛이 떠올랐다.

212조장 이진걸의 보고서를 읽으며, 그녀는 개방에도 제법 뛰어난 인물들이 있다는 걸 깨달을 수 있었다. 물론, 그녀의 수하들에 비하면 훨씬 급이 떨어지지만. 하지만 획득한 정보를 상부에 전달하기 위해 어떤 희생이라도 불사하는 그들의 모습에 옥화무제가 감명을 받은 건 사실이다.

"개방도 제법이로군."

이때, 밖에서 또다시 가볍게 문 두드리는 소리가 들려왔다. 분타 내에서 그녀를 만날 수 있을 정도의 위치에 있는 것은 겨우 분타주 정도다. 그렇기에 이 문 두드리는 소리는 분타주를 찾는 것임에 틀림없었다.

그걸 잘 알기에 옥화무제 옆에서 조용히 시립해 있던 분타주의 인상이 왈칵 일그러졌다. 태상문주님을 만나는 중인데 감히 그걸 방해하는 놈이 있다니. 잠시 실례하겠다는 말도 못 하고 그저 눈치만 살피고 있을 때, 옥화무제의 말이 들려왔다.

"뭘 하고 있죠? 최 타주를 찾는 모양인데, 나가 보세요."

"송구하오나, 잠시 실례하겠사옵니다."

잠시 수군거리는 소리가 들려오더니 분타주가 허겁지겁 다시 들어왔다.

"맹에서 이게 도착했다고 하옵니다."

방금 전에 분타주가 들고 들어왔던 것과 같은 모양의 대롱이었다. 특3급의 인장이 찍혀 있었지만, 발신처가 무림맹이었기에 그녀는 황급하게 봉인을 뜯고 전서를 읽기 시작했다. 무림맹에 파견되어 있는 지부장이 발신할 수 있는 최고의 비밀 등급이 특3급인 만큼, 아주 중요한 내용일 가능성이 컸기 때문이다.

옥화무제는 분타주에게 명령했다.

"지금 당장 맹에 갈 수 있도록 준비를 해 주세요."

"옛, 태상문주님."

분타주가 밖으로 달려나간 후, 옥화무제는 고개를 갸웃하며 중얼거렸다.

"맹주가 왜 나를 보자는 거지?"

교주와의 협상에 대한 맹주의 허락은 이미 떨어진 상태였다. 맹주가 자신을 찾는 것은 그 외에 다른 일거리가 생겼다는 뜻일 텐데, 옥화무제로서는 아무리 머리를 쥐어짜 봐도 자신을 급히 찾을 만큼 화급한 사안은 떠오르는 게 없었다.

옥화무제를 태운 마차가 무림맹에 도착한 것은 석양이 질 무렵이었다. 날이 늦었기에 그녀는 이튿날 맹주를 만나보고 싶다는 청을 넣을까 하다가, 저쪽에서 급히 찾았던 터라 곧바로 청을 넣었다. 정말 급한 일이라면, 아무리 늦은 시간이라도 맹주는 자신을 만나려고 할 게 분명했기 때문이다. 그리고 예상했던 대로 그녀는 곧장 맹주에게로 안내되었다.

"어서 오시구려, 옥화 봉공."

"급히 저를 찾으셨다면서요?"

"그렇소. 자, 앉으시구려."

맹주는 자리를 권한 후, 급히 그녀를 찾은 것 치고는 너무나도 여유로운 표정으로 말했다. 그렇기에 옥화무제는 맹주가 왜 자신을 급히 찾은 것인지에 대한 궁금증이 더욱 커져만 갔다.

"허허, 봉공께서 바쁜데 뵙자고 청한 건 아닌지 모르겠구려."

"안 그래도 이 근처에 올 일이 있었던 참이었으니, 그리 걱정하실 필요는 없으십니다."

"일이 있으셨던 게로구려. 그래, 언제 출발하시려고?"

"내일 오전에 출발할 예정이에요."

"그럼 좋은 용정차가 새로 들어왔는데, 다향을 맡으며 담소를 나누는 게 좋지 않겠소?"

그녀의 속이 궁금증으로 새까맣게 타 들어가는 걸 즐기며, 맹주는 이런 저런 쓸데없는 대화로 시간을 끌었다. 그게 맹주 나름대로의 복수였으니까. 그녀가 맹주에게 질문을 던질 만한 여유를 얻을 수 있었을 때는, 그 망할 용정차를 한 모금쯤 마신 후였을 때였다.

"그런데 무슨 일로 저를 급히 찾으셨는지……?"

"흠, 서신으로 전해도 큰 무리는 없는 일이겠으나, 그렇게 하는 건 지금까지 수고를 하신 봉공에 대한 예의가 아닌 듯하여 부른 것이외다."

말을 듣던 옥화무제는 고개를 갸웃하며 되물었다.

"예의가 아닌 것 같다니요?"

"지금껏 교주와의 협상을 위해 고생을 하셨는데, 이제 더 이상 그런 폐를 봉공께 끼칠 수는 없다고 생각이 되어서 말이외다."

맹주의 폭탄 선언에도 불구하고 옥화무제의 표정에는 전혀 변함이 없었다. 하지만 그녀는 지금 기절하기 일보직전인 상태였다. 도대체 이게 무슨 말이란 말인가? 그녀는 맹주의 말을 단 한 마디도 이해할 수가 없었다.

"그, 그게 무슨 말씀이신지……? 교주의 제안에 뭔가 문제가 있었습니까? 그건 제가 알아서 책임지고 반드시 대가를 받아낼 수 있도록 해 드리겠다고 말씀드렸지 않습니까."

"허허, 그런 얘기가 아니오. 곤륜무황이 본좌에게 제안을 했소. 교주도 지금 양양성에 있으니, 자신이 이번 일을 처리하겠다고 말이외다. 사실, 가까운 거리도 아니고, 멀리 떨어져 계신 옥화 봉공께서 고생스럽게 맹과 양양성을 오가며 협상을 중개하시는 게 못내 미안하던 참이었던 터라, 노부는 흔쾌히 곤륜무황의 제안을 받아들였소."

뻔뻔스러운 맹주의 말에 너무나도 화가 치밀어 손가락마저 부들부들 떨렸다. 그럼에도 불구하고 놀랍게도 옥화무제의 얼굴에는 거의 변화가 없었다. 그녀는 가볍게 콧방귀를 뀌며 대꾸했다.

"흥, 무황께서 아무리 이번 일을 맡고 싶어 하신다고는 하지만, 과연 그분이 교활하기 짝이 없는 교주에게서 만족할 만한 성과를 얻어 낼 수 있으실까요?"

"허허, 그거야 무황께서 알아서 하시겠다고 하니 그저 믿고 있어야겠지요."

너무나 능청스러운 맹주의 모습에 옥화무제는 약이 바짝 올랐다. 이건 의도된 수순임에 틀림없었다. 하지만 그녀로서는 이해할 수가 없었다. 도대체 뭘 믿고 맹주가 무황의 제안을 받아들인 것인지 말이다. 예로부터 곤륜파와 마교는 악연으로 점철된 원수지간이 아닌가. 무슨 속셈으로 곤륜무황이 이 일에 끼어들었는지도 알 수가 없지만, 그걸 넙쭉 허락한 맹주의 속셈도 알 길이 없었다. 특히 지금처럼 그녀가 냉철함을 유지하기 힘들 때는 더욱.

그렇기에 그녀는 일부러 퉁명스레 말했다.

"맹주께서 그렇게까지 말씀하시니 본녀는 완전히 이번 일에서 손을 떼도록 하겠어요. 물론 마교의 입장을 전달하는 중계자의 역할까지도 말이에요. 만약, 차후 마교와 어떤 일이 벌어지더라도 본녀는 전혀 모릅니다."

이런 식으로 강경하게 나간다면 약간이나마 찔끔할 것이라는 옥화무제의 예상과는 달리, 맹주는 자신이 바랬던 것이 바로 그것이라는 듯 흔쾌히 고개를 끄덕였다.

"허허, 막중한 임무에 그동안 고생이 많으셨을 테니 봉공께서도 좀 쉬셔야지요. 그리고 봉공께서 걱정할 필요가 없는 것이, 곤륜무황께 협조를 요청한 것은 맹이 아니라 바로 마교에서였소."

그 말에 옥화무제는 너무나도 황당해서 잠시 말을 할 수가 없었다. 아무리 자신이 좀 빡세게 조건을 제시했다고 하지만, 그 자존심과 자만심으로 똘똘 뭉친 교주 놈이 곤륜파에 손을 벌릴 줄이야 어찌 짐작이나 했겠는가. 그것도 양양성 내에서 패싸움까지 벌였을 정도로 견원지간(犬猿之間)인 상대에게 말이다.

분노에 치를 떨고 있던 그녀의 머릿속에 문득 한 가지 생각이 떠오르자 일순 온 몸에 소름이 돋는 공포감에 부르르 떨어야만 했다. 그러고 보니, 문제는 그게 아니었다. 자신이 교주에게 터무니없는 요구를 했다는 것을 맹에서 눈치 챈 것도 문제였지만, 재수없으면 교주에게로 이번 일에 대한 진실이 넘어갔을 수도 있는 것이다. 빚지고는 못 사는 성격인 잔인하기 짝이 없는 교주의 성품을 잘 알고 있는 옥화무제였기에, 그녀는 본능적으로 생명의 위협을 느꼈던 것이다.

옥화무제가 교주의 존재가 주는 공포감에 질려 있을 때, 맹주는 인자한 미소를 지으며 말했다.

"이번에 봉공께서 너무나도 큰 수고를 해 주셨는데, 뭔가 해 드릴 수도 없는 처지라 너무나도 미안하구려. 혹, 노부의 도움이 필요한 일이라도 있다면 언제든 말해 주시구려. 노부의 힘이 닿는 데까지 최선을 다해 도와 드리리다."

말로만 공치사를 연발하는 맹주의 모습에 옥화무제는 하마터면 발작할 뻔했다. 하지만 그녀는 초인적인 인내심을 동원해서 겨우 참았다. 이 시점에서 맹주를 자극해 봤자 좋을 건 하나도 없었다. 그가 독한 마음을 품고, 이번 사건의 전말을 교주에게 슬쩍 흘리기만 해도 자신은 죽은 목숨인 것이다. 아니, 어쩌면 무영문 자체가 박살이 날 우려마저 있다.

그렇기에 그녀는 자신의 속마음을 겉으로 드러내지는 못하고, 속으로만 이빨을 갈며 복수를 다짐해야만 했다.

'두고 보자. 나중에 본녀의 발 앞에서 무릎 꿇고 싹싹 빌도록 만들어 주마. 감히, 이번 일에서 본녀를 배척하다니! 누가 이 일을 다 성사시켜 놨는데.'

이빨을 뿌득뿌득 갈면서 밖으로 나왔을 때, 기가 막힌 계책 하나가 옥화무제의 머릿속을 번쩍하고 스쳐 지나갔다. 교주에게 복수하거나, 혹은 그를 자신의 치마폭 안으로 끌어들이는 건 의외로 간단했다. 그가 계획하고 있는 일들 중 치명적인 정보 몇 가지를 표시 안 나게 장인걸에게 슬쩍 넘기기만 하면 될 테니까. 교주는 자신을 무시한 대가를 톡톡히 치르게 될 것이다.

하지만 맹주와 곤륜무황에게 복수할 만한 뾰족한 방법이 없다는 게 문제였다. 그게 더욱 그녀의 분노를 부채질하고 있었는데, 때마침 맹주를 엿 먹일 만한 기가 막힌 계책이 떠오른 것이다.

"맞아! 바로 그거였어."

옥화무제는 자신의 숙소로 가는 대신, 무영문 무림맹 파견지부를 향해 발길을 돌렸다. 맹에서는 꽤 높은 사람들과 접촉해야 했고, 또 그만큼 고급 정보를 취급해야 하는 만큼 무영문에서는 당주급을 그 지부장으로 파견해 놓고 있었다.

지부장실에 도착한 옥화무제는 품속에서 매미 날개처럼 얇게 가공된 작은 양피지 몇 장을 꺼내, 깨알 같은 글씨로 암호문을 기록했다. 그녀가 품속에서 꺼낸 대롱의 수는 7개. 전서구 7마리를 동시에 날릴 만큼 중요한 내용이라는 뜻이다.

그녀는 대롱 속에 양피지를 똘똘 말아서 넣고, 촛농으로 완전히 밀봉한 다음 표식을 새겨 넣으며 옆에 서서 대기하고 있던 지부장에게 질문을 던졌다.

"섬서분타행 전서구는 몇 마리나 남아 있지요?"

"송구하오나 남은 게 한 마리도 없습니다. 태상문주님께서도 아시다시피, 이곳은 총단과의 연락을 주로 하고 있습니다. 몇몇 주요 분타들을 제외하고, 다른 분타들과의 연락은……."

옥화무제의 미간이 살짝 찡그려졌다. 그녀는 특3급의 표식이 찍혀 있는 대롱 4개를 건네며 말했다. 특3급은 분타주급이 해석해 낼 수 있는 가장 높은 등급의 암호문이었다.

"어떤 경로를 택하더라도 좋으니, 최대한 빨리 이걸 섬서분타주가 받을 수 있게 해 보세요."

"존명!"

그리고 그녀는 특1급의 표식이 찍혀 있는 대롱 3개를 마저 내밀며 말했다.

"이건 총단으로 곧바로 보내도록 하세요."

총단으로 직접 날아가는 비둘기는 존재하지 않는다. 무영문의 총단인 만큼, 수많은 비둘기들이 들락거리게 될 게 뻔한데 그렇게 해서는 다른 사람들에게 여기에 무영문의 총단이 있다고 광고하는 것이나 마찬가지가 된다. 그렇기에 추밀단에서는 총단에서 멀찍이 떨어진 곳에 몇 군데의 거점들을 마련해 놓고, 그곳들을 기점으로 전서구를 분산해서 키우고 있었다.

"지금 당장 보내도록 하세요."

해가 지려면 이제 1시진도 채 안 남았다. 비둘기가 밤에는 움직이지 않는 걸 감안한다면, 내일 새벽에 날리는 게 좋을지도 몰랐다. 나무 위에서 쉬고 있는 비둘기들이 천적들의 공격을 받고 목숨을 잃을 가능성이 그만큼 줄어들 테니까. 하지만 이것은 한시가 급한 일이었다. 단 1분이라도 일찍 날리면, 그만큼 빨리 목적지에 도착하지 않겠는가.

* * *

자신의 꿈이 한순간에 박살나 버린 탓에 옥화무제의 눈이 뒤집혀져 있을 때, 맹주의 방은 또 다른 방문객을 맞이하고 있었다.

"허, 요 며칠 사이에 독대를 청하는 사람이 왜 이리 많노?"

짐짓 투덜거리기는 했지만, 그냥 해 본 소리일 뿐. 장로급의 청을 거절할 생각은 처음부터 없었다. 문관의 안내를 받으며 들어오던 공수개 장로는 실내에 맹주 외에도 감찰부주가 앉아있는 걸 보고 약간 난감한 듯한 표정을 지어 보였다. 그 표정을 알아본 맹주는 허심탄회한 어조로 말했다.

"감찰부주는 노부가 가장 신뢰하는 사람들 중 하나니, 나와 독대한다 생각하고 기탄없이 얘기해 주기 바라네. 자, 이리 앉게. 차 한 잔 하겠는가?"

"예."

자리에 앉은 공수개 장로는 자부심 어린 표정으로 입을 열었다.

"얼마 전에 옥화 봉공께서 도착하셨다고 들었습니다. 이미 봉공께 통보를 받으셨는지 모르겠지만, 대단히 놀라운 정보가 입수되었습니다."

공수개 장로의 말에 맹주는 장단을 맞춰 줬다. 아주 커다란 껀수를 물어 온 모양인데, 그에 따른 대접을 해 줘야 하지 않겠는가.

"허허, 자네가 독대까지 청한 걸 보면, 아주 대단한 것인 모양이구먼."

"예."

그리고 공수개 장로는 방금 전에 도착한 따끈따끈한 정보를 맹주에게 보고했다. 장인걸이 무림에 혼란을 야기하기 위해 어떤 교활한 계책을 쓰고 있었던 것인지 말이다.

무예를 수련하는 인간들이 지니고 있는 원초적인 욕망을 자극하는 장인걸의 계책에 맹주는 혀를 내두를 수밖에 없었다. 꽤 오랜 시간 중원 여기저기서 혈겁이 벌어지고 있었다. 그 이유를 알 수 없는 만큼 모든 군소방파들은 자신들의 몸을 사리느라 정신이 없었다. 자기 문파를 지키는 것도 벅찬 마당에 맹의 대의를 따라 양양성에 무사들을 파견한다는 것은 꿈도 못 꿀 일이다.

만약 이 사실을 무림에 공포한다면, 지금까지 사방에서 벌어지고 있는 원인 모를 혈겁 때문에 두려움에 빠져 있던 군소방파들은 정상을 되찾을 것이다. 그리고 놈들의 계책에 속아 넘어가 다른 문파를 공격하는 미친 짓거리 또한 사라질 것이다.

물론 장인걸의 수하들이 계속 유혈 사태를 일으키겠지만, 그건 곧이어 진압될 게 분명했다. 장인걸이 아무리 많은 수하들을 풀어놨다고 해도, 중원 여기저기에서 동시다발적으로 혈겁을 일으킨다는 건 절대로 불가능할 테니까.

옥화무제가 먼저 보고했을 가능성이 컸지만, 그렇다고 자신이 보고하지 않을 수는 없었다. 일단 이번 일을 알아내는 데 있어서 개방도 일조했다는 걸 맹주에게 알릴 필요가 있었다. 그렇기에 공수개 장로는 암호가 해독되자마자 만사를 제쳐 놓고 이리 달려왔던 것이다. 그리고 그는 그에 대한 보답을 받을 수 있었다.

맹주는 공수개 장로의 손을 덥썩 잡으며 치하했다.

"노부가 개방에 너무나도 큰 빚을 지게 되었구려. 정말 수고하셨소."

"과찬이십니다, 맹주님."

"분명, 적지 않은 희생을 치르고 얻어 낸 정보일 텐데……."

"수십 명에 달하는 형제들이 목숨을 잃긴 했습니다만, 무림의 안녕을 위한 일인데 그 정도의 희생이 대수겠습니까. 이 정보로 인해 무림이 흔들림 없이 굳건하게 설 수 있다면, 희생된 방도들도 그것만으로 큰 위안을 삼을 수 있을 겁니다."

그리고 공수개 장로는 우연히 그곳에 나타난 패력검제가 커다란 도움을 줬다는 말을 했다. 속마음 같아서는 이 모든 게 자신들의 공인 것처럼 말하고 싶었지만, 그렇게 무시해 버렸다가는 훗날 커다란 후환이 뒤따를 수도 있었다. 이 얘기가 결국에는 패력검제의 귀에 들어갈 게 뻔한데, 자신의 공적이 쏙 빠져 버린 얘기를 들으면 가만히 있을 리 만무하니까. 그렇기에 그는 패력검제의 도움에 대해 상세히 맹주에게 설명했던 것이다.

"허허, 원시천존님의 도우심이로다."

맹주가 그렇게 감탄하고 있을 때, 지금까지 아무런 말도 하지 않고 조용히 듣고만 있던 감찰부주가 불쑥 끼어들었다.

"공수개 장로님. 맹주님과 담소를 나누시는 중에 끼어들게 되어 죄송합니다만, 처음에 무영문으로부터 통보받았을지도 모른다고 하신 말씀의 뜻을 알고 싶습니다만…….”

"아, 제가 그렇게 말씀드린 건 무영문에서도 이 사실을 알고 있을 가능성이 크기 때문입니다."

그렇게 서두를 시작한 공수개 장로의 얼굴은 아주 통쾌한 듯했다. 그럴 수밖에 없는 것이, 무영문에 뒤쳐질 수 없다는 일념 하나로 달려온 것이었는데, 이제 보니 맹주는 옥화무제로부터 이 건에 대한 보고를 받지 못한 듯이 보이지 않는가. 그렇다면 이유는 뻔했다. 무영문 패거리는 탈출에 성공하지 못한 것이다. 공수개 장로는 벅차오르는 승리감에 가슴이 벅차올랐다.

공수개 장로의 설명을 다 들은 맹주는 떨떠름한 표정으로 되물었다.

"그러니까, 무영문에서도 이 일을 다 알고 있다는 말이오?"

"글쎄요? 무영문의 이진덕 조장이 탈출에 성공했다면 알고 있을 테지만, 봉공께서 말씀 안 하셨다면 아마 그는 탈출에 성공하지 못한 듯합니다. 방금 전에도 설명드렸듯이 몇 가지 오해로 인해 패력검제 대협을 적들의 첩자라고 착각하고 있었던 때였기에, 진곡추 타주는 그들의 탈출에 모든 걸 걸었지요. 당시 측면 지원을 했던 개방도들이 아무도 생존하지 못한 것을 보면, 아마도 그들 역시 탈출하지 못한 것으로 추측되는군요."

"그렇게 생각할 수도 있겠구려."

"마침 여기에 옥화 봉공께서도 와 계시니 나중에 제가 알려드리도록 하겠습니다."

뜻밖의 제안에 맹주는 재빨리 손을 내저으며 말했다.

"아니, 그럴 필요는 없을 거요. 봉공께서 내일 출발하실 거라고 들었는데, 그 전에 노부가 직접 전하고 위로하도록 하겠소. 그분도 우수한 수하들을 잃었으니 상심이 크시지 않겠소."

"아, 제 생각이 짧았습니다, 맹주님."

"어쨌건 정말 수고하셨소. 그러고 보니 방주께서도 상심이 크시겠소이다. 아끼던 수하들을 많이 잃었으니 말이오. 노부가 직접 방주를 찾아뵙고 위로를 드리는 게 도리겠으나……."

공수개 장로는 고개를 조아리며 말했다.

"그 마음만으로도 방주께 충분히 위로가 될 것입니다, 맹주님."

"그럴 수는 없지요. 내가 직접 가지는 못한다고 하더라도, 장로들 중 한 명을 보내 개방의 공로를 치하하고, 그 희생을 보답하도록 하겠소."

공수개 장로는 미소 띤 얼굴로 대답했다.

"감사하신 말씀이십니다."

"패력검제는 지금 어디에 있소? 그도 큰 도움을 줬다고 하니 자그마한 사례라도 해야……."

"그건 저도 잘 모르겠습니다. 전문에는 그분의 행방에 대해 기록되어 있지 않았기 때문입니다. 그렇다고 그분께서 지금까지 본방에 머물러 계실 가능성은 별로 없지 않겠습니까?"

맹주는 귀중한 정보를 가져온 공수개 장로의 마음이 상하지 않을 정도의 시간을 할애하여 개방의 공적을 치하한 후에야 그를 돌려보냈다. 공수개 장로가 돌아가자마자 맹주는 감찰부주에게 말했다.

"지금 당장 패력검제의 행방을 수소문해 보게."

"그분께 이게 사실인지 확인을 하시려고 하시는 거라면 그럴 필요는 없다고 생각됩니다. 개방에서 있지도 않은 정보를 만들어서 맹주님께 보고할 이유가 없지 않습니까. 저는 오히려 그 사항에 대해 일언반구도 언질을 주시지 않은 봉공이 더욱 수상쩍습니다."

그 말에 맹주의 눈썹이 꿈틀거렸다.

"봉공이?"

"예. 개방도들에 비해 무영문도들의 무공 수준은 월등하게 뛰어납니다. 특히, 은신(隱身)과 잠행(潛行)에 있어서는 상대가 안 될 정도지요. 그런 그들이 개방도의 지원까지 받으면서도 탈출에 성공하지 못했다면 말이 안 되지 않겠습니까?"

듣고 보니 그럴듯했다. 그래서 맹주는 고개를 끄덕이며 침음성을 흘렸다.

"흐음……."

"마침 봉공께서는 내일 떠나실 예정이시라고 하니, 맹주님께서 배웅도 할 겸 한번 만나 보시는 게 어떻겠습니까? 워낙 표정 관리를 잘하시는 분이시기는 하지만, 그래도 잘 찔러 보면 뭔가 대답을 얻으실 수 있을지도 모릅니다."

"일전에 준비해 둔 선물은 어디에 있는가?"

"선물이라시면…, 진주 목걸이 말씀이십니까?"

교주와의 협상에 대한 사례로 옥화무제에게 주기 위해 맹주가 준비한 대가가 바로 그거였다. 완벽한 원형을 갖춘 진주는 매우 귀했다. 더군다나 알이 굵기까지 하다면 그건 부르는 게 값이라고 봐도 무방했다. 여인에 대한 선물로 그 이상 없을 거라는 게 감찰부주의 의견이었다.

하지만 그걸 맹주가 옥화무제에게 선물하지 않고 끝내 버린 건, 그동안의 그녀의 소행이 너무나도 괘씸해서였다.

이튿날, 옥화무제의 전용 마차가 그녀의 숙소 앞에 도착했다. 하지만 마차는 제시간에 출발하지 못했다. 왜냐하면 맹주가 감찰부주를 대동하고 갑자기 그녀의 숙소를 찾아왔기 때문이다.

"지금까지 수고하신 것에 대한 노부의 감사의 표시외다. 노부가 알고 있는 사람들 중에는 여성의 취향에 대해 그리 잘 알고 있는 사람이 없어서 말이오. 마음에 드실지 모르겠소이다."

맹주는 자개로 정교하게 장식된 작은 함을 옥화무제에게 건넸다. 함 속에는 영롱한 빛깔의 진주 목걸이가 들어 있었다. 그녀가 한 수고에 대한 대가로서 부족함이 없는 선물이었음에도 불구하고, 그것은 전혀 그녀의 눈에 차지 않았다. 하지만 그녀는 몸에 밴 습관대로 깍듯이 인사를 했다.

"너무나도 아름다운 목걸이군요. 감사히 받겠어요."

"마음에 드신다니 다행이구려."

이런저런 얘기를 나누던 맹주는 적당한 기회를 봐서 갑자기 생각났다는 듯 말을 꺼냈다. 앞에 얘기하던 주제와도 일맥상통하는 것이었기에 전혀 부자연스럽지가 않았다. 내심 맹주가 어떤 형식으로 얘기를 꺼낼지 조마조마한 마음으로 지켜보고 있던 감찰부주가 내심 안도의 한숨을 내쉴 정도로 절묘한 것이었다.

"참, 그러고 보니 봉공께 위로의 인사를 드린다는 걸 깜빡 잊어버리고 있었구려."

"예? 그건 무슨 말씀이신지……?"

"방금 그 얘길 하다 보니 생각난 건데, 이번에 우이 마을에서 훌륭한 수하들을 많이 잃으셨다면서요? 공수개 장로에게서 보고를 받고도 깜빡 잊어버리고 있었소이다."

"그, 그게 무슨 말씀이신지……?"

일단 전혀 모르는 일이라는 듯 시치미를 뗐지만, 맹주의 입에서 '우이 마을'이라는 소리가 나오는 순간, 옥화무제는 다리에 힘이 풀려 쓰러질 뻔했다. 그럴 수밖에 없는 것이, 맹주는 이 일에 대해 결단코 모르고 있을 거라는 확신이 있었기에 일을 추진한 게 아니었던가. 그런데 맹주가 이미 그 사실을 알고 있을 줄이야.

'당장 멈추라고 지시를 보내야만 해!'

순간적으로 옥화무제의 표정이 변하는 걸 감지한 맹주는 자신이 우려했던 점이 사실이었음을 확신할 수 있었다. 그래서인지 맹주의 얼굴은 부드러운 미소를 짓고 있었지만 그의 눈빛은 싸늘하기만 했다.

옥화무제의 전용마차 안. 옥화무제는 자신이 어떻게 맹주와 작별 인사를 나눴는지조차도 전혀 기억하지 못하고 있었다. 그만큼 이번 일이 그녀에게 안겨 준 충격은 대단한 것이었다.

속마음 같아서는 그 얘기를 듣는 순간, 당장 지부장을 찾아가 섬서분타주를 향해 전서구를 날리라고 명령을 내리고 싶었다. 하지만 코앞에 서 있는 맹주는 자신을 배웅해 주기 위해 몸소 나와 있는 게 아닌가. 속이 새까맣게 타들어 가고 있었지만, 그녀는 일단 전용마차를 타고 무림맹을 출발하지 않을 수 없었다.

하지만 옥화무제는 무림맹 지부에서의 연락을 포기한 건 아니었다. 다른 분타까지 가서 전서구를 날린다면 너무 시간이 지체된다. 그런 만큼 무슨 일이 있더라도 무림맹 지부에서 전서구를 날리는 수밖에 없었다.

마차 안에서 급히 암호문을 작성한 옥화무제는 자신의 호위대장에게 어기전성을 보냈다.

《지금 당장 처리할 일이 있어요.》

〈하명하십시오, 태상문주님.〉

《최대한 빨리 맹으로 돌아가서 이걸 지부장에게 전하세요.》

마치 보이지 않는 누군가가 손으로 옮기기라도 하듯, 옥화무제가 쥐고 있던 5개의 작은 대롱이 슬며시 날아가 호위대장의 주머니 속으로 들어갔다. 말도 마차도 다음 행선지를 향해 움직이고 있는 상황에서 벌어진 일이다. 그만큼 그녀의 무공 수위가 높다는 증거리라.

《가용한 수단을 모두 쓰더라도 이것들을 최대한 빨리 섬서분타주에게 보내라고 하세요.》

"존명!"

호위대장은 능숙한 솜씨로 달리던 말을 조종하여 반대 방향으로 내달리기 시작했다. 누군가 그 모습을 봤다면 마치 묘기라고 격찬했을 만큼 뛰어난 승마술이었다.

무림맹을 향해 미친 듯 내달리는 호위대장을 보며, 옥화무제는 간절히 빌었다. 제발 아무런 일도 일어나지 않게 해 달라고.

하지만 그녀의 기도는 그렇게까지 간절한 것은 아니었다. 어젯밤 전서구를 날리기는 했지만, 밤에는 움직이지 않았을 테니 그리 멀리 가지는 못했을 것이다. 그 정도 시간 차라면, 섬서분타주의 움직임을 저지하기에 충분하다고 그녀는 판단했다. 자신의 명령에 의해 섬서분타주가 출동 준비를 갖추는 데만 해도 꽤 시간이 걸릴 테니까.

『〈묵향〉 26권에 계속』